工作恋爱之旅

GONGZUO
LIANAIZHILV

唐如海 \ 著

中国文联出版社
http://www.rlapuet.cn

图书在版编目（CIP）数据

工作恋爱之旅 / 唐如海著. -- 北京 ：中国文联出版社，2018.1

ISBN 978-7-5190-3329-3

Ⅰ．①工… Ⅱ．①唐… Ⅲ．①长篇小说－中国－当代 Ⅳ．①I247.5

中国版本图书馆 CIP 数据核字(2017)第 311400 号

工作恋爱之旅

作　　者：唐如海	
出 版 人：朱　庆	
终 审 人：奚耀华	复 审 人：王柏松
责任编辑：周小丽	责任校对：杨　悦
封面设计：東方朝阳	责任印制：陈　晨

出版发行：中国文联出版社

地　　址：北京市朝阳区农展馆南里 10 号，100125

电　　话：010-85923036（咨询）85923000（编务）85923020（邮购）

传　　真：010-85923000（总编室），010-85923020（发行部）

网　　址：http://www.clapnet.cn　　http://www.claplus.cn

E－mail：clap@clapnet.cn　　zhouxl@clapnet.cn

印　　刷：北京长宁印刷有限公司

装　　订：北京长宁印刷有限公司

法律顾问：北京天驰君泰律师事务所徐波律师

本书如有破损、缺页、装订错误，请与本社联系调换

开　　本：880×1230		1/32	
字　　数：176 千字		印　张：7	
版　　次：2018 年 6 月第 1 版		印　次：2018 年 6 月第 1 次印刷	
书　　号：ISBN 978-7-5190-3329-3			
定　　价：52.00 元			

内容简介

　　该书主要描述了二十世纪七八十年代中的上海都市青年在工作、学习、恋爱和生活中遇到的种种挫折所产生的困惑，解析了汤如海中学毕业后踏入社会，因各种原因，在工作、学习、恋爱和生活中碰到的挫折所产生了许多困惑：由于家中用水要到限时（7：00~18：00）的给水站提水，汤如海将原来轻松的纸箱仓库管理工作，调换到离家最近的仓库做装卸工；当恢复高考点燃了他上大学的梦，几次报名都被领导以装卸工是工人编制，大学生是干部编制，培养什么人当干部是组织上考虑的事为由而拒绝；由于整天忙于工作和照顾八十多岁的小脚老祖母，跟姑娘交流少，不懂恋爱，做出了一些令姑娘不解的荒唐事，当爱他的姑娘因患病要离开他，尤其是那句"因为真心爱你才离开你"更令他费解；公司组织科领导匪夷所思的将他与一位同时进公司的女大学生搞错，责骂他工作没能力，换几个部门都不行，被质疑这大学是怎么读的时，那种愤怒、沮丧，感慨命运为何如此作弄他？

　　工作、生活的压力，恋爱的挫折，没有使汤如海消沉，他仍然坚持年轻人应有的世界观，坚持尊重老人、爱护女性、敢于担当、乐于助人的传统价值观，不断调整，增强信心，憧憬未来。

1976年4月15日下午，汤如海按通知书上的要求到中山东一路23号的上海市工艺品进出口公司三楼人事科报到。汤如海推开人事科的门，里面坐着三个人，两个男的，一个女的，汤如海手上拿着通知书说："师傅，我是来报到的。"这时一个中年男子站起来，接过汤如海的通知书，看了一下说：小汤，汤如海，欢迎你到我们工艺品进出口公司工作。他拿来一把椅子让汤如海坐下，接着说："我看过你的档案，你的学习成绩很好，学校对你的评价是'学习优秀、肯动脑子'！英文也不错，正是我们公司需要的年轻人。接下来，他简单地介绍了上海工艺品进出口公司的情况，公司有两千多名员工，公司按出口品种分不同的进出口业务科、原料科、单证科、运输科、仓储科、包装物料科、样品宣传科、秘书科、综合科、保卫科、组织科、人事科、外事组、翻译组等部门。外贸工作是中国经济重要的组成部分，为国家提供外汇以满足国家急要的从国外引进的先进设备和技术。另外，外贸就是要同外国人做生意，那么外语就是必要的交流工具，所以，小汤，你年轻，在校学习成绩不错，要尽快适应外贸公司的工作，首先要学好外语，才能熟悉外贸业务。"

汤如海认真地听领导介绍，这位领导个子不高，有点胖，语气平和，让他紧张的心慢慢平静下来。公司领导转身拿起办公桌上的一份文件，然后说："小汤，你是新来的，公司安排你先到基层锻炼，熟悉公司的外贸业务，你要努力工作，向基层老师傅学习。"他拿起电话，汤如海没有听清楚他在电话里说了什么，他放下电话，转身对汤如海说："小汤，公司的样品宣传科在宁波路的仓库要整理，需要人手，你先到那儿锻炼学习。"

这时有一个个子不高，很瘦的中年妇女走进来说："顾师傅，我需要的人到了吗？"

"到了，"顾领导指着前面的汤如海说："苗师傅，这位就是新来的小汤，汤如海，公司决定让他跟你到宁波路仓库整理标签工作。"

"苗师傅好，"汤如海马上起身朝苗师傅叫道。苗师傅上下打量了一下汤如海笑着说："嗯，不错，小汤，那么就跟我到宁波路仓库整理标签。"

汤如海跟着苗师傅离开公司大楼，乘上20路无轨电车，没几站路就到宁波路了。汤如海跟着苗师傅走进一排石库门居民区，在最后一座房子面前停下，她拿出钥匙开门，进入仓库。虽说是仓库，其实就是石库门老房子，原来的居民不知什么原因离开了，就成了工艺品进出口公司堆放出口标签的临时仓库。底层堆放一些纸箱，标签在二楼，汤如海通过很窄的楼梯爬上二楼，好几个像双人床的木架按编号整齐排放着。木架上放着各种形状的纸片和布条，上面印有各种不同彩色图案和外文字母，有小方块、长方形、圆形、三角形，等等。

苗师傅拿着本子，一边整理、核对，一边记着说："这里的商标和标签都是业务科按合同订单的要求，暂时存放在这里，等工厂需要的时候再发给工厂。"

"怎么会有那么多，成千上万的不同的标签？有些标签非常近似，怎么区分它们？"汤如海问。

"是啊，有的商标、标签很难区分，一个字母不同或颜色略微不同就代表不同的商品或客户，千万不能弄错，弄错了会出大事情的，轻的，返工、赔钱；重的，受处分、调离工作岗位。所以，小汤，你年轻，要学好外语，认真工作就能避免出错。"苗师傅解释道。苗师傅还询问了汤如海家里的一些情况，当她得知小汤从小与父母分离，还要照顾老祖母，每天要在规定的时间内提水，感叹地说，"小汤，你真不容易，今天我们早点收工，回去拎水、烧晚饭。"汤如海很感谢苗师傅的关怀。

5月5日，汤如海拿到了人生第一份工资，二十八元八毛三，包括十七元八毛三的初试学徒工资，五元面贴（食品补贴）和六元交通费。他立即写信给父母，感谢父母那么多年省吃俭用来抚养他，付出那么多的心血来培养、关怀、支持他，坚持到他能独立生活。最后他告诉父母，他已不需要父母为他和老祖母支付在上海的生活费了，他自己能解决他和老祖母的生活费用。

星期天，汤如海买了一篮苹果（约十个）到第五丝织厂看望二舅舅。警卫室的工作人员大都认识汤如海，"小汤，来看舅舅啊，哎，怎么还带礼品？"其中一个师傅问。"师傅，我已经工作啦，来看望二舅舅。"汤如海开心地回答。"噢，有工作了，上班了，买礼品孝敬舅舅，应该的，应该的。"另一位师傅说。

见到二舅舅，汤如海讲述了自己新的工作情况，感谢二舅舅那么多年来对自己的关心和照顾。最后汤如海说，从今以后，将不再从他那儿领取生活费了。二舅舅看到外甥有了工作很开心，但不忘提醒外甥，要向师傅学习，努力工作。如果生活上遇到困难，舅舅随时提供帮助。汤如海离开第五丝织厂时，二舅舅仍不忘像以前那样将十个肉馒头给他，说这是给老太太的。

过了一个星期，汤如海买了一盒蛋糕和糖果去姑母家。姑母有了孩子就搬出了夫家，换过几次房屋，在浙江北路工商银行楼上三层八平方米的阁楼上住了好几年。姑母有一个儿子和一对双胞胎女儿，随着孩子的长大，浙江北路工商银行楼上的小阁楼实在住不下了，姑夫的单位上海铁路局分配了一间十七平方米的房间给他们。新住房在四平路东面，大连路北面的鞍山七村，三〇二房，卫生间和灶间是三户共用。这极大地改善了姑母家的生活条件，姑母非常开心，这里不仅生活条件比以前好了，而且上班也比以前近了许多，离四达路上的上海电子管厂到家没有几站路。

姑母一家人见汤如海到来很高兴，正好姑夫也在家，只要姑夫在家，他会主动承担做家务，让平时在家忙碌的姑母多休息。姑夫亲自下厨房做晚餐，姑夫的烧菜手艺是非常好的。表弟和双胞胎表妹围着他问这问那，表弟比表妹大两岁，都在读小学，三个人都遗传姑夫的基因，高鼻梁、大眼睛、白皮肤，非常惹人喜爱。

汤如海向姑母叙说了自己在新单位的工作和生活情况，姑母很开心地说："长大了，总算盼到这一天了，有了工作，拿工资了。"说着说着眼泪流了出来："如海，我们能有今天真的不容易，你是知道的，以前我们在浙江北路银行阁楼上，就这么小的地方，五个人，连睡觉的地方都没有，你姑夫是开火车的，什么时候到家都算不准，只要他回到家，为了让他休息好，我和孩子都睡在桌子底下。现在好了，我们在这里有带煤气的厨房间和抽水马桶的卫生间，不用再倒马桶和生煤炉做饭。虽说这里也不大，但可以放三张床，大家可以安心地睡觉了。今天你有了工作，我哥嫂的压力也减轻了，我们熬了那么多年，总算熬出头了，不过，如海啊，你在单位要向师傅学习，尊重师傅，不要偷懒，做事勤快点，年纪轻，睡一夜，第二天就恢复体力了。这下，我哥嫂不知多高兴呢。"

汤如海感谢姑夫、姑母那么多年对自己和老祖母的照顾，尤其是姑母，不仅像母亲那样爱护他，还像朋友一样跟他交流思想，鼓励他多学习。

汤如海用一张小照片和六块钱办理了一张公交车月票，这样上车就不用买票，很方便。经过一个月在宁波路仓库对公司所有的标签的核对、清查，苗师傅将整理后的账目交给科领导审核，领导签字认可。这样，宁波路仓库的整理工作就告一段落。那天上午，苗师傅对汤如海说："小汤，公司标签在宁波路仓库的盘点工作完成了，我要回样宣科（样品宣传科）工作。我已经把你在宁波路仓库的工作表现写成报告给公司人事科了，在我们外贸公司，只要年轻人勤快、能干、懂外语，就会被公司领导看中，从基层仓库调到公司业务科，从事进出口业务工作，就有出国考察的机会。你脑子反应快，肯劳动，如果机会出现，你一定要抓住。"

在宁波路仓库劳动的一个月里，汤如海学到了许多学校里没有的知识，尤其是对外贸工作有了新的看法，外贸是一种软技术，它不像工厂里的机器，有标准可查、可执行，出口商品的价格是靠外销员跟外商讨价还价达成的。汤如海感谢苗师傅的帮助和指导，他回到公司人事科汇报在宁波路仓库的工作情况。人事科领导顾师傅说，"小汤，你在宁波路仓库的工作情况，苗师傅已经跟我们说了，表现不错，苗师傅很满意。接下来，公司安排你去浙江路纸箱仓库工作，仓库组长是丁诗芬，也是你的师傅，希望你在那里学习仓库管理，如果考核通过，今后公司业务科需要人手时，会调入公司业务科工作。"随后顾师傅拿出一封信给汤如海，让他将这封信转交给浙江路仓库的丁诗芬。

浙江路仓库在靠近南京路的浙江中路上，这是一幢三层楼、门朝西的老式大楼，底层属于工艺品进出口公司，约有两百平方米。仓库门开着，里面堆放着各种式样、大小不一的出口纸箱。汤如海走进去，偌大的地方没有看见人，就喊："有人吗？"这时从旁边地上纸箱上冒出一个大个子男青年，起身问："哪个单位，提货单给我。"见汤如海愣着，又说："嘿，提什么货，把单子给我。"

汤如海客气地说："我不是来提货的，是新来的，公司人事科顾师傅让我到这里找丁诗芬师傅。"

"哎，丁诗芬，公司派来的新人到了。"高个子男青年朝里大声喊。

从里面走出两个女青年，还有一位女青年从仓库后面的阁楼办公室走下来，汤如海拿出人事科顾师傅的信说："这是顾师傅让我交给丁诗芬师傅的。"那位从阁楼上下来的女青年接过信说："我就是丁诗芬，小汤，刚才人事科顾师傅已经打来电话，让你在这里跟我一起工作，我来介绍一下，"丁诗芬指着汤如海："这是新到我们这里工作的小汤，汤如海，"然后指向高个子青年，"小张，张健康，"丁诗芬接着说，我们这里还有两位美女，个子不高，圆脸的叫张芝瑛，个子比较高，白皮肤、高鼻梁、大眼睛的叫陈梅。今后我们就是同一个仓库的同事，要互相帮助，小汤是新来的，对我们这里不熟悉，希望大家多给予帮助和指导，我们这里工作虽说简单，每天按单子进货、堆放、发货、装车，但是也不能马虎，发错了，在国内还可以挽救，但到了国外就麻烦了。丁诗芬，一米六二的身高，偏瘦，说话清脆，走路脚步也快，精明能干。

仓库按纸箱品质单瓦楞、双瓦楞、有印字、无印字的不同规格堆放，特殊要求的出口纸箱有特别记号。门外有汽车按喇叭，高个子张健康走出去从汽车送货人手里接过单子，指挥汽车倒车，将车上的纸箱卸下来，两位女同事推着小车将纸箱运到丁诗芬要求的地方，然后张健康和汤如海将纸箱一层一层堆上去，堆好后，张健康往地上一躺，休息。两位女同事拉着汤如海到箱子后面问话：小汤，你可来了，丁诗芬说有一个新进公司的男青年要到我们这里来工作，我们可高兴了，因为，张健康他不想在这里工作，到公司人事科闹，要调换工作，虽说我们这里工作量不大也不重，但上车下车、在纸箱上爬上跳下，我们女的不方便，所以需要一个男的。小汤，在我们这里工作，既轻松又方便，关于出货、进货业务上的事，你师傅丁诗芬会教你的，不难，只要细心一点就不会出错。

汤如海跟着丁诗芬在浙江路纸箱仓库工作，每天早上八点钟上班，下午四点半下班，中午吃饭、休息一小时。每次听到喇叭响，汤如海就会走出去接单子，交给丁师傅，然后跟大伙一起装货、卸货，工作量不大，有时一天只有两趟车，有大量的空余时间，就和同事们闲聊，女同事比他大三到四岁，她们不把他当同事，而把他当小弟弟看待，将许多零食给他吃。当她们知道他家的特殊情况，她们不理解在上海，家里竟然会没有自来水？不能想什么时候用水就什么时候用水，每天还要到给水站提水，并且晚上五点或六点过后就关门上锁，就不能提水了，不过，她们知道这汤如海学习好就更喜欢这位小弟弟了。

纸箱容易受潮，为了防潮，在纸箱底下放上木制垫仓板，有时一个型号很多，就堆得很高。送货、提货的卡车受制于各种因素，常常不按约定的时间到达，令人反感的是，说好下午三点之前到的卡车，过了下班时间了还没有到。仓库管理员丁师傅是不能走的，至少有一个男同事得留下，帮助装货、卸货。每当这种情况出现，汤如海就会与师傅丁诗芬留下了等候。有时候运货的卡车要到四点半或五点钟才到，这样汤如海要六点钟或七点钟才能到家，给水站的老头早就锁门回家了。这让汤如海感受到了很大的压力，因为早上六点半，最晚七点得离家，到大洋桥旁的中兴路站乘六十九路公交车到共和新路换乘四十六路公交车到西藏中路北京路下车，然后走很长一段路才能到达上班的仓库。有时早上出门上班，给水站老头还没有上班；下午五点过后，看水老头又给水龙头上锁下班了。"怎么解决这个难题呢？"这个难题一直让他困惑，很难解脱。

在上班时，汤如海很开心，有时候，他爬到纸箱上面堆货，姐姐们就会关心地问："小汤，重不重？搬不动就歇一会儿。"

"不重，一点也不累，跟我在家用水桶提水轻多了。"汤如海很自信地回答。

大个子张健康跟汤如海同年，比他早半年到这个纸箱仓库。在跟张健康的闲聊中得知他为什么要吵着要离开这个仓库，因为这里人少不说，就他一个男的，平时干完活就闷得慌，女的干完活就互相说说、笑笑、闹闹，好开心，而他只能躺在地上发呆。张健康受不了这种工作环境，就想到一个人多的，有男青年的地方，去那里工作，累点、苦点无所谓。现在有了小师弟，他也就安心了，不再到公司人事科要求换工作了。张健康是安心了，可汤如海越来越不安心了，虽然姐姐们很关心、照顾他，下午没有卡车运货，就让他早点下班，赶在给水站老头回家之前，将自家的水缸灌满水，帮老太太干些家务。偶然一两次可以，但长久是不行的，单位的劳动制度还是要遵守的，何况他还是个新工人。

汤如海把自己的苦恼告诉了师傅丁诗芬，听了徒弟汤如海的讲述，她也很为难，虽然之前徒弟没有将家里的事告诉她，但从姐妹们的谈话中得知徒弟家里用水困境，还有一个八十多岁的小脚老太太要照顾，她可以在工作中照顾、关心、指导徒弟，但不能破坏公司定的工作制度。想了很久感叹地说："小汤，公司领导让你到纸箱仓库跟我学仓库管理，是公司领导对你有期待，认为你肯学习，脑子灵活反应快，在这里接受外贸工作，到基层的仓库管理工作中锻炼。只要你认真学习，工作表现得到公司领导的认可就有机会调入公司业务科，那是所有外贸职工向往的地方。不说出国开眼界，就是一年两次的广交会（中国出口商品广州交易会）也是锻炼人生的好地方，可以与世界各地的商人洽谈我们的出口商品，还有出国或广交会参展津贴。可是，你家和你老祖母的情况太特殊，恐怕在上海找不出第二个，我会把你的情况向公司领导汇报，看公司领导有什么方法解决你目前所面临的困难。"

不久，汤如海接到了公司人事科的电话，他向师傅丁诗芬请假去公司。汤如海到了公司人事科，还是顾师傅招呼让他坐下，顾师傅喝了一口茶说：小汤，你和你家里的生活情况，之前苗师傅跟我们说过，从小你父母不在你身边，和老祖母一起生活，生活环境差，家里连基本的自来水也没有，要到给水站提水，很不容易。以前上学回家早，提水没有问题，但是现在工作了，是的，作为工人必须遵守公司的劳动纪律，不能搞特殊。你的师傅对你在纸箱仓库的表现很满意，你还利用空余时间学习英语，这很好，希望你坚持下去。你目前的家庭生活环境影响到了你的正常工作，公司领导研究决定，让你到离你家最近的公司仓库，北苏州路仓库工作，就是在泥城桥（西藏路桥）下面的地方，如果你在那儿工作表现得到师傅的认可，如果公司业务科需要新的人手，也是有机会调入公司工作的。

汤如海到浙江路纸箱仓库与师傅们告别，姐姐们说他傻，北苏州路仓库是个大仓库，人多关系复杂，货物量又多又重，整天有做不完的事，哪有这里纸箱仓库好。师兄张健康说，原本我想离开，没想到你小子溜得比我快。

汤如海对纸箱仓库的师傅们很感激，尤其是女师傅像姐姐一样关心他，让他学到如何管理仓库的知识和能力，他心里也愿意跟她们在一起工作，但家里用水的现实难题不得不离开。

北苏州路仓库对汤如海来说一点也不陌生，小时候跟同学经常沿北苏州路从垃圾桥（浙江路桥）到泥城桥（西藏路桥）玩，那一带全是仓库，夏天从仓库里飘出一股股凉气，他还记得当年被批斗的资本家和地富反坏右（地主、富农、反革命、坏分子、右派），头戴高帽子、胸前挂着大牌子，沿着附近的仓库游街。没想到那么多年后，自己也会在这里的仓库工作。

工艺品进出口公司第一仓库，在北苏州路 1072 号是北苏州路的终点，西藏路桥的北桥墩下方，仓库大门朝南，西面就是西藏北路，路对面就是老上海的四行仓库，现在是禽蛋品仓库，东面是上海市丝绸品进出口公司和针织品进出口公司大楼。北苏州路仓库是一幢四层楼的钢筋水泥大仓库，这里主要堆放工艺品进出口公司的纺织品的出口货物，每天从外省市由卡车将打好包装的成品和没有包装的半成品送到这里，或由船通过苏州河将货物运到西藏路桥下的码头，再扛进仓库，这样从西藏路桥墩下方到对面的北苏州路仓库的两边走廊时常堆满货物。

汤如海走进北苏州路仓库，二层半房间是仓库革命委员会办公室，办公室不大，有三个办公桌，有两个女同志，一个三十出头的年轻妇女在写东西，一个近五十的中年妇女，戴着眼镜在看文件。他拿出公司人事科的信说，"师傅，你们好，公司人事科顾师傅让我把这封信交给王晨莱主任。"那个三十出头的年轻妇女站起来看了看他，然后问："是汤如海同志吗？"

"是的，"汤如海回答。

"小汤，我已经接到了人事科顾师傅的电话，说有一个男青年要到我们一仓（北苏州路仓库）工作，你的情况，顾师傅也告诉我们了。刚好有一批复员军人到一仓劳动，我和史楚辰副主任商量，先让你和复员军人一起参加移仓劳动。"王主任说话带有很重的崇明口音，这时底下门卫广播找人：王晨莱同志，王晨莱同志请你下来，移仓的卡车和公司复员军人已到达仓库门口。

王主任起身说，小汤，跟我下去移仓。在仓库大门口有一辆大卡车停在滑梯旁，卡车上有四个年强力壮的年轻人等着装货。王主任对卡车上的人说，这是刚来我们仓库工作的小汤，参加移仓工作，今天的货是到军工路仓库（靠近翔鹰路）。汤如海也跳上卡车，戴上手套，接着就有货物从二楼通过滑梯滑到平台上，再从平台上将货物装上车。汤如海想把一个大布包拎起来，但很重，得靠两个人才能提起来，货物重量标有'70KG'，原来这货物有一百四十斤重，比汤如海的人还重。不一会儿，卡车上堆满了三层货物，驾驶员用粗绳将车上的货物扎紧、固定。装车的人就坐在车后面的货物上，卡车一路颠簸驶向工艺品进出口公司的军工路仓库。

到了军工路仓库，先把货物卸下，一位仓库负责人招呼装车人说："一仓的朋友，到食堂吃了午饭回去。"汤如海问复员军人："怎么样，我们吃了午饭回去？"那几位复员军人摇摇头说，我们还是到外面吃碗面。汤如海谢过仓库的管理员就离开了军工路仓库。

军工路仓库非常大，比北苏州路仓库大多了，汤如海与复员军人劳动了一个星期，完成了这次货物移仓任务。复员军人回公司组织科（干部人事管理组织）报到，分到各个业务科工作。汤如海跟着王晨莱主任到底层接发货组的休息室，王主任对一个白白胖胖的阿姨说："徐师傅，这是新来的小汤，先让小汤跟你们一起工作。"汤如海马上叫道："徐师傅好。"

徐师傅打量了一下汤如海说，"好，好，就和我们一起工作，小汤，你去底层阁楼的后勤组，向梁金凤师傅要一件工作服和手套等劳保用品。"

北苏州路仓库底层分两部分，靠近西藏北路的地方是出口货物待运区，里面有一部小货运电梯，堆放着打好包、刷好唛头（出口标记）的货物；另一部分就是一条大通道，在楼梯口有一个大的货运电梯，将货物从底下运到楼上，或从楼上将货物运到地面；大通道的上方是搭建的大阁楼，是生产组即业务组，仓库的运作和调配都由生产组安排。休息室里有一张长方形的大台子，平时工人开会和学习也在这个休息室，休息室外面有一个活动房，放着一个乒乓球台。

徐蚕宝师傅是接发货物组的女组长，四十五岁左右，中等个子，白白胖胖，说话和气但声音响亮，接发货物组有十来个人，在徐阿姨的领导下和和睦睦，虽然工作很累，但大伙挺开心的。

接发货物组的接单员是一个戴着一副高度近视眼镜的干瘪老头叫周明德师傅，他整天忙碌着，核对每一笔进货或出货的货号、数量，工作非常仔细认真。每当有货物要进出时，他就高声喊，"干活喽"，于是工人们就从电梯旁抽出放好的老虎车（小推车），将货物放到老虎车上，从一个地方送到另一个地方。

由于安全因素，北苏州路仓库没有食堂，午餐搭伙在里弄食堂，食堂在西藏北路与曲阜路中间的弄堂里，伙食蛮好的，里弄阿姨做的饭菜不仅干净好吃，还比较便宜。12：00～13：00 是午餐时间，工人饭后都会找一个安静的地方睡一会儿，以补充体力。

每逢星期四上午是干部下放劳动日，公司业务科的人员按商品品种到相关的基层仓库参加劳动锻炼。北苏州路仓库，二楼是大件品堆放地，三楼是布料绣品包装堆放地，四楼是毛线绣品包装堆放地，所以，三楼、四楼有许多女工人，整个仓库有七八十个人。到一仓（北苏州路仓库）劳动的大都是绣品科室的业务员，他们下基层劳动，与基层工人师傅交流工作情况，他们每次都会提醒基层工人要按对外合同的要求做事，尤其是质量、花形、颜色必须与确认样品一致，各种标签必须与合同要求一致。

每个星期五下班，工人得留下来参加政治学习，学习中央文件或外贸部文件或朗读有关报刊中的重要消息，让工人知道、了解时政情况。有时候，仓库主任王晨莱也与工人们一同参加学习和讨论，工人们也从王主任那里听到许多政府部门的内部消息。每次下班后的政治学习，汤如海都想留下来参加，但很多次都被组长徐阿姨劝阻，"小汤，快回去拎水，帮老奶奶做晚饭"，他是整个仓库唯一允许可以不参加政治学习的工人，他真的很感谢班组的老师傅们对他及老祖母的关心。

在底层接发货物组劳动了半个多月，汤如海又被调换到二楼大件组，大件组有十几个人，五个年龄大一点的老师傅，其中一个男的叫佟师傅年近六十，四个女师傅将近五十，其他八九个年轻人，汤如海是最年轻的工人。年纪大的师傅，或多或少会一些英语，佟师傅以前在洋行待过，说一口洋泾浜英语，挺有趣的。大件组的工作就是将电梯上来的货，由女师傅们用小推车将货物送到佟老师傅指定的仓位前，然后由年轻小伙子将货物一层一层堆放好，堆货要错位叠放，这样堆放的货物就不会倒下，避免坍塌伤人事件发生。男青年干活比较积极，基本上都抢着往桩脚上爬，主动干活。有的货物特别重，五六十公斤算轻的，最重的有一百二十公斤，需要五个年轻人协同干活，三个人在地面，两个人先抬起，第三个人托一把，将重布包推到上层的桩脚上，由上面的两个人再堆放好。特别高的货物，四五个年轻人得同时上，才能堆放好。每天工作很辛苦，但大家都互相帮助，每干完一车货，大伙就聊天、说笑话、放松放松。佟老师傅老是说他年纪大了，干不动了，年轻人要多干点，能接他的班，他就退休回家享福了。这时就会有个子又矮又瘦的吴爱娟阿姨说，老佟啊，你得多干点，要不然怎么对得起一百三十五元大洋；同样是又矮又瘦还患有高血压的董阿姨也时常跟佟老头开玩笑，老佟啊，钱用掉一点，上海天气潮湿，放在家里会发霉的；或者中等个子的凉秀琴阿姨说，老佟，多劳动、多锻炼，身体才能好，要不然，即使退休了，身体不好，这一百三十五块大洋买药吃，有什么意思呢？每当阿姨们说这种话，佟老师傅会很生气地说，我这工资是'公私合营'① 时，老板给我定的工资，到现在几十年了没有涨

---

① 1956年初，全国范围出现社会主义改造高潮，资本主义工商业实现了全行业公私合营。国家对资本主义私股的赎买改行"定息制度"，统一规定年息五厘。生产资料由国家统一调配使用，资本家除定息外，不再以资本家身份行使职权，并在劳动中逐步改造为自食其力的劳动者。

一分钱。哇，每月一百三十五元，多么大的数字啊，年轻人也学着阿姨们的话跟佟老师傅开玩笑。但是，大件班的班长，邢美华阿姨，从不拿老佟开玩笑，邢阿姨白皮肤、大眼睛，有点胖，中等个子，干活像年轻人一样有劲。她是有文化的干部，到大件班体验生活，她了解基层工人的辛苦，关心工人的生活，与工人同甘苦。

上海的夏季台风多，仓库主任王晨莱成立了抗风雨抢险队，每当刮风下大雨，她就会用楼下广播要求抢险队队员到公司其他仓库抢险，北苏州路仓库的男青年几乎都报名参加抢险队，汤如海没有报名参加到外面的抢险队，王晨莱主任了解他家的特殊情况，没有让他参加夜晚或星期天的抢险任务。

每天的超强劳动，汤如海又不想输给别人，干活时用力过猛或搬动重物时的方法不对，把手腕扭伤了，到医院去检查，拍片、吃药、敷药，不管用，往家里拎水，手也感觉疼痛。班组里的师傅们很照顾他，这一段时间内，不让他干重活。半个月后才慢慢恢复。

1976 年 9 月 9 日，这天上午，汤如海与工人们忙于出货，从桩脚顶端将货物卸下来，有的货物通过电梯将货物放在底层通道旁，等外面卡车来运走；有的货从二楼的滑梯口直接堆放在下面的卡车上。从上午十点钟开始，每隔一小时，仓库广播室就会重复广播王晨莱主任的紧急通知：全体员工，下午两点开始，停止手头上的工作，由班组长召集自己的班组成员集中等待听中央重要广播，要通知在外面干活的员工赶回来，参加听中央文件的会议。

下午两点以后，除了安船期规定的货物出运工作外，各班组的工人基本都放下手中的活，大家在休息室集中，都在猜想，有什么重要的消息？一直等到下午四点，从广播室传来中央人民广播电台的中共中央、人大常委会、国务院、中央军委《告全党、全军、全国各族人民书》：中国共产党中央委员会、中华人民共和国全国人民代表大会常务委员会、中华人民共和国国务院、中国共产党中央军事委员会极其悲痛地向全党全军全国各族人民宣告：我党我军我国各族人民敬爱的伟大领袖、国际无产阶级和被压迫民族、被压迫人民的伟大导师、中国共产党中央委员会主席、中国共产党中央军事委员会主席、中国人民政治协商会议全国委员会名誉主席毛泽东同志，在患病后经过多方精心治疗，终因病情恶化，医治无效，于一九七六年九月九日零时十分在北京逝世……

全体员工在听到这个噩耗时，一个个心情无比沉重。有些老师傅，尤其是那些女师傅控制不住自己的悲伤，不停地用手抹眼泪，甚至哭出声来，好像整个空气都被凝固了。人们怎么也不相信，伟大领袖毛主席会离开了他一手打造的世界，他是人民心中永不掉落的红太阳，怎么会死呢？

在回家的车上、路上，不时有人掉眼泪、哭泣。在地梨港路100弄，许多居民，尤其是大妈、阿姨都悲伤地议论毛主席逝世的事，扬州阿姨、王奶奶等邻居边议论边哭泣。这些大妈、阿姨从心底里感谢毛主席，把妇女从千年的封建制度、夫权的桎梏中解放出来，过上了男女平等的幸福生活。毛主席的"时代不同了，男女都一样，男同志能办到的事，女同志也能办到"的口号，更是中国妇女的力量源泉。她们很担心，没有了毛主席，中国社会、人民生活会怎样？工人、农民还能当家做主吗？

中国社会变化多端，很多人难以适从，不知道如何做才是对的，未来在什么地方？汤如海几乎每天晚上与同学们讨论，作为年轻人，如何做？但他们也不知道未来在哪里。好在第二年，他的基本工资调整到了二十四元，加上一些补贴有近四十元的收入。他用一个月的工资，委托小组里的复员军人刘连生买了一架小提琴，到新华书店买一本由盛中国编写的《怎样练习小提琴》的书，开始在家自学、自练小提琴。

汤如海的好朋友虞协成搬离了地梨港路100弄，先是调换到二十四路无轨电车终点站临近苏州河的西康路，临街朝东的二层楼上，没多久又调换到了火车站南面的安庆路367弄，这次换成了两间房，前面弄堂底楼一间八平方米给他二哥当婚房，他和宁波阿姨住在八平方米不到的三层阁楼上。虞协成的身体也恢复了，被分配到了闸北区热河路菜场工作。同学们都为他高兴，一来身体好了，可以正常运动了；二来工作稳定了，收入也有了，同学们经常结伴出去玩。汤如海尤其开心，因虞协成在菜场工作，家里买菜有了着落，热河路菜场离西藏路桥不远，有时下班顺路到热河路菜场，虞协成就会把预留好的菜给他，他拎着菜穿过西藏北路，对面就是五十八路公交车终点站，到沪太路站下车，然后带着菜回家，非常方便。

汤如海的生活平淡又繁忙，每天白天工作，晚上练琴，当然，这琴声是难听的，但仍然吸引着邻居小朋友到他家玩。这种平淡无聊的生活在1977年7月又被打破了，邓小平提出恢复高考，这一决定，给了千百万在农村的上山下乡知识青年通过公开公平考试上大学学习的机会，中国大地掀起了一股学习文化知识，参加高考的热潮。

1978年夏季高考正式举行，看到那么多的知识青年通过高考走进了大学课堂，汤如海被母亲那句"要像隔壁十八室小兔那样，用功读书考上大学"及中学班主任莫跃德老师那句"汤如海，恢复高考，你进大学有希望"的话在脑海里旋转，他想进大学读书的念头一直没有断，只是没有机会，如今机会来了，但一个现实的困难摆在面前，很难跨越：现在他是一个拿工资的工人，如果要上大学，生活费怎么解决？他不会忘记第一次拿工资时写信给父母的承诺，从今以后不再需要父母在经济上的帮助，减轻父母经济压力，让父母过上稳定的生活是他的愿望。但对上大学的渴望，一直没有间断过。他写信给父母谈了自己想上大学的愿望和现实的困境。父母回信鼓励他考大学，父母愿意负担他在大学的生活和学习费用，但是父母也让他考虑一下，如果上了大学，毕业后怎么办？能留在上海当然好，万一分到外省工作如何是好？父母的顾虑也是有一点道理的。

面对考大学的困惑，汤如海觉得不管考不考大学，先要复习功课，于是他开始寻找复习资料，只有准备好了，才能有机会进大学。他把平时练习的小提琴放到大橱顶上，将所有业余时间用来复习文化知识。在工作空余间隙，他躲到靠窗的桩脚包上，复习功课，很少与阿姨聊天。汤如海私底下复习功课的事，传到了史楚辰主任的耳朵里。一天下午，史主任召集仓库里的年轻人开会，说现在社会上有一些年轻人思想浮躁，不安心本职工作，嫌底层劳动辛苦，想通过高考，逃避基层工作。在这里，我要告诉你们年轻人，国家培养大学生，首先考虑思想品德，只有思想品德好的年轻人，才能为社会主义建设做出贡献。本来汤如海以要发货为理由不想参加这个会议的，但领导点名要他参加，他感到史主任的话是话里有话、有所指向。不过，史主任的把本职工作做好的话是对的。所以他更加主动地干活，只要听到老虎车（小推车）的滚动声，或货物从桩脚上卸下来的声音，立马奔出来干活。

1979年夏天，汤如海拿着高考报名单，找史主任加盖单位公章，史主任接过报名单看了看说："小汤，大学生是国家干部编制，我们领导对你喜欢学习的精神是持肯定看法，并鼓励年轻人多看书、多学习，但培养干部是组织上考虑的事。"

汤如海赶紧说："史主任，我只想到大学读书，多学习一点新的知识，不想当干部，学习是一次机会，但不一定我能考上。"

"考得上考不上是你的事，但要不要培养一名干部，培养谁，那是组织上的事，报名单我留下，等组织上讨论后告诉你。"史主任不紧不慢地回答。汤如海赶紧赔笑脸："谢谢领导关心，过两天我来拿。"说完赶紧离开了主任办公室，生怕影响领导的情绪，出门时还不忘关上门。

两天后，汤如海又到主任办公室，见史主任在，于是笑嘻嘻地说："史主任，请把报名单给我。"没想到史主任绷紧着脸说："小汤，组织上讨论过了，你现在是工人编制，要转为干部编制，组织上需要长期考察。"汤如海急了：我不要干部编制，我是工人，我只想上大学读书，考得上考不上还不一定，就让你盖个章有这么难吗？

工人要上大学，没有单位盖章是不能参加考试的，说什么都是多余的，一年的付出白白浪费了。汤如海心里很难过，但也没有什么好的办法，毕竟自己是一个工人，受制于企业的规章制度。

他想放松一下紧张的脑袋，一天路过一家照相器材商店，见里面有一架常州制造的红梅牌120型双镜照相机，只需七十三元。上海生产的海鸥牌照相机根本买不到，只要能正常取景拍照，买常州出的红梅牌照相机也不错，第二天，他就将这台照相机买回家。

有了自己的照相机，这下可热闹了，同学们纷纷提出到什么、什么地方拍照，讨论了好几天都没有定下来，最后大家一致认为先到上海的老城隍庙中的九曲桥、豫园游玩。星期六晚上从农场回上海的同学方锦祥到汤如海家串门，见同学们明天要到老城隍庙游玩，也要跟着去玩，好的，多一个同学多一份热闹。

从老城隍庙游玩回来，其他的事就跟上来了，到照相器材商店买显影粉、定影粉、照相纸等洗印照片的器材，晚上，李行根、章友根、虞协成、周国藩都聚集在汤如海家，洗印照片，有时候中班下班的女同学俞美丽也来凑热闹。

通过与同学们的游玩、印照片，汤如海的心情慢慢平静下来，工作和生活都恢复了正常，但是社会上刮起了知识青年返城风，到外省务农的知青通过各种手段、理由和方法返回城市，政府也为返城的知青提供方便，于是城市里刮起了一股提早退休的风，让在农村务农的子女顶替回城工作。汤如海的弟弟汤如钢所在的安徽练江牧场也刮起了返城风。10月汤如钢到上海来，汤如海原以为弟弟是到上海来玩的，弟弟说不是来玩的，是来办事的，"办什么事？"汤如海不解。原来弟弟在安徽练江牧场谈了一个对象，是同一连队的上海姑娘，叫杨宜芳，家住火车站北面的虬江路。为了让女儿回上海，杨宜芳的母亲正在办理提早退休手续，姑娘家人想见汤如钢，商量他们的恋爱怎么办？汤如钢是否能回上海，什么时候能回上海？

第二天晚上，汤如钢与女朋友杨宜芳一起到汤如海家商量如何继续他们的恋爱。杨宜芳身高约一米六，偏胖，圆脸大眼睛，说话很轻，说她爱汤如钢是真心的，汤如钢在安徽练江牧场的工作和为人打动了她，是她主动选择汤如钢的，她希望能和汤如钢在一起，可是现在她和家人担心的是，汤如钢能不能回上海？总不能再回安徽农村结婚吧！

汤如海问弟弟：你怎么想？

"杨宜芳人好、善良，希望能和她在一起。"汤如钢回答。

汤如海对杨宜芳说，我父母十几年前离开上海参加"三线"建设，我弟弟是随父母一起进山的，现在我父母还在山里，你可以顶替你母亲回上海工作，即便我母亲提早退休，我弟弟也只能回到父母工作的山里工厂工作，怎么才能让我弟弟到上海和你在一起呢，这是个很难解决的问题。这个房子是我父母留下的，虽然名义上是我的，如果你们需要，前后房间随你们挑。我想，按目前政府的政策，短时间内我弟弟回上海的可能性不大。

汤如钢送女朋友回家，望着弟弟的背影，弟弟与哥哥一样都比汤如海高大、强壮。汤如海想，用什么办法来帮帮弟弟，能让弟弟回上海与女朋友团聚。夜晚，汤如钢送女朋友回来，兄弟俩谈了很多，显然杨宜芳受到了来自各方面的压力。突然一个大胆的想法从汤如海脑海里窜出，"顶替"！既然父母能让子女"顶替"，那能不能哥哥让弟弟"顶替"？我去安徽农村，让弟弟回上海。他很坚信自己的学习能力，他到安徽农村没什么了不起，可以通过高考回上海读书，他没有将这个想法告诉弟弟。

第二天晚上，汤如海和李行根到虞协成家，他把自己想去安徽农村调换弟弟回上海的想法告诉同学，并说自己可以通过高考回上海，这个方法是否可行？想听听他们的意见。虞协成说，不行！不说上海是否有这个政策，到安徽农村劳动，照照镜子看看自己，是干农活的身体吗？不出两个月，就把你的身体压垮了，你还有什么能力复习考试，不要干傻事，两头亏损。李行根也同意虞协成的观点。汤如海说，你们怎么就不相信我的身体和学习能力呢？

汤如钢要回安徽练江牧场了，那天夜晚，汤如海和杨宜芳到火车站送弟弟汤如钢，在火车即将要开的时候，他将自己的想法告诉了弟弟，汤如钢很吃惊地问："这能行吗？"汤如海握着弟弟的手，坚定地说："不管行不行，我要试一下。"火车离开了，汤如海将自己的这个想法也告诉了杨宜芳姑娘，这是我能做的唯一能让汤如钢回上海的办法，不知能否行得通，如果不行的话，你就开始自己的新生活，寻找自己的幸福，不要耽误了自己。"我不会忘记汤如钢，我爱他。"杨宜芳哭泣着说。

经过反复思考和修改，11月初，汤如海将请调工作的报告交给了仓库主任史楚辰，主任看完报告非常不解地问："小汤，你脑子是否坏了，多少人想尽一切手段要回上海，你却要去安徽农村？"

"是的，我想去安徽农村调换我弟弟，因为我弟弟的女朋友顶替她母亲回到上海，我要帮助他们，我一个人到什么地方工作都一样。"汤如海动情地说。

史主任摇摇头说："小汤，你净瞎说什么，国家的政策是你定的？不要胡思乱想，安心工作。"汤如海急了："史主任，请你把这个报告送上去，我既没有占国家什么便宜，又没有损害谁，自愿调换工作是符合国家政策的，帮帮忙。"

史主任把报告放进抽斗说：走吧，去干活，平时还认为你小汤是个聪明人，读书、读书读到什么地方去了？过了一个星期，汤如海又到主任办公室，这次工会主席，胖阿姨陆秋英也在，汤如海问："史主任，我的请调工作的报告组织上批了没有？"

"小汤啊，你脑子真的进水了，我到公司开会，把你请调工作的事告诉公司领导，结果大家都哈哈大笑说，'北苏州路仓库怎么出了个傻子、憨徒，胡思乱想，瞎胡闹'，连我都觉得难为情。"陆秋英阿姨说。

"小汤，不要瞎搞了，脑子清醒一点吧！把自身工作和家里的事做好就行了，别胡思乱想，从外地农村调换到上海农村都不行，更不要说调换到工厂企业，国家的人事政策和户籍政策不是为你定的，这是不可能的。"史主任补充道。

离开主任办公室，汤如海情绪低落，怪自己没有能力让弟弟回到上海。晚上，他将此事写信给安徽练江牧场的弟弟，对弟弟说，很抱歉，自己的行动领导没有办理，他也对弟弟说了自己的想法，按目前的形势和国家政策，两到三年内是回不了上海的，不要耽误了你所爱的人的新生活。

汤如海在学习上受到的挫折、单位领导的不理解、不支持使他很烦恼，他想清静，远离上海，他向单位领导请假到山里看望父母。在列车上，坐在对面的是一个与他年龄相仿的杭州姑娘，一米六的身高，不胖不瘦，五官端正，皮肤有点黑，两个年轻人各自谈着自己在社会和工作中的困惑。汤如海很难过地说了自己高考被卡的事，杭州姑娘鼓励他，知识是自己的，到那儿都管用，不要泄气，坚持努力，人不可能一生下来就是干部，也许领导会改变主意。他感谢姑娘对他的理解，也知道了姑娘在杭州钱塘江对面的萧山农场工作。杭州车站到了，他要下车向姑娘告别，姑娘给他一张纸条说，下次到杭州通知我，我陪你游玩杭州。汤如海谢过姑娘，将纸条放入裤子的口袋里，下了车。

在山里，父母问起他考大学的事，汤如海只是轻描淡写地说，还没有准备好，等准备好了再说。突然，他紧张起来，想起了什么，在自己的上衣和裤子里找什么，把所有的口袋都翻遍了，还翻了进山的旅行袋，还是没有找到。母亲见他焦急的样子问："是什么东西？重要吗？"

"纸条，一张纸条"，汤如海回答，"是一个朋友的联系地址，我记得是放入裤子口袋里的，姆妈，侬（你）帮我汰（洗）裤子时，有没有看见一张小纸条？"，母亲回答说，没有。

晚上，汤如海一个人到山上散步，他很后悔自己怎么就将杭州姑娘给他的纸条弄丢了，他回想，当时他下车，急着赶进山的班车，回到山里兴奋地又跟父母聊这聊那，把杭州姑娘的纸条给忘了，他还没有看过这纸条，姑娘在纸条上写什么？会写什么？他抬头仰望天空，姑娘不是说，下次到杭州会陪他一起游玩，幻想着姑娘写什么，会不会有"断桥相会"①的事呢？也许，姑娘想结交一个上海朋友而已。不管姑娘写什么，他都不应该将姑娘写给他的纸条弄丢。

关于考不考大学，母亲这样说，你现在是一个拿工资的正式

---

① 《白蛇传》传说中的白娘子与许仙在杭州西湖断桥相会、相爱的故事。

工人，每个月有三四十元的收入，生活是很稳定的。能上大学最好，不上也不影响正常生活。汤如海想，母亲的话也对。

回到上海，一切又回到了正常状态，午饭休息时，汤如海在看书，做计算，凉秀琴师傅说："小汤，你当初在纸箱仓库的师傅丁诗芬现在已调入公司业务科，如果跟着丁诗芬，也就一起到公司业务科了，就不用现在这么辛苦天天复习功课了。"汤如海对凉师傅笑笑说："我哪有那么好的运气？"

汤如海的同学虞协成在热河路菜场的工作有了变动，菜场领导将他调换到夜班组，就是每天夜晚安排从郊县送来的各种副食品，有蔬菜和鱼肉等品种，从卡车上卸货、清点和放到指定的地方，以便明天大清早居民买菜。这给同学们家庭提供了生活方便，如果谁想买新鲜的蔬菜，夜晚十一点以后到热河路菜场找虞协成，他会给你需要的各种蔬菜，当然钱是不能少的。汤如海知道在上海买菜是一件很头疼的事，清晨四五点钟，天还没有亮就得到菜场排队，到上午六点才开始卖，还规定一人最多买二斤蔬菜。天不冷还可以，到了冬天或遇到刮风下雨，在菜场等候的日子实在不好受。现在好了，虞协成上夜班了，这些苦恼都不存在了。

晚饭后，同学们喜欢到汤如海家聊天，大多数是有关自己单位的事。有些话题是比较敏感的，如谈恋爱，一说到恋爱总有说不完的话，年轻人恋爱也正当时，他们看到了恋爱中的年轻人的甜蜜感觉；同样，也看到了很多不幸的恋爱。虽然大家对恋爱有不同见解，为了减少不必要的、看得见的痛苦，大伙都同意"恋爱三不"方针，即同学、同邻、同事之间不谈恋爱。因为当恋爱中的两人，发生了矛盾、争吵，有时激烈的有点过头时，会受到熟悉双方的同学、邻居和同事的无形或有形压力。本来两个人可以处理好的事，可能变得不好处理了。有时候聊着、聊着聊到深夜了，这时，他就会与李行根骑自行车到热河路菜场找虞协成分享聊天情况，时常三人结伴到泰山电影院旁边的天目东路河南北路上的一家夜市小吃店吃夜宵，一毛二分钱一两的"生煎或锅贴"！加上一毛五分钱一碗的细粉牛肉汤，离开时当然少不了带上一些蔬菜回家。

上海的天气阴冷，一天，汤如海收到一封来自奉贤星火农场的信，写信的是女同学华瑷瑛。在信中叙述了她在农场劳动和生活的情况，在农场整天与土地打交道，能说心里话的不多，使她想念中学同学那种无所顾忌的真情友谊……晚上，李行根到他家串门。

汤如海告诉李行根说，他收到了女同学华瑷瑛的信。李行根从裤子口袋里也拿出一封信，原来女同学华瑷瑛同时向几个同学寄出了信，内容基本相似。汤如海和李行根决定去热河路菜场与虞协成商量如何处理此事。在热河路菜场的摊位上，三个人谈论并说女同学在农场的生活不容易，思念家人和同学是人之常情。至少这位女同学能把他们看作能说说心里话的人，好在奉贤海边离上海市区不足一百公里，与到江苏苏州的距离差不多，不过到苏州可以乘火车，很方便，但到奉贤海边要换好几次车，比到苏州难多了，三人决定去探望她，以表达同学之间的真诚友谊。于是三人共同回信说，准备下个星期天去她那里参观和学习。

星期天早上六点钟，汤如海和李行根从家出发到徐家汇的沪闵汽车站与虞协成会合，七点半他们三人在徐家汇的沪闵汽车站集合，沪闵汽车站候车厅里占满了人，买好车票排队候车，由于人太多，为防止挤压，队伍呈蛇形慢慢地、有序地一个一个排队上车，八点过后他们三人上了车，汽车从徐家汇出发沿沪闵路向西到莘庄七莘路左拐，向南沿沪闵公路到达闵行区的闵行镇，摆渡过江，换上到奉贤星火农场的班车，继续向南到达奉贤星火农场车站，下车后经人指点走向星火农场，他们三人到达星火农场时已经过了十点。

门卫通过电话向华瑷瑛所在的部门传话，等了一会儿，华瑷瑛从蔬菜地跑过来，他们三人跟着她向农场里走去。首先华瑷瑛带领他们参观了女性宿舍，房间约有十六平方米，放了四张带有蚊帐的单人床，房间内还算干净。接着到大田里参观，广阔的田野上看不见人，偶然从天地里钻出一个人影，在田地里转了一会儿，华瑷瑛又领他们三人到她劳动的地方——菜田，她目前的工作是种蔬菜，每天给蔬菜浇水，过一段时间要上肥，还要为蔬菜田打农药，工作量不重，比在大田里劳动轻松多了。一路上，遇到农场的同事，华瑷瑛总是热情地向农场同事介绍她的同学，好像故意让同事们知道，今天有同学来看她。汤如海提议到外面镇上吃午饭，大伙都同意他的建议，华瑷瑛说，她得先回去向领导请假，他们三人就在菜园旁等她。过了一会儿，华瑷瑛手里拿着一个大包走过来说，已经向领导请了一个星期假，现在可以一起回上海。

下午两点他们四人到达徐家汇，大多数饭店都不营业了，总算在天钥桥路旁边上还有一家饭店还在营业，他们四人在二楼近窗的桌子旁坐下，饭店营业员说，你们来得太晚了，菜不多就这么几个。汤如海对营业员说："有几个就上几个吧，"他们实在是太累了，需要休息，从早上六点出门到现在，被汽车转来转去转晕了，都分不清东南西北了。华瑷瑛从包里拿出两个瓶子，从里面倒出两盆菜，一盆是田鸡肉，一盆是红烧肉，原来她早就预谋好了，跟食堂里说今天有同学来看她，特地让食堂师傅留下两盆好菜招待同学。

虽说这次奉贤农场之旅非常有意思，增进了同学间的友谊，却也累得不行，比到苏州、杭州累多了。

上海 1 月份的天气是最冷的，晚上十点半，汤如海骑自行车到虞协成菜场买菜，与虞协成稍许聊了几句就想走，说："天气冷，早点赶回去。"虞协成带着神秘的眼神说："多坐一会儿，马上会有一个姑娘要来还书，让你看看，这个姑娘怎么样？"

没等汤如海多想，真的有一位穿着红色风衣、肩上背着一个包的姑娘朝他们走来，姑娘从包里拿出一本书给虞协成说："还给你，谢谢。"

虞协成接过书指着汤如海说："这是我中学同学，以前家就住在东面的浙江北路。"汤如海起身向姑娘点点头说："我和他是老邻居、老同学，我们是最好的朋友。"三人站着聊了一会儿姑娘就走了。原来姑娘家住在热河路菜场旁，每次中班下班路过菜场时，虞协成总是在看书，时间长了就熟了，有好的书，也借来看看。

"嘿，刚才这位姑娘如何？"虞协成问。

"蛮漂亮的，人高高的，身材修长，长发披在红色风衣上，不错，挺适合你的。"汤如海回答。

"哈哈哈，"虞协成笑了说，"你说可以就行了，是这样的，这是我帮你介绍的女朋友。"

"不不不，"汤如海慌了神，因为他从来没有想到要谈女朋友，也不知道为什么要谈女朋友，虽然他看了很多书，其中不乏描写男女青年谈情说爱的美丽故事，总觉得恋爱离他很远。看把你吓成这样，也不知道人家姑娘是否愿意，虞协成嘲笑他，我大致把你的情况告诉姑娘，人家姑娘就是喜欢读书好、有上进心的人。

"那姑娘为什么不看上你呢？"汤如海不解地问。

"嗨，"虞协成故意提高嗓门，"我家没有住房，跟老娘住十平方米不到的阁楼，哪个姑娘愿意等到有房子的那一天？"如果姑娘没意见，虞协成会安排见面时间。

当同学们知道汤如海要与女朋友约会很是兴奋，一起讨论，帮汤如海出主意想办法，约好跟在后面观察，一来看姑娘的长相，二来看两人在一起是否合适。

按约定，星期天晚上八点在海宁路西藏北路路口碰面，汤如海按时到达。不一会儿，虞协成陪着姑娘一起走来，虞协成说，上星期晚上你们就认识了，我就不用多说了，你们俩自己交流，我就不陪了，说完转身走了。

汤如海与姑娘沿西藏北路向北走去，边走边聊，今天姑娘打扮很漂亮，一件玫瑰红的滑雪衫，肩上背一个小包，脚穿一双高帮鞋，一头长发披在肩上随寒风飘扬；汤如海穿了一件普通的两用衫外套，一双没有擦干净的旧皮鞋，留着中学生的发型，与姑娘相比他就是一个刚从学校走出来的、乳臭未干的中学生，不像一个已有三年工作经验、二十出头的年轻人。姑娘姓陈，比他小一岁，在北站（火车站）北面鸿兴路上的一家木工工具厂工作，平时也喜欢看一些书。他们俩沿着天目东路转向浙江北路，到了邻近曲阜路时，他向陈姑娘介绍说，109 弄里面就是他以前的家。他们又回到了热河路，姑娘家到了，他对姑娘说，外面很冷，早点回家休息，双方都没有约下一次见面。在与陈姑娘分手后，汤如海马上到对面的五十八路终点站坐车回家。

路过章友根家时，见里面有很多人，同学们都在等汤如海回来，见汤如海回来，同学们都转移到了汤如海家，交流他们所看到的情况。李行根、章友根和长脚鲁迎庆一致认为，陈姑娘长相不错，人也够大气。说汤如海太土气，尤其是那双旧皮鞋，不仅没有为他增加高度，反而压低了一米七的身高。必须要改变一下穿着，陈姑娘就像一个城市姐姐似的带着一个乡村弟弟逛马路。同学们问，都跟姑娘聊了些什么，汤如海想不起来跟姑娘聊什么，只是随便说说，看到什么说什么，他记得最清楚的就是双方都没有主动提出下一次约会。

这是汤如海第一次与一位陌生姑娘逛马路，并且逛了约四十分钟。第二天晚上，虞协成到汤如海家问他对陈姑娘有什么感觉，汤如海说，他配不上陈姑娘，他需要改变和思考。要改变自己，让人觉得他已经是二十出头的小伙子，要有年轻人的朝气；他要思考，与姑娘谈恋爱跟他有没有关系？他是不是需要恋爱？

1980年春节，同学们约定，新年初三即2月18日到汤如海家团聚，为了这次聚会，同学们做了许多准备：虞协成将带上两条大黄鱼，他在几个月前就将这两条大黄鱼藏在菜场里的冷柜里；长脚鲁迎庆将带上一只猪肚，做白切肚丝菜；大头徐崇喜将带一包油爆虾，虾是他过节前让食堂师傅给留下的；其他的蔬菜和荤菜都由汤如海准备。洗菜和烧菜也做了分工：李行根、周国藩负责拣菜；两位女同学，俞美丽和华瑗瑛负责洗菜；章友根负责清洁桌面和洗碗；汤如海负责供应和调度。

下午同学们陆续来到，那么多人在汤如海家劳动，邻居们都跑过来看热闹，都说跟如海在一起的同学都是要求读书、上进心强的好小伙。整个屋里屋外吵闹、责怪、笑骂声一阵接一阵。蔬菜和荤菜都洗涤干净分别放好，女同学们将大八仙桌收拾干净并将碗筷放好，第一波冷盘菜由周国藩主勺；第二波荤菜由长脚鲁迎庆主勺；最后蔬菜和汤由汤如海主勺。

同学们请出老祖母，让老太太坐主位，首先祝老祖母身体健康、新年快乐。老太太象征性喝了几口酒和稍微吃了点菜就离开了，将桌面让给了年轻人。

同学们互相敬酒，畅谈对工作、对理想的不同看法，但谈到去外面旅游的观点基本一致，认为现在还年轻，没有包袱，经济上也能承受，去外面看看对自己和未来都有好处。于是商量第一站去哪里？苏州、无锡、南京、杭州、宁波都是好地方，经过激烈争论，最终选定第一站去杭州怎么去？什么时候去？还是决定不了，有同学说，将杭州的重要名胜古迹游览一遍，少说也要三四天，单位请假有困难，如果是一两天，搭上星期天困难不大。周国藩最起劲，说他是没有问题的，只要通知一声就行，两位女同学也想跟着一起去，只是请假有难度，怎样获得假期，得到单位领导的批准是个很难的问题。

周国藩喜欢热闹，频频劝酒，大头徐崇喜本来就喜欢喝酒，两人就对上了，互不买账，其间又挑逗女同学喝酒，俞美丽经不起男同学的挑衅，尤其看不惯小个子周国藩充好汉，就与周国藩拼起酒来。汤如海见状立刻按住俞美丽的酒杯，不让她喝酒，男同学不高兴了说，"汤如海，你舍不得俞美丽，那你替她喝"，当然，汤如海作为聚会主人是当仁不让，也喝了好多酒，宴会一直到夜晚十一点才结束。

章友根负责收拾桌子，洗涤碗筷，女同学也帮忙一起洗涤。同学们又围着台子喝茶，借着酒性继续畅谈对未来的看法，直到过了十二点，才离开回家。好在第二天还是节假日，可以好好睡一觉，恢复体力。

接下来，同学们就围绕去杭州旅游的事，左思右想想不出一个大家一起去杭州的好办法，如果夏天去，天太热；秋天去，时间拖得太晚，热情都没了，最好是春天，春暖花开的季节最适合旅行。基本上时间就定在春天，4月或5月。怎么去？去几天？还是定不下了。

3月底，女同学华瑷瑛和俞美丽到汤如海家说她们决定去杭州旅行，华瑷瑛说，她准备在4月中下旬，向农场领导请假，俞美丽准备托人请病假。两位女同学的假期定了，那么就是男同学的假期怎么定？章友根、长脚鲁迎庆和大头徐崇喜都说，他们没有办法弄到假期，不一定能参加这次的杭州旅行。周国藩说，他是没有什么问题的，因为他人灵活，跟领导关系好；李行根说，他也可以，他所在的部门工作比较轻松，领导也不怎么管他，请假也不会有大的障碍；虞协成说，他在菜场上夜班，请几天假应该不会有大问题，即使领导啰唆，他可以到医院开病假条，他有个朋友在医院工作；汤如海说，他也没有什么大问题，跟领导请假说去山里看父母就行。这样，去杭州旅行的事基本上定了，什么时候出发得等女同学华瑷瑛回到上海后再确定具体时间。

李行根单位的一个叫陈津生的同事，想去杭州好长时间了，只是没有适当的同伴，知道李行根一帮同学去杭州旅行，就想跟着凑热闹，向李行根提出一起去杭州旅行，李行根说，我得跟同学们商量商量。

4月初，汤如海二舅舅的女儿到上海，带着家乡的礼品，一袋小麦粉和一小篮鸡蛋来看望老太太，并说现在乡下农闲，已和舅舅商量好了，去山里看望姑母。汤如海说："好哇，过几天，我们同学正准备去杭州游玩，那你和我们同学一起去杭州游玩，然后我陪你一起进山。"表姐很高兴说，这可好了，一路上有你这个弟弟陪着，我爸爸就更加放心了，前两天还说，不放心我一个人进山看望姑母。表姐个子不高像舅舅，由于在农村劳动，皮肤黝黑，但力气不小。

4月15日，华瑷瑛从农场回到上海，晚上就与俞美丽到汤如海家商量去杭州旅行的事，汤如海说，现在情况有一点点变化，就是李行根的同事陈津生也想参加我们的旅行，另外，我只能和你们一起到杭州旅行，但不能和大伙一起回上海，因为，我要陪同表姐进山看望我父母。同学们表态说，这没有什么，人多热闹。汤如海还有一个要求，就是要去杭州旅行的同学，明天集中开会，确定各自责任，选出领队，当有不同意见时，需要服从领队的指挥，不然七人八条心，大家都是年轻人，血气方刚，闹出不愉快的事，这次旅行就没有任何意义了。只有统一了思想，这次旅行才可以进行。

第二天晚上汤如海家，除了汤如海表姐外，其他人都到齐了，大家认为汤如海对杭州比较熟，就选他当领队，他还有一个顾虑，就是男女同学在外面会发生什么事？想起在中学读书时，班里就有虞协成与华瑷瑛谈恋爱传闻，还有李行根的同事陈津生会不会借此机会接近女同学，陈津生比同学们大两岁，长得蛮英俊的。他只想把这次同学们的杭州旅行做得安全、开心和完美，不要出任何意外事情，平平安安地回到上海，以后的事，就不用担心了。于是他就说，我们这次旅行纯粹是增进同学之间的纯洁友谊，不要有任何别的想法，不然会影响到这次旅行的质量。他指着虞协成和华瑷瑛：早在中学就听说你俩有绯闻，这次杭州旅行不会有绯闻吧？

华瑷瑛笑着说："以前在中学传说我俩有绯闻，那是谣言，现在我倒想有绯闻，他敢吗？即使他敢，他妈会同意吗？会接受一个在农场的姑娘？"汤如海见俞美丽和陈津生谈得起劲又问："你们有什么想法？"

陈津生扮鬼脸对俞美丽说："我是有想法，可光我一个人有想法有用吗？姑娘会理我吗？"俞美丽接着说："好不容易同学们一起旅行，看杭州美景还来不及，哪有时间想别的。"

得到每一个人的保证后，汤如海说，既然大家都为这次杭州旅行着想，那么，明天我就去买车票，买18日晚上的车票，我买好火车票就立即打电话通知你们。

汤如海留下李行根、周国藩和虞协成继续讨论具体去杭州的游玩路线及资金如何使用，汤如海建议，这次杭州旅行的费用由男同学平摊，女同学路上喜欢买什么那是她们的事。虞协成在菜场工作，算账比我们好，大家将资金集中交给虞协成保管，在外面的一切费用由他支付，我先交两百块，不够再垫付。同学们都支持他的建议，认为这个建议可行。

1980 年 4 月 18 日晚上十一点半，汤如海和同学们加上汤如海的表姐和陈津生一共八人登上了去杭州的列车。在列车上大家兴奋不已，有说有笑好不开心，谈论自己当初在中学做过的一些事，当时还以为是聪明的事，现在看来是多么愚蠢的事，叹自己年幼无知。五点半列车到达杭州，找到延安旅馆，周国藩拿出在耐火材料厂跑销售的邻居开的住宿介绍信，办理了住宿登记，男的是十几个人一间的大房间，女的是四个人一间的小房间。把行李放好，简单地梳洗后就到外面吃早点，肚子确实感觉饿了。

他们一行首先来到西湖，汤如海讲解当年在这里遇到年轻诗人的故事并再次学着年轻诗人的举止朗诵：

啊，西湖，你那么美，没有毛主席的红卫兵美，

啊，西湖，你那么深，没有工人阶级的友谊深，

啊，西湖，你那么明亮，毛泽东思想，我心中的红太阳，比你明，比你亮。

同学们听了哈哈大笑，也学着汤如海的样朗诵自己编的诗：

啊，西湖，你那么美，我来看你了，

啊，西湖，你那么深，没有我们同学的友谊深……

李行根带着一架老式的 135 型照相机，同事陈津生也带了一架 135 型照相机，汤如海带了一架 120 型照相机，沿西湖边走边拍照，到码头时，他们分两条小船凳上湖心亭岛，在湖心亭欣赏美丽的三潭印月。他们走在苏提（苏东坡修建）和白提（白居易修建）上，联想到千年之前的两位伟人，为杭州人民做的好事，至今杭州人民还在享用，还引出一段千年传颂的白娘子与许仙断桥相会的爱情故事。他们参观了岳飞庙，见到害死岳飞的秦桧跪在岳飞塑像面前，几乎所有参观的人都在骂秦桧，说秦桧不仅是卖国贼，还害死了抗金英雄岳飞。

晚餐在杭州西湖旁有名的"楼外楼"饭店二楼吃饭，点了一桌子菜，当然西湖醋鱼是不能漏掉的。八个人围成一桌，女的喝饮料，男的喝啤酒。一喝酒，周国藩和李行根的同事陈津生来劲了，大家边吃边聊今天游玩的感想，当谈到参观岳飞庙时，李行根说，岳飞不仅武艺高强，还非常有谋略，率领岳家军抗击金国大军进攻中原，保住了南宋皇朝。李行根看过小说"岳飞传"，所以崇拜岳飞。女同学俞美丽和华瑷瑛都谴责秦桧，说秦桧不但自己不抗金，还处处阻碍抗金的民族英雄岳飞，最后还用"莫须有"的罪名害死了抗金英雄岳飞，是卖国贼。

汤如海也赞扬岳飞的抗金行动，但不赞成把秦桧说成是祸国殃民和陷害忠良的卖国贼，秦桧确实有许多不对的地方，但正是秦桧与金国签订了停战协议，不仅保住了大宋皇朝，还为社会和百姓赢得了一百四十年的和平，让处于战乱时期的老百姓有一个休养生息的恢复机会。我们都看过电影《列宁在十月》和《列宁在一九一八》，为了新生的人民当家做主的社会主义国家，列宁力排众议，不顾大多数中央委员会委员的反对，与德国签订了割让整个俄罗斯东部和赔款的协议，① 以换取德国停止对新生的苏维埃政权的进攻。奇怪的是，世界上不管是资本主义国家，还是社会主义国家，没有人说列宁是卖国贼，还赞扬列宁的聪明和伟大。

陈津生说，外国人的看法与中国人不一样，反正中国历朝历代就认为岳飞是英雄、是伟人；秦桧是卖国贼、是坏人。周国藩说，岳飞、秦桧是好人或坏人我们管不着，想想明天的旅行计划吧？于是话题又回到了旅行，汤如海说，明天我是这样安排的，

---

① 1918 年 3 月 3 日，在布列斯特和约正式签订。按照合约，苏俄割让 323 万平方公里领土，赔款 60 亿马克。托洛茨基被解除了外交人民委员的职务。但苏俄成功地退出了第一次世界大战，为刚刚诞生的苏维埃政权争取了喘息的时间。

早上我们去虎跑喝龙井茶，然后去灵隐寺拜佛，下午去九溪十八涧。今天大家够累的，早点休息、恢复一下体力，明天继续战斗。

由于延安旅馆没有热水龙头，好在天气不冷，汤如海就用冷水龙头洗澡。昨天晚上没有睡好觉，白天跑了一天的路，累坏了，上床没多久就进入了梦乡。

在游览虎跑时，汤如海发现一个有趣的现象，一路上李行根身上的包会变得逐渐多起来。品尝完虎跑的龙井茶后到灵隐寺，汤如海就留意李行根，一是李行根主动帮女同学背包；二是女同学故意装走不动，拖在后面。汤如海是领队，走在前面，走在后面的李行根身上的包就越来越多了。他就返回到后面对女同学说，你们得把活分一点给别人，我和周国藩，当然虞协成身体是不能帮忙的，总不能给李行根一个人背。

俞美丽俏皮地说，我脚痛，让李行根帮一下不可以？你还吃醋啊！华瑷瑛说，你领队走在前面，不关心我们，李行根愿意帮忙，你要向李行根学习。汤如海没有理会女同学的"诡辩"，从李行根身上卸下一个包挂在周国藩的肩上，自己也挂一个。周国藩反讥道："汤如海，你这是多管闲事，李行根愿意背，说明他身体好，你管得也太宽了。"

就这样，过一段时间，汤如海都要看看李行根身上的包是否多了，如果多了就帮他减轻一些重量，到了休息地，将包还给女同学，这种游戏在不停地循环着。

下午到了九溪十八涧，这九溪十八涧坐落在两边斜坡的山腰间，中间有一条从山上往下流的水槽，山腰上树木茂盛、林间鸟语花香、山水清澈，是个养生修心的好地方。汤如海渴了，用一个大树叶在水里漂洗一下，然后将树叶卷起，盛水喝。同学们学着他的样喝水，都说这水比上海的自来水好，不仅没有净化剂的药味，还有甘甜味。

在杭州除了动物园需要五分钱门票，其他景点都是免费参观、游览，游客都自觉遵守景点的规章制度、排队、互相谦让、友好相处。

晚上，汤如海一行人坐在西湖旁边的柳浪闻莺的草坪上，已是春天了，杨柳树爆出了新芽垂挂在西湖旁，春风吹动的杨柳晃呀晃，倒影在西湖水中摇啊摇，在灯光的照耀下更显得迷人。加上远处的湖心岛和三潭印月的美景，都赞美上天送给杭州如此美好的环境，在这美丽的景色中，大伙谈了各自的看法。汤如海首先赞美这眼前的美景，然后遗憾地说："表姐让我明天陪她进山，非常抱歉，不能与你们一起游玩了，我们回上海见。"

两位女同学也谈了她们的烦恼，一是本身工作环境不理想，二是父母催她们早点定下终身大事。俞美丽说，"父母只知道让我早点找对象，把婚姻订下来，但不了解我要找个什么样的人？"

"那你喜欢什么样的人呢？"汤如海问。俞美丽想了想说："外貌，人要高大一点，帅气一点；内涵，至少要像你一样，喜欢学习，讲道理、懂礼貌。"

汤如海摇了摇头说，"这就难了，你要人家聪明又懂道理，还要高大帅气，很难找到。"接着他也谈了自己的烦恼，我喜欢学习，但单位领导不给我学习的机会，但我不会放弃的，一定要争取上大学的机会。华瑗瑛说，"我们在农场不知道希望在哪里，在农场有门路的人可以托关系调回上海，没有门路的就只能在农场扎根落户了。"

八个年轻人坐在从前的皇室花园的草坪上，谈理想、谈工作、谈未来……

汤如海陪表姐到山里，乐坏了父母。他看见父母房间里的墙上挂着一幅奖状，上面写着："感谢协作机械厂汤余庆同志帮助农民建立了水力发电站，特发此状。"落款是"安徽省绩溪县和阳人民公社"。父亲解释道："他利用业余时间帮绩溪县的和阳人民公社在万峰水库安装了 2 台 25kW 的水力发电机，建立了一座水力发电站，白天可以为公社农机厂提供动力，晚上为山民提供照明。所以和阳人民公社的老百姓非常开心，除了送这么一个奖状表示感谢外，还送来了许多树木，外面这间大厨房就是和阳公社派人给搭建的，所有材料也是和阳公社免费送的。"汤如海也感觉到厨房移到房屋外了，原来是山民帮忙搭建的。父亲放下茶杯，面露微笑自豪地说："前几年，工厂制造的火箭弹的热处理工艺遇到了难题，穿击力度下降，后方基地的专家和工程师做了好多方案效果都不理想，我利用射流技术制造了大型汽缸自动同步升降热处理机，解决了火箭弹热处理工艺难题。为此，受邀到南京大学讲解热处理技术，还代表后方基地技术创新人员到南京军区汇报军工热处理技术成果，军区司令员许世友还单独找我谈话，询问后方基地工作和家庭生活的情况。军区领导还送给汇报工作的人员每人一件羊毛衫，鼓励后方基地工作人员为国防建设多做贡献。跟老婆结婚几十年，从没有买过一件衣服，这件羊毛衫算是给老婆的一个礼物。"

母亲打断父亲的话："别炫耀自己的能力啦，没有上过大学，有什么知识？还什么发明创造？偶然碰巧搞成了，别人夸你是个土工程师就沾沾自喜，也不掂掂自己的分量。"

汤如海在山里没有多留就返回上海，一回到上海，晚上同学们又到汤如海家商量如何将在杭州所拍的照片洗印出来。李行根叙述汤如海离开大部队后所发生的事，由于汤如海这个领队离开了，旅行队伍马上出现分化。俞美丽开始装腔走不动，老是拖在后面，包李行根已经为她拿着，还不满意，说脚痛，需要扶一把。李行根有同事陈津生在，没法帮忙，虞协成因为有华瑷瑛在，也不敢帮忙，周国藩正好献殷勤。面对俞美丽的花招，华瑷瑛很是不满，走这点路就不行了？装什么小姐腔。隐藏在心里多年的旧情复发，简单几招就将虞协成俘虏了。这两组人，只顾自己说悄悄话、诉衷肠。把李行根晾在一边，好在李行根有同事陈津生陪伴。

这边，俞美丽的花招一个接一个，一会儿说脚痛走不动，一会儿又说肚子不舒服，想方设法与大伙拉开距离，创造两人空间；那边，华瑷瑛和虞协成不知在中学是否有谈过"靠订"（谈恋爱）这回事，但现在两人真情暴露了，借着俞美丽的花招，创造他们的自由空间，把汤如海规定并自己承诺"不准男女之间有非分之想"的誓言抛向脑后。听了李行根的叙说，汤如海既高兴又担心。当初汤如海设立这一荒唐不近人情的规定是想让大伙旅行快乐，不要出现什么不愉快的事，影响大伙的情绪。当时担心的是华瑷瑛和虞协成在中学有这么一件绯闻事，怕他们两人尴尬，即说话不注意时无意伤到他们两个人，出现不愉快的场面。没想到的是俞美丽与周国藩会擦出火花，因为平常同学们在交流时，俞美丽对爱情充满幻想，她心中的白马王子不仅高大、帅气，还要有文化底蕴，她老是把她的语文课代表身份放在嘴边，所以和她交往的男同学没有一个符合她的标准。汤如海和李行根想不明白，怎么会让个子不高，相貌一般的周国藩靠近她呢？

李行根说，他们两对不会有结果的，首先，虞协成不像你汤如海有独立思想，受母亲及哥哥姐姐的影响太深，而他又是一个长得英俊的乖男孩，与在农场工作的华瑷瑛谈恋爱，过不了母亲和哥哥姐姐的关，他不敢或不愿意与母亲和哥哥姐姐作对，除非华瑷瑛能在短时间内调回上海。俞美丽和周国藩，虽然两人性格相近，活泼、开朗，但俞美丽更富有幻想和浪漫，当幻想和浪漫过后，她会冷静思考，再做选择，而且她的表演天赋往往会让与她打交道的人迷失方向。全班长子长女同学都去农场，就她一个留在上海，工作单位也不错。

对隔壁楼上邻居同学俞美丽，汤如海知道一些她的生活轨迹，在家是长女，做家务是把好手，汤如海经常看见她到给水站提水和洗衣服。跟班上漂亮的女同学相比身高、脸蛋差很多，不过她有独特的优势，活泼开朗但不出格，自控能力好，在与调皮捣蛋的男同学的周旋中，没有吃过亏。俞美丽对爱情充满幻想，她想找一个外貌英俊且有文化底蕴的男青年，社会上哪里有？即使有的话，对方未必看上她。让汤如海不明白的是周国藩，他应该了解俞美丽的个性，她的表演天赋他不会不知道，怎么会鬼使神差地上了她的船？这艘船能到达彼岸吗？

为了将杭州旅行的照片印出来，汤如海和同学们晚上在家自己动手，并将认为好的照片挑出来，准备放大。为此，汤如海又自己动手做了放大机，就这样，印照片、放照片忙了好一阵子。热情过后，汤如海的生活恢复了正常，每天上下班，到家提水做家务，晚上看书做习题。

10月，上海已进入秋天，早晚凉爽。一天晚上，汤如海在家看书，周国藩走进来说："老是看书干嘛，出去走走呀。"

"不看书到什么地方走？"汤如海回答。周国藩靠近汤如海，神秘分兮地说，"帮你介绍女朋友。"

"别开玩笑，"汤如海装生气的样子说道。周国藩一本正经地说："谁跟你开玩笑，对方姑娘不错，在中山北路近共和新路的上海手术器械六厂工作，我将你的情况告诉了对方，已与对方约好，明天碰面。"正说着，李行根和章友根也进来了，周国藩说，明天晚上七点，在人民公园的音乐茶室碰面，李行根和张友跟你们两人早一点到，我陪汤如海与女方会面。

第二天晚上，汤如海在周国藩的陪同下，坐六十九路公交车到共和新路换四十六路公交车到终点站——人民广场。买两张五分钱门票进入公园，在公园中央的音乐茶室，汤如海买了四杯咖啡，李行根和章友根就坐在不远处。不一会儿，有两位姑娘朝他们走来，周国藩迎上去，将汤如海和女方作了介绍，四个人边喝咖啡边聊。很快周国藩和女方介绍人起身说，你们俩慢慢聊，我们有事先走了。由于茶室音乐声，加上喝咖啡人的说话声，不方便说话，汤如海提议到公园走走，在一个圆石桌有几个圆石凳旁边停下，汤如海就与姑娘坐在石凳上。姑娘问了一些他家里的情况和工作情况，他都一一简单回答。姑娘又问他是否是团员，"不是，我对政治组织不感兴趣。"汤如海回答。谈了约半个小时，他与姑娘分手了，因为第二天还要上班，他礼节性地问，下次什么时候再会面，姑娘说，会告诉介绍人会面的时间。

汤如海回到家，同学们都在等他，问他感觉怎样，谈的如何？"没什么感觉，也没看清楚姑娘长得怎么样。"汤如海回答并反问："你们看清楚了吗？"

"我们看清楚了，外貌还可以，身材也不错，配你是绰绰有余。"周国藩调侃地说，"你当然看不清楚，在跟姑娘谈话时，头低的那么低，不仅你没有看清楚姑娘，人家姑娘也没有看清楚你是什么模样。你这样子，不是在谈恋爱，像是受审讯似的。"

第二天，周国藩告诉汤如海，人家姑娘认为你不诚心，不愿抬头与她正面交流，还有姑娘不满意的是不想入团、不想上进，不想再进一步了。汤如海如释重负，他根本没有准备好谈恋爱，还不懂什么叫恋爱。

过了一个月，周国藩又给汤如海介绍对象，这位姑娘在中山北路近和田路上的上海邮电设备厂工作，在闸北公园与姑娘会面。吸取上次教训，心里做好了准备，与姑娘交流不那么慌张。姑娘身材修长约一米六三，瓜子脸，蛮漂亮的。这次与姑娘交谈的还可以，约好一个星期后再见面，地点和时间不变。同学们也认为姑娘外表不错，据说姑娘挺能干的。

一个星期后汤如海与这位姑娘又碰面了，晚上，天空下着小雨，他们谈了很多，介绍了各自的情况。他说，从小离开父母，与老祖母一起生活，虽说自由，但生活环境还是不理想，家中没有自来水龙头，要到给水站提水。姑娘说，有很多人生活在这样的环境中，只要左邻右舍互相尊重、友好相处还是可以的。分手时，他对姑娘说，下个星期我可能要到外地出差，陪仓库管理员去无锡仓库对账和提样品，等回来后我们继续交流。姑娘说，好的，等你回来后见面再说。

汤如海与仓库管理员，胖墩朱锡明到无锡仓库对账和提取样品，一天就办完了，他们没有马上回上海，而是去了无锡惠山游玩，聆听当地人对瞎子阿炳的传说。晚上住在市中心的一家旅馆里休息，第二天一早，又到无锡太湖旁最有名的鼋头渚游玩，在鼋头渚几位老人在闲聊有关范蠡与西施的历史传说和他们之间的爱情故事，下午乘火车返回上海。

回到上海，汤如海抓紧时间学习，政府为了鼓励和支持工人考大学，出台了有五年工龄就可以带薪读书的政策。明年他就能符合这条政策，如果考上大学，还能带薪读书，多好啊，绝不能浪费这一机会。巧的是，这段时间没有同学到他家玩。一天，他在大洋桥买东西时，遇上周国藩。周国藩见他心情放松就嘲笑他，"怎么，谈了女朋友，忘了我这个老朋友？邮电设备厂的姑娘不错吧？"

"什么，女朋友？"汤如海大吃一惊，用手拍自己的脑袋，"啊呀，天哪，忘了，我忘了，从无锡出差回来，光顾工作和复习功课了，把跟姑娘约会的事给忘了。"他连忙向周国藩赔不是，请周国藩帮忙，约姑娘出来，当面道歉。

"你昏头了，跟姑娘约会的事也能忘？"周国藩愤怒地说。

两天后的晚上，周国藩、李行根、虞协成和章友根陆续到汤如海家，同学们不停地责问他，尤其是周国藩："你这不是拆我的台吗？让我的脸往哪儿放？人家姑娘没有嫌弃你个子矮，经济条件差。将近一个月的时间，你竟然把人家姑娘忘了？说什么都是多余的，人家姑娘就回一句话'没有缘分'！看这姑娘多懂道理，你把这么好的一位姑娘给忘了，以后谁还愿意为你介绍对象？"

汤如海不怪同学们的责骂，怪自己这么糊涂，他用手不停地敲打自己的脑袋，自言自语：真的，怎么会把这么好的姑娘给忘了？这么没有礼貌的事会发生在自己身上？是不是我的脑子真的有问题？

周国藩是同学们中最活跃的，现在市面上流行跳舞，他和单位同事及其他朋友一起学跳舞，他们带上一个手提卡式录音机，放着台湾邓丽君唱的歌曲录音带，跳三步舞，四步舞或其他什么舞。有时候没有地方跳舞，就到汤如海家里跳舞，汤如海总是为朋友们提供方便，挪地方、泡茶、倒水。舞跳得怎么样，汤如海不懂舞蹈，不知道好还是不好，但从录音机里传出来的邓丽君那优雅、甜美的声音令人陶醉，虽然社会舆论还在批判邓丽君的歌声是资产阶级低级趣味的靡靡之声。周国藩认识的女性多，为同学们介绍对象的机会也就多，汤如海真的很感谢周国藩为他操心。

进入 1981 年，汤如海抓紧时间学习，准备参加高考。当他拿着考试报名单走进仓库主任办公室，笑嘻嘻地将报名单递给史楚辰说："史主任，请在报名单上盖个章。"

史主任接过报名单重复两年前的话，大学生是干部编制，而是否要培养一个人当干部，是要经过组织上讨论、同意、批准，才能转为干部编制。小汤，你要安心本职工作，工作表现好，组织上自然会给你机会，培养你当干部。

汤如海马上回答："主任，我从没有要想当干部的想法，一直努力做好本职工作，这一点，你可以问与我一起工作的任何一位师傅。"汤如海用乞求的口气说："但我想上大学，学习新的知识，给我一个机会吧！也许，我不一定考得上。"

正说着，工会主席，胖阿姨陆秋英进来，史楚辰对她说，这事由工会先讨论。汤如海将报名单交给工会主席，装作笑脸说："陆师傅，请在报名单上盖个章。"

胖阿姨陆秋英看了看说："小汤，你要考交大、同济？学机械、学制造？这不符合我们组织上培养人才的要求。"

"为什么呀？国家不是提倡推进现代化建设？不是要改变我国目前落后的机械制造业水平，缩小与国外发达国家的距离吗？怎么就不符合组织上的要求呢？"汤如海急了，一连串地反问。

胖阿姨抬起头像教训小孩子似的对他说："小汤，你现在是工艺品进出口公司北苏州路仓库推老虎车（小推车）、装卸货物的工人，你要安心本职工作，如果组织上同意你上大学，学成后成为一名干部，要为自己的企业服务，为进出口贸易服务。进出口公司需要的是懂外语、懂外贸业务的人才。不为自己的企业服务，组织上为什么要培养你？"

工会主席的话，一下子把汤如海打晕了，坠入云海，不知所措，又白费了一年。虽然他又气又急，但也无可奈何，工会主席陆阿姨的话不无道理。接下来怎么办？之前复习的全是理工科资料，要转型，转为外贸经济类。为了能上大学，只能重新开始。

汤如海悔恨交加、情绪低落，不愿多说话。班组里的阿姨师傅们安慰他，纷纷指责仓库领导，自己的孩子读不进书，考不上大学，还不让别人考大学。什么干部编制，哄小孩的。阿姨们鼓励他，不要放弃那么多年的努力，你要证明给领导看，我小汤学习是真心的。

汤如海心情平静不下来，买了一些有关外文的资料，但这么大的变化，一下子适应不了。社会上正流行沙发，他想自己做沙发，托人买了一副单人沙发弹簧，将家里的一个木橱拆了，用木橱的木板、木条做沙发架的料。利用中午吃饭时间到北京路大田路附近的一个沙发修理门店，观摩师傅制作、修理沙发。到宁波路、天津路的装潢商店购买做沙发的骑马钉、绳索和蜡块等材料。做沙发的材料基本备齐，他开始设计沙发三视图，他想做一对大沙发，这样坐起来舒服。根据他自己设计的沙发尺寸落料，为了使沙发结实稳定，他想了一个办法，就是用长螺丝钉，用木钻将两块要连接的木头打穿，用长螺丝钉两面紧固，这样木框架就很结实、稳定、不松动。

汤如海在家做沙发，不仅吸引了邻居小朋友，还吸引许多大人观看。当阿姨叔叔们看着他用上过蜡的白色粗绳将木框架上的弹簧压住，打结，延伸到下一个弹簧，压住，打结。这样每个弹簧被米字形蜡绳固定，整个框架也是被蜡绳用米字形固定。阿姨叔叔们很惊奇，问他是怎么学会做沙发的，扬州阿姨就会主动地说，"我们如海是一个很聪明的孩子，不但读书读得好，动手能力也很强，自己身上的衣服都是自己做的。"有时候扬州阿姨会叹气地说，"这么好的小伙子，怎么就没有姑娘喜欢呢？"

市场上没有卖做沙发的海绵，汤如海只能将家里一条旧棉被拆了，裁剪后放到弹簧铺面上，用绳索将棉被固定在弹簧铺面上。将做好的紫红色的人造革沙发外套铺在沙发上，用沙发专用金色泡钉固定。这样一对宽大、漂亮的沙发就做成了。

好多邻居到汤如海家坐坐这沙发，尤其是阿姨们会说，这沙发就是比木凳舒服。坐在自己做的沙发上，他还感觉缺点什么，对，还缺一个茶几，在没有茶几的情况下，只能用木凳替代，将茶杯放在沙发中间的木凳上喝茶，很是惬意。有邻居家里来了重要客人，到汤如海家借这对沙发去招待客人。

晚上，汤如海坐在沙发上喝茶，心情比前一阶段平静了许多，就这样每天坐在沙发上喝茶打发时间？他不甘心，上大学的念头一直没有断。为了节省时间，提高学习效率，他报名参加了一个业余复习班，利用晚上时间学习。为了抓紧学习，母亲让他进山都放弃了，集中精力复习功课。担心的阴影也没有散去，如果仓库领导再不同意，怎么办？他不敢想象这样的结果。史主任的声音在他耳边挥之不去，"小汤，你要安心本职工作，上大学，培养干部是要经过组织同意和批准的，你现在的工作是推老虎车（小推车），是工人编制，大学生是干部编制。"他得向领导表明一下态度，上大学仅仅是学习新的知识，不要求干部编制，也许史主任会改变对他的看法。他将自己的态度写在信纸上：

尊敬的领导：

为了国家现代化建设，学习新的知识，我想考大学，为祖国现代化建设服务。在此，向领导、组织保证，如果能考上大学，学成后，愿意在基层工作，希望领导给我一次学习的机会。

致革命敬礼。

汤如海

1982 年 5 月

汤如海的心情很复杂，几年来一直坚持复习迎考，如果领导给你机会，你考不上，不能怪领导，只能怪自己没有本事，怨不得别人。这次他将报名单和保证书一起交给史楚辰主任。他观察史主任的表情，自己心里也忐忑不安。

"噢，这次报考外语、外贸？"史主任问。

"学外语、外贸，为进出口事业服务。"汤如海赶紧回答。

史主任看了他的保证书，他心里特别紧张，不敢开口，怕影响领导心情。史主任将报名单放在桌上说："组织上讨论一下。"

"谢谢领导支持，谢谢领导支持，"汤如海马上说道，"过两天我来拿报名单，"他不敢多说，怕弄巧成拙，便慌忙离开了主任办公室。

晚上，汤如海整夜睡不着觉，猜想这次领导会同意吗？两天后，他小心翼翼地走进主任办公室。史主任见汤如海进来，很和蔼地说："小汤，这几年，你一边努力工作，一边坚持学习，与同龄青年贪玩不一样，领导和老师傅都看在眼里。希望你能端正态度，工人，干部都是为人民服务。"然后从抽头里拿出报名单："小汤，不管考上考不上，不要影响工作和生活。"

汤如海接过报名单，向史主任鞠一躬说：谢谢主任，我一定听你的话，不影响工作和生活。

这次考试，汤如海没有让同事和同学知道，怕万一考砸了，无法面对。7月是上海最热的天，考场在黄浦区靠近外滩的一所中学进行，不知道是过度紧张还是恐惧，第一天考试过后，身体感觉不舒服，头晕，出虚汗，到家里一量体温，吓了一跳，摄氏三十九度。没时间到医院看病，吃了一粒退热片，继续看书。

第二天，高烧不退，虽然考场教室宽敞，监考老师也很关心考生，用凉毛巾给考生擦汗。汤如海拿笔的手在颤抖，头涨得痛，他没法判断自己的答题是否正确。

当所有的科目考完，考试结束了，汤如海走出考场，脚底下软绵绵的，就坐在学校的台阶上休息一会儿，让自己定定神、缓口气。回到家中便无力地倒在床上，也许是生病了，也许是压力释放了，很快睡着了。直到晚上八点，祖母叫醒他吃晚饭。汤如海起身，发觉身上的衣服全湿了，但头脑感觉清爽了许多。

虽然考试的压力释放了，但心里却一直是忐忑不安，对考试的结果，他不敢有奢望。他很困惑，偏偏在考试时发烧，发那么高的烧，这是一个不祥之兆，他不愿多想，想逃避一下，想进山看父母来释放这种不安。

最近几天，同学们晚上到汤如海家商量到安徽黄山旅游的事，李行根、周国藩、长脚鲁迎庆和章友跟他们想和汤如海一起去黄山旅游。天天讨论，就是日期定不下来。汤如海说，这样吧，我先进山看父母，你们什么时候定下来，打电话到我父母的工厂，告诉你们到黄山的日期，我从山里到黄山与你们会合。

8月初，汤如海向单位请假，进山看望父母，有很长时间没有见到父母了，想他们了。他每天下午到水库游泳，晚上和妹妹到山坡上散步。妹妹几年前就分配进入了协作机械厂工作，做车工。妹妹如霞已长成一个大姑娘了。白皮肤、大眼睛、高鼻梁，很漂亮，遗憾的是个子不高，只有一米五出头。哥哥如山两年前结婚了，嫂子是常州市中山门菜场营业员。嫂子叫王庚惠，父母新中国成立前也在上海工作，为了躲避战乱，回到常州。嫂子也是知青，1970年到江苏宜兴插队，后来随知青返城回到常州。哥哥不想在山里扎根，经在常州的大姑牵线，与想找上海小伙子的嫂子搞上了。去年年底，小侄女出生了，哥哥一心想离开山里，正与厂里人事科商量调往常州工作。目前，正在与常州劳动人事局协商中，但很困难，原因是常州方面认为，常州不比上海差。

8月12日下午，父亲下班从厂里带回一份电报说，"如海，你同学的电报。"汤如海接过电报：我们在杭州，明天去黄山，下午一点到温泉地方会面。母亲问怎么回事，汤如海解释道，我进山前，与同学们商量好的，如果同学们到黄山旅游，希望我也到黄山与他们会合，一起游黄山。

"介大（这么大）的黄山，介许多（这么多）人，侬哪能（你怎能）找到侬（你）同学？"母亲担心地问。

"姆妈，侬（你）放心，我会在车站附近等同学，万一等不到，也没有关系，返回山里就是了。"汤如海安慰母亲道。

第二天，汤如海带上换洗的衣服和一些防泻、退烧降温的药片，将这些东西放入一个小手提包里，吃过早饭就上路了。哥哥不放心，向车间领导请了半天假，要送他到安徽胡乐汽车站。与七年前和哥哥到安徽绩溪四浪头的线路一样，翻山越岭，到了绩溪县与宁国市交界处，沿公路往胡乐汽车站走。经过约两个小时的跋涉，终于到了胡乐汽车站，汤如海买了一张去黄山的车票，哥哥如山关照他路上小心，如果见不到同学就回家。汤如海感谢哥哥的护送，登上去黄山的汽车。

汽车在山坡和丘陵中穿行，汤如海望着车外的景色，心里还是担心，如果碰不着同学怎么办？汽车中午抵达黄山汤口车站，驾驶员说，上黄山旅游的人该下车了。汤如海下了车，见周围没有什么旅游标志，就问车站的工作人员，黄山到了吗？温泉在什么地方？工作人员告诉他，这里就是上黄山的入口处，沿着坡道往上走不远就是温泉地方。

汤如海先在车站附件的饭馆吃了一碗面条，然后开始往山坡上走，一路上有很多操着不同口音的人群往山上走。没走多远，就到了温泉的地方，就看到很多人围着一个大的留言板寻找什么，试图从中看到自己想要的信息，还有人将留言纸条放到留言板上。留言条上的内容五花八门，×××，我先上山了，在什么、什么地方等你；×××，我找不到你们，先回去了；×××，不要找我，别浪费时间，各自玩吧！汤如海希望在这些纸条中发现同学的信息，遗憾的是一点消息也没有，他不停地围着留言板转，想，如果同学们找不到他，也许会到留言板上给他留言，他焦急地注视周围的人群，等待着。

"汤如海"，突然一声叫喊，让他一惊，原来同学也到了黄山，也在寻找他，是李行根眼尖，发现了他。李行根、周国藩和章友根向他走来，能在黄山碰面，太激动人心了。同学们告诉汤如海，他们在杭州就按汤如海留给他们的联系方式打安徽三线建设基地电话，湖乐二〇六电话分局转协作机械厂，但怎么也打不通，非常焦急，想不出能联系上汤如海的办法，最后还是李行根说，按汤如海留给我们的协作机械厂的地址，发一份电报，如果汤如海能收到电报，我们就一起上黄山，如果收不到，我们只能自己上黄山。李行根从包里拿出那份电报稿给汤如海看，那时，同学们不能确信汤如海能否收到这份电报，抱着试一试的态度，有没有运气能在黄山会面。老天有眼，让他们在黄山脚下的留言板处团聚了，那兴奋的劲儿无法用语言表达。

现在是下午三点，汤如海和同学们商量，怎么上黄山？向别人询问才知道上黄山游玩有两条路，一条是从后山上去，前山下来，先到北海宾馆住宿歇脚，第二天清晨看日出。然后一路游玩梦笔生花、飞来石、天都峰、莲花峰、迎客松等景点，随后下山看人字瀑布，结束黄山旅行返回上海。另一条是反过来从前山上去，后山返回。从前山上去，路比较好走，从后山上去，比较累，但从后山上去，一路向上可以看到许多奇特景色，让人浮想联翩。商量下来，决定从后山上去。

借着年轻力壮，他们开始爬山，一路上，边看景色边拍照，六点不到登上北海。先到旅馆登记住宿。山里太阳一下山天就暗了，想到外面看看都不行，没有灯光，山路不好走。

第二天清晨五点钟，汤如海和同学们就起床了，简单洗刷，就想往外走，但是外面很凉，因为是夏天，都没有带外套，于是向旅馆借一条薄毛毯披着，到外面山坡上抢占拍日出的好位置。

到了山坡上已有很多人在等日出，有些人将照相机放在三脚架上等日出。五点四十分，远边的天空开始变红，整个观赏人群发出阵阵欢呼声，太阳刚冒出就被云层盖住，这样反复几次，六点零五分，太阳终于穿出云层，周围天空的云层变得向火球一样火红，移动的云层像火海，所有的人都不停地按着相机的快门，非常安静。等太阳慢慢上升，发出炽眼的白光时，整个观看日出的人群兴奋、惊叹、感悟交织在一起，赞美大自然的伟大和绚丽，感叹人类的渺小和无力。有人兴奋说，我们很幸运，天气帮忙，能看到黄山日出，几年前来黄山时，因为阴雨天就没有看到日出的美景。有四位姑娘在汤如海他们身旁边拍照，大家聊了刚才日出的美丽景色，这四位姑娘是上海粮食学校的大学生，其中一个叫俞敏芳的姑娘性格开朗，中等个子，一个苹果脸，爱笑。汤如海自我介绍道，我们四人是中学同学，李行根是手工业局的大学生，我也想考大学，报名单好几次都被单位领导锁进抽屉，但我不泄气，有机会我会考大学的（他没有将几个月前领导同意参加高考的事说出来），我们都想上大学学习。

拍日出的人群渐渐散去，汤如海他们回到北海旅馆办理退房手续，吃过早点后到北海的梦笔生花、猴子观海等景点拍照，然后向光明顶进发。在路上又遇见了粮食学校的四位姑娘，真是有缘，于是结伴而行。一路上，有说有笑很是开心。不久，俞敏芳姑娘的脚不行了，捡了一根树枝当拐杖，一瘸一拐跟着走，影响大队的行程，大队走不远就要停下来等她。这就让李行根想起了两年前在杭州旅行的情景，当初俞美丽也是这个样子，让周国藩搀扶，但那是俞美丽耍的小花招，可人家是真的脚崴了，需要帮助，于是小伙子轮流搀扶她，倒也带来了快乐气氛。

到达光明顶，由于气候因素，没有遇上"佛光照顶"，传说特殊的气象会有金色阳光盖住光明顶，就是传说中的"佛光照顶"。一行人感到又累又饿，决定到玉屏楼休息，恢复一下体力。汤如海邀请姑娘一起吃午饭，俞敏芳说，谢谢好意，但她的脚会影响到小伙子的行程，下午就不和他们一起游玩了。大家交换了联系地址，说好返回上海后交流和欣赏各自拍的黄山照片。

饭后，稍作休息就奔向黄山最高峰莲花峰，在爬登途中，有不少好心人大声提醒喧闹的人：登山不看景，看景不抬腿。因为有些人，就是边登山、边看景，没有注意脚下安全，摔下悬崖，连尸体都找不到。登上莲花峰，观赏黄山的秀丽景色，那错落有致的山峰，云絮缭绕，让人浮想联翩。

离开莲花峰向黄山最险的天都峰挺进，天都峰顶上的鲫鱼背是一块长五米宽一米的巨石，巨石下方就是深不见底的万丈悬崖。许多上了年纪的人，胆子小的姑娘都不敢爬上鲫鱼背，汤如海他们四人，年纪轻，有胆量，一个一个爬上鲫鱼背，当周国藩爬上鲫鱼背，还爬向边缘望下看，吓得周围的人叫喊：当心，不要向前。同学们都为周国藩捏一把汗，怕有闪失。边上人讲，前两年，就有人从鲫鱼背上掉下去，都没有人敢下去救，只能听天由命。周国藩从鲫鱼背下来显得很得意，认为自己胆大，是英雄。但下面所有的人都指责他，不应该冒险。

在天都峰的台阶旁，为了游客安全，有铁锁链拦着，但是铁锁链上挂满了各种各样的锁。这些锁被赞为：同心锁、友情锁、爱心锁、爱情锁。最好听的爱情锁意味着将爱情锁在天都峰，与天都峰同在，永不分离。

接下来游玩了飞来石、迎客松等景色。开始下山，天色也暗了，肚子也饿了，人也累了，想找一个地方休息，但是旅馆已经没有床位了。他们在山脚旁找到一户山民，问山民是否有空余房屋让他们住宿，山民说正好有一间空房可以供他们住宿。

这是专门为到黄山旅客准备的，当政府经营的旅馆客满时，当地山民的房屋正好填补空缺。山民的房间很简朴，也很干净，一个房间两张床，山里蚊子多，床上都有挂着蚊帐。一个小方台，上面有一个热水瓶，有两个小碗，被子看上去也很干净。

他们四人在外面一家小饭馆简单地吃了晚饭，就回到宿舍，坐在床上，腿就不想动了。简单洗漱后，拉下蚊帐，刚钻进被窝，感觉棉被有点潮湿，但实在是太困了，没多久就呼噜、呼噜睡着了。

清晨，汤如海被外面的鸟声催醒了，想抬腿下床，脚却不听使唤，一动就痛得要命，坐起来，用两只手拼命搓来缓解疼痛。

每个人都感到腿又胀又痛，找出镇痛的药膏，贴满了小腿，还是感觉疼。他们互相自嘲：缺乏劳动锻炼，得向贫下中农学习，克服小资产阶级生活观。

他们告别山民，向人字瀑布挺进。在人字瀑布旁边已经站了好些人，但高大的山崖上没有水往下流，当然旁边的温泉池里也没有水。当地山民说，最近一段时间，山里没有下雨，所以没有水从山上流下来，当然就看不到瀑布了，旁边水池里也就没有什么水了。

他们到别处游览，每走一步，小腿就痛得要命，特别是走下坡路，两条腿就像橡皮筋似的摇晃。十一点他们到了汤口镇，找了一家干净的饭店坐下，边喝啤酒边聊这次黄山旅游的奇事，尤其是遇到粮食学校的四位女生，说到俞敏芳姑娘，同学们就想起女同学俞美丽，问周国藩与俞美丽的进展如何？周国藩有些迷茫地说："俞美丽变化快，心里想的什么，让人摸不着，而且环境对她影响也大，一会说，别人长得怎么帅，一会又说，别人家的经济条件怎么好……"

"那你们俩现在到底还在谈吗？"汤如海问。

"我也不知道，这算不算谈，有时候她显得很热情，有时候很长时间不理我，让我不知道说什么。"周国藩回答。

汤如海喝一口啤酒说："我们定下男女同学之间不要谈情说爱的规矩，你不信，非要打破，何况是俞美丽，这姑娘当年能把学校工宣队领导给弄晕了，我早就说过，你我都不符合她的选偶标准，这下怎么弄呢？"

接着李行根说了虞协成与华瑷瑛的状况，虽然他们两人感情不错，但虞协成还是拗不过母亲和哥哥姐姐，不敢跨出实质性一步，令华瑷瑛伤感。据说华瑷瑛已经明确表白，让虞协成忘了她。她也开始寻找自己能够得到的爱情。

同学们对周国藩和虞协成与女同学之间的爱情不看好，有些困难是自身的，有些困难是环境造成的，都难以克服。

汤如海问同学们："是否愿意跟我进山，到我父母那边的山里游玩？"同学们说，没有时间了，因为他们的假期到了，要返回上海上班。

汤如海送走了同学，自己也乘车返回父母那边，下午四点不到，汽车到达胡乐汽车站。在胡乐车站旁有一个水果摊，他买了十只砀山梨，沿着哥哥如山送他的路线返回。首先他沿公路往浙江方向走，到了要翻山的路口，记得在这个路口，哥哥如山反复提醒他，要离开公路爬山了。天气很热，好在山上有许多树木可以遮阳，走了约一个小时，除了看见山下几个山民在砍树外，没有见到其他人。在山坡上有两户人家，他想节约时间赶路，不愿打扰山民，没有问去浙江的路怎么走，继续往前走。约六点钟，他还没有看见来时的村寨，他怀疑自己是否为了赶路，走过头了，他心里发慌。这可怎么办，在这荒山野岭，没有人的大山里，他不敢往下想。这时，从山坡对面走来一个肩扛一把锄头人，不断向他靠近。汤如海很害怕，身体贴近山坡不动，一只手拎着东西，另一只手举到耳朵旁，等那人过去，他想如果那人有什么图谋不轨动作，他就先下手，把那人推下山。汤如海的奇怪举动也把对方给弄糊涂了，因为对方看见他不是当地人，是个大城市的小伙子，停靠山坡不动，山民不明白这么个奇怪举动表示什么意思，山民也提心吊胆地慢慢靠近。汤如海做了一个让他先行的手势，两个人都很紧张，目视对方，交叉过后，汤如海赶紧往前面走，吓出一身冷汗。

前面山坡上有一户人家，汤如海怀疑自己走错道了，得问问山民回家的路怎么走。他走进这户人家，有一个男人和两个小孩，他拿出四个梨子给小孩，问："老乡你好，请问上海协作机械厂怎么走？"

"不知道，"那个男人回答。

"那这条道是往浙江方向的吗？"汤如海继续问。

"不是的，这条道是通往安徽宁国方向的。"汤如海大吃一惊："那往浙江方向怎么走？"

那人说，往下面走约一里路，有一个岔路，往右边的是到浙江去的。那人很客气端上一碗茶水，汤如海喝完茶水，谢过山民就往下走。到了岔路口汤如海沿右边往上爬。他看一下手表，已经过了六点半，知道自己错走了很长一段路，前面山坡上有一户人家，一个年轻妇女在摆弄着什么，汤如海大声喊："你好，老乡。"

那位妇女见有人与她说话就放下手中的活回答："有什么事吗？"

汤如海走近说，"我要去浙江的上海协作机械厂，不知道怎么走？"

那妇女让汤如海进屋，倒了一碗茶给他说，听说前面很远的地方有一个上海人的工厂，我男人知道，你等他回来，让我男人给你引路，或者你住在这里，明天让我男人送你去上海人的工厂。这时，从屋里走出一个穿开裆裤的小孩，汤如海拿出两个梨子给小孩，谢过那位妇女，继续赶路。

天越来越暗，只能靠天上的星光照着走路，汤如海后悔出门时没带上手电筒，远处的山脚下有几处油灯光，给他带来一些安慰。突然，山坡上有两只绿不绿黄不黄的眼睛看着他，吓他一跳，这是狗还是狼？还好，那两个眼睛没有跟着他，他停下脚步，自己安慰自己，是狗，一定是狗，然后继续向前，好像有一种神秘的呼唤让他不停地往家里赶。他向有灯光的方向走去，在一户亮着灯的人家门前停下脚步，门开着，他向里面喊："老乡，有人吗？"他怕自己走错路，得问清楚了再向前。

这时，从里面走出一个中年男子，见一个外乡人就问："有什么事需要帮忙？外面暗，到屋里坐坐。"

汤如海走进屋里，有三个小孩用陌生的眼神注视着他，其中一个小男孩躲在母亲的后面望着他。女主人端上一碗茶，他坐在长凳上，一口气将茶喝完，谢过女主人便问："老乡，我走的这条道是不是到浙江那边的上海人的协作机械厂的道？"

"噢，那边是上海人的工厂，我知道的。"那男人答道，"我去过那边的上海人的工厂，不过离这里还有很多路，估计要走一个钟头（一个小时），你们上海人不像我们山里人，不熟悉山路。现在天已经这么晚了，让我老婆烧个菜，吃了晚饭，今天就住在我家，明天早上，我送你到那里。"

汤如海谢绝了那对好心夫妇的挽留，将余下的梨子全给了三个小孩，起身要离开。见汤如海焦急赶路的神情，那男人说："这样吧，怕你走错路，我送你一段，到协作机械厂的分岔道口，你沿着那条道就不会迷路，直接到协作机械厂。"

汤如海跟着这位山民大哥往前走，爬上一个山坡岔路处，山民大哥对他说，沿着右边的这条道，翻过前面的山头，往下就能看到许多灯光，那就是协作机械厂，因为我们山里人的住房是没有电灯的。汤如海非常感激这位善良、好心的山民大哥的帮助，谢过山民大哥后，继续往山上走。当他走到山坡顶上，往远处的山脚下看，有一片明亮的灯光，之前的那种焦虑、恐慌的情绪一下子没有了，心想终于能回家了，于是忘记了疲劳，加快了脚步。突然从远边传来中央人民广播电台的广播声，汤如海知道，这是协作机械厂的晚上八点钟的新闻广播。广播声突然停止，插播寻人启事，他听不清楚，好像是在找一个人，让这个人回上海。汤如海走下山坡，踏上去协作机械厂的公路，这时，广播声又响了：汤余庆同志注意了，刚才厂里转接到一份电报，你在上海的儿子已被大学录取了，现在学校和单位找不到他，希望你赶快联系他，让他回上海到大学报到。汤如海怀疑刚才的广播是否是真的？是不是自己的耳朵听错了？他加快脚步往家里走，路上遇到好多人，他都没有注意，到了家门口，急促敲门："姆妈，开门，我回来了。"

"噢呦，二哥，你总算回来了，阿爸和大哥都到外面山路口找你呢。"妹妹开门说，"快点进屋，母亲急死了。"

母亲见汤如海回到了家，非常高兴，让他坐下，但他已经没有体力了，直接趴在床上，不停地喘气，手不停地搓自己的小腿，他太累了。母亲用热毛巾为他擦身，妹妹帮他按摩，过了好一阵，他才缓过来，坐起来，喝了一杯茶，讲述了回家路上发生的事，他走错了道，多走了一倍的路。吓得母亲直呼："老天保佑，老天保佑。"

汤余庆回来大声说："李娥英，几个路口都找过了，没有看到如海。"

"老头子，如海已经回来了，快点到厂广播室，上海的儿子回来了，谢谢伊拉（他们）帮忙。"父亲进屋看一下汤如海就快步离开到广播室去了。

不久哥哥如山也回来了，大家为汤如海考上大学而高兴。母亲将煮好的一碗泡饭给汤如海，生气地说："考大学，介大的事体（这么大事情），哪能（怎么）不告诉姆妈？"

汤如海向母亲解释，因为，前几年，单位领导不同意他这个推老虎车（小推车）的工人考大学，说大学生是干部编制，培养一个干部是组织上考虑的事。为此，错过了几次机会，这次领导终于同意他考大学，不过考试的科目从机械工程转到外语外贸经济类，时间紧，加上考试时发高烧，自己都怀疑没考好，不好意思对家人说。一切都过去了，我终于能到大学读书了。我明天就回上海去学校报到。

这次母亲没有留他多住几天，爽快地说："好的，姆妈帮侬（你）整理，明天回上海。"

父亲汤余庆兴奋地说："我家终于出大学生了。"这天晚上，汤如海睡得特别香。

第二天早上，全家人送汤如海回上海，一路上，不断有人向汤如海父母问话：汤师傅，昨天晚上广播说你上海的儿子考上大学了，福气真好；李师傅，你考上大学的儿子找到没有？这孩子还真行，从小一个人在上海生活，不影响学习；你儿子为你们争气，自己独立生活，还能考上大学。父母都笑着回答：找到了，谢谢你们关心；昨天晚上回来了，现在回上海到大学报到。

汽车启动了，汤如海看见母亲脸上洋溢着幸福、快乐。她多年的夙愿：孩子中有一个能上大学，这个愿望现在实现了。

回到上海，汤如海问祖母，家里是否收到什么信。祖母说，没有收到什么信。

星期一上午，汤如海骑自行车到北苏州路仓库，刚进门就被看门的矮个子张师傅拉住笑着说："小汤，恭喜你啊，考上大学了，以后到了大学可别忘了我这看门的老头。"

"怎么会呢？张师傅，我是不会忘记老师傅们的。"汤如海马上回答。原来汤如海的入学通知书寄到了单位，所以仓库里的师傅们都知道了这件事。他到主任办公室，门打不开，里面没有人，于是就回到更衣室，换上工作服，上班了。组里的同事见汤如海回来了，都围了上来，师傅们对他说："小汤，这下可以出息了，你的努力没有白费。"小个子吴爱娟阿姨说："嘿，小汤，还换什么工作服？今天不要你干活，我们都为你高兴，你是我们仓库第一个靠自己的能力考上大学的工人。"

汤如海感谢老师傅们那么多年来的关心和照顾，正说着，胖大姐周惠芳过来说："史楚辰进办公室啦。"

汤如海走进主任办公室就客气地喊："史主任早。"

史主任见是汤如海，让他坐下说："小汤，电报收到了吗？"

"收到了，是前天晚上收到的，谢谢主任帮忙。"汤如海回答。

"小汤，你能考上大学，我为你高兴，"史主任说道，"是这样的，上星期，你的入学通知书到了仓库，考虑到你家老祖母不识字，为了不影响你到学校报到，根据你的档案资料，打电话到你父母那里，但是打不通，我只好拍一份电报，也不知道你能否收到？"

"谢谢你的电报，感谢主任的关怀，我一收到电报就赶回上海。"汤如海感激地说道。

史主任从抽屉里拿出那份通知书给汤如海并带着浓重的苏州口音嘱咐道："小汤，既然考上大学，就要珍惜机会，好好学习，不要辜负我和仓库师傅们对你的期望。另外，虽然上了大学，也要加强思想学习，不能忘了工人阶级的劳动本质。"

"史主任，我一定记住你的话，不忘劳动人民本质。"汤如海回答。

"哦，小汤，你去后勤组，办理劳保用品退还手续，然后到公司人事科办理工作岗位调换手续。"史主任继续说道，"按照大学学习政策，你是带薪读书的，你的工资，公司每月会按时发放，在大学要勤奋学习，为我们北苏州路泥城桥（西藏路桥）仓库争气。"

"主任，你放心，我一定按你的要求去做。"汤如海很有信心地回答。

晚上，汤如海再次打开入学通知单：汤如海同学，你已被上海市对外贸易职工大学国际贸易经济管理系录取，请在8月21日前到上海市杨浦区政本路10号报到。老太太听到孙子考上大学既高兴又得意地说："当年你爷爷的爸爸也考上了秀才，我们汤家是书香门第之家。"

汤如海拿出地图，寻找到学校的线路。他骑上自行车从大洋桥中兴路往东穿过共和新路、东宝兴路铁路匝道进入同心路，由同心路到东江湾路进入四川北路到溧阳路，沿溧阳路尽头左转弯进入四平路，沿四平路经过曲阳路、大连路、同济大学、中山北二路到达国权路右转，沿国权路到政本路右转尽头就是上海市对外贸易职工大学。他下车，看了一下手表，从家里到目的地要五十多分钟。

进入学校有一块欢迎新同学报到的指示牌，汤如海到经济管理系报到，与今天报到的同学到自己班上集中。汤如海找到八二年级经济管理班的教室，班里已经有一些同学坐着，有一个个子不高的男青年在讲台旁站着，估计是老师，汤如海向讲台旁的男青年说，你好，然后向所有人点头打招呼，走向第一排最后一个座位。

这个教室不大，一个课桌配一个椅子，课桌椅都是新的，共有四排，每排五个座位。讲台上的男青年与前排同学在交流什么，不时有新同学进来，等大半人坐好后，讲台上的男青年拍拍手掌说："同学们好，欢迎同学们到我们学校学习，今天有些同学可能有事没有来学校，一个星期后正式开学，人就会到齐。我先做自我介绍，我姓丁，名辉君，从山东大学毕业，根据学校和系里安排由我任八二经管班的班主任。欢迎同学们再次回到学校学习，我们这个班有两个特点，一个就是班上同学之间的年龄相差很大，最大的超过三十岁，最小的刚好二十岁出头；另一个特点是女生少，只有五个女生。我们这个班的同学来自各行各业：有来自纺织、工艺、机械、运输、仓储、化工、医疗、茶叶、广告，等等，一些人因为'文革'上山下乡，失去了上学机会，现在通过自身的努力，又回到了学校的同学，我很佩服这些大龄同学不放弃对知识的追求。

学校有宿舍，有路远不方便的同学可以到学校后勤处申请。

学校还要建造新的教学大楼，教学大楼是一幢五层楼的设施齐全的大楼，它的设计和建造方案已经通过了，部分建造材料已经堆放在东面的场地上，新的教学大楼就建在东面的空地上。

现在将新学期的课程表和教材发给大家，希望同学们做好准备，迎接新学期开学。"

同学们走上讲台，领回新学期的学习教材，陆续离开学校。

学校是在原外贸部干部进修学院的基础上建立的，有外贸系统各方面的关照，学校的待遇比其他大学好多了。

汤如海观察了一下学校，学校有四排一层楼的教室，共有二十几间教室。西边有一个大操场，学校大门的西面有宿舍楼、活动室、医务室，大门的东面是教师办公楼、阅览室。旁边有一个大食堂，食堂里面有两排窗口，朝北的是特供小灶；朝东的一排是供学生就餐的窗口，最东边堆放着许多建筑材料，整个校园有许多树木，像是一个大花园。

同学们知道汤如海考上大学了，晚上都到他家祝贺，同学们在祝贺他的同时也责怪他，为什么不早一点告诉大家。汤如海向同学们解释，这次考大学就像赌博一样，前几年，准备充足了，单位领导不让考，说是大学生是干部编制，我是一个干重活的人，属于工人编制。经过几年的努力争取，单位领导又说报考的学校和专业不对，机械、电子不适合外贸行业。没办法，只好转换学习科目，以前复习的科目都白费了，转换复习外语、外贸等科目，加上在考试时发高烧，自己都认为没考好，没有勇气告诉大家。我这次考试跟两年前的李行根有很大的不同，李行根在技校学习了两年，途中没有中断，考试能连接上。真的，我不敢想象，如果这次没考上，不能怪领导没有给你机会。

章友根说，没关系，不当工程师就当翻译家，重要是现在到大学读书了。周国藩说，学会英语，可以出国，到国外看看也不错。李行根说，中国要发展离不开对外交流，对外贸易，也许歪打正着，比当工程师还好。

接下来，大家开始讨论黄山旅游的事，李行根拿出很多胶片，什么时候动手印照片。大家说着在黄山的各种趣事，说着、笑着。这时有人敲门，汤如海开门见是女同学俞美丽，装作吃惊的样子问："这么晚了，有什么重要的事？"

俞美丽瞪着眼说："中班回家，进100弄就看见21号的灯还亮着，杂乱的声音老远就能听到，就知道你们又在一起了，这样胡乱玩耍就不怕影响第二天抓革命促生产？"

"不怕也不影响，"虞协成说道，"过一会儿，我正好上夜班，去促生产了。""你知道我们今天为什么这么疯？"虞协成问道。

俞美丽摇摇头："不知道，发生了什么？"

"告诉你，汤如海考上大学了，今天到学校报到，不用到仓库抓革命促生产了，他的主要任务是抓革命促学习了。"虞协成大声说道。

"真的？"俞美丽也为汤如海高兴，"如海，我知道你不容易，坚持了那么多年，总算有了好的结果。"她转过身子对周国藩说，"你应该像如海学习，坚持学习，不要浪费时间，现在社会需要有文化的年轻人。"周国藩朝她翻白眼，没有搭理她。

同学们又问了好多关于学校的事，这天晚上，大家都很开心，很兴奋。

很快邻居们都知道了21号汤如海考上大学了，扬州阿姨、毛头阿姨、对门的王奶奶在家门口边拣菜边聊天，扬州阿姨说，我早就说过，21号汤如海，这孩子，不调皮捣蛋，总是在家看书、学习，应该上大学；毛头阿姨说，我一直要求我家儿子永强向如海学习，好好学习，今后也要上大学；王奶奶说，21号汤如海，从小懂事，每天早上帮家里提水、买菜、做家务，是个有出息的男孩子，这下，如海爸妈该放心了……

听着门外邻居阿姨的聊天，汤如海想，这十几年与老祖母一起生活，尤其是工作前的八年，生活那么艰难，每月二十六元的生活费，忍辱负重，这种辛酸苦辣的滋味，只有自己才能体会。

汤如海到大统路百货商店买了一只熊猫牌的人造革手提包，作为学习之用的书包，把自行车擦干净，邻居们见了开玩笑地说，"如海，怎么工作好好的不干了？又上学了；在学校不要调皮，要听老师的话呕。"

学校课时安排，上午四节，两节连上，从上午八点上第一节课，每节四十五分钟，休息十分钟后上第两节课，一般十一点半上课结束，吃午饭。下午自修，星期四或星期五下午开班会，交流学校、老师和学生之间的互动。一般下午，汤如海在三点半或四点钟就离开学校回家，他要赶在给水站老头下班以前，将家里水缸灌满，然后做晚饭。

第一学期的课程很多，有高等数学、大学语文、政治经济学、外贸英语、哲学、外贸会计、体育这些课程。汤如海还是坐在进教室门的第一排最后一个课桌，教高等数学的是一位刚从上海交通大学数学系毕业的年轻男教师，叫张学丞，人又高又瘦。第一课，看着台下的同学绝大多数都比他年长，张学丞老师比台下的学生还紧张，讲课声音很响，不是针对台下的学生，而是对自己，他不停地在黑板上写数学定义，充分条件，必要条件，字写得很大很有力，但讲台下面的脚有些无力打飘。他问同学是否理解那些定义、条件？上了年龄的同学摇头，不完全理解这些定义和条件的来龙去脉。

下课了，第四排中间座位上的班长娄和平和第四排最后座位上的吴彪走到前面讲台与张学丞老师交流学习体会。班长娄和平比汤如海大一岁，在单位是团委书记（又是党员）；吴彪在江西插队十年，在单位是个班长，他俩很善于交流。吴彪说："张老师，你上课说得都对，但是我们一下子难以消化，因为我们的基础差，加上年龄大，很多以前学的东西记不起来，但是，我们的理解能力还可以，希望张老师能谅解我们，在讲定义、条件时，帮我们回顾一下它们的出处，这样有利于我们理解这些定义和条件的内涵。我想，同学们很快会跟上你的步伐。"

吴彪同学说的没错，很快同学们都跟上了学习进度，同学们与张学丞老师成了好朋友，有什么不懂或难题主动请教，学习气氛轻松了许多。

教大学语文的是一位年轻女老师，不到三十岁，叫丁老师，身材较高约有一米六五，有一颗老虎牙。丁老师讲课时，表情生动，每次讲到古代中国杰出人物，就联系到当时的社会政治、经济和人文环境，这些杰出人物能坚持自己的抱负，不怕被欺压受辱，被流放，甚至冒着被杀的危险，仍然坚持自己追求的信仰，如伟大的教育家、思想家孔子；坚持历史真实的司马迁等时就流露出对这些杰出人物的无比敬仰。

坐在汤如海右排旁边的史志祥，皮肤黝黑，个子比汤如海高一点，在黑龙江插队十年，有丰富的生活和劳动经验，做事比较周全，同学们都称呼他为老谋，老谋写的文章，情景和用词恰到好处，经常得到丁老师的表扬，"史志祥同学能够将自己的生活经历，结合课文中的内容，中心要点清楚，表达顺畅、完整，是一篇好文章。"

教政治经济学的是班主任丁老师。每当陈老师讲到政治与经济关系时，从农村插队回来的同学们就会指出教科书中的不足或偏离实际的地方，他们说，当年作为城市知识青年满怀热情上山下乡接受贫下中农再教育，但是到了边疆、山村，不但没有把农村的社会主义建设好，最后连自己都养不活，当地农民有自留地，养些鸡鸭或搞些副业来补贴家用，而知青什么也没有，没有地、没有房，很多知青都接受家里父母的接济，这种理想与社会现实落差，只有亲身经历过的人才能体会。

有时候班主任丁老师会讲一些趣事来活跃一下课堂气氛，他在山东大学的一位老师，1962年做了一个梦，梦见逃到台湾的蒋介石借大陆三年困难时期，经济处于困难时期要反攻大陆，并与同学们聊天时讲了这个梦。很快这个反攻大陆的梦被学校有关部门知道了，被打成现行反革命，罪名是反党、反社会主义，连做梦都在想蒋介石反攻大陆。

教英语课的是一位三十出头的男教师，叫孟老师，中等个子，平顶头，讲话语速比较快，上英语课时，带着一个大的卧式录音机，录音带在两个大圆盘之间来回转，用它来矫正学生的发音。初始孟老师讲解英文的词组、短句和语法把学生们弄得晕头转向，大家都觉得英文很重要，但是很难学好，还是数理化比较好学。孟老师不停地鼓励学生，英文开始难，以后会越学越容易。

教外贸会计的是一位近七十的老先生，叫潘家桢，又矮又瘦，烟瘾特别大，讲课讲到一半，要点上烟，抽几口，再往下面讲。潘老先生很幽默，时不时说一些以前有趣的事，他说，我跟谈家桢都是东吴大学毕业，毕业后，我潘家桢留在国内。喝的是太平洋的水，而谈家桢去了美国喝的是大西洋的水，就有这么大的不同！我在东吴大学学的是英文，"文革"被隔离审查，在隔离审查期间让我查看日文资料。我要感谢被关押，没有人打搅，专心学日文，现在我又成了日文专家，市政府许多日文资料是我翻译的。

上哲学课的是一位三十多岁、身材高大、国字脸、典型的北方人模样的老师，每当他讲解哲学原理及人的世界观时，班上那些知青同学就会与这位哲学老师讨论他们在农村、山区、边疆的实际情况，"既然资本主义是腐朽的、没落的、必定死亡的，那为什么现在欧美资本主义不但没有死亡，还科技发达，每年的'诺贝尔奖'大多数归属欧美资本主义国家，且欧美大多数人都有房有车？"这位哲学老师就反复讲，"同学们，我们上的这门哲学课是马克思主义哲学，同学们必须记住课文中的哲学原理、定义，因为，考试就是按照这些定义、原理来评判的，如果不按这些原理、定义答题，不及格就是你们的事了。"能与老师讨论或争论哲学观点，课堂上的学习气氛很宽松，所以，同学们还是比较喜欢上这门课的。

一个学期下来，汤如海的学习成绩还可以，参加市统考的高等数学在八十分以上，班上那些年龄较大的同学，数学的计算、公式推导和英文的单词、语法对他们来说有难度，部分同学考试没有通过，只好参加补考，那假期就过得不轻松了。

一天李行根到汤如海家说，这个星期天的晚上七点，他将与女朋友在虹口公园碰面，请同学们参考参考是否合适。这个女朋友是他大学女同学，沈敏介绍的，沈敏阿姨的女儿在上海国棉三十一工作，叫朱铮，朱铮的父亲以前作为中国专家到非洲工作，现在回到上海担任上海市手帕进出口公司总经理，朱先生希望自己的女儿能像表姐那样上大学，所以委托沈敏找一个人为女儿补习功课。李行根的理科很好，尤其是数学，沈敏就与李行根协商，利用晚上或星期天为表妹补课，女同学盛情力邀不好推却，就开始为朱铮辅导、补课。

朱铮对上大学没有兴趣，两个年轻人借着补课谈起了恋爱。

晚上七点，汤如海和虞协成到虹口公园的茶室。不远处，李行根正和一位姑娘在聊天，气氛比较放松。这位姑娘中等个子，皮肤又白又嫩，戴一副眼镜，有点胖。

夜晚，李行根到汤如海家问看清楚了吗？怎么样？虞协成说，看清楚了，白白胖胖蛮漂亮的；汤如海说，不错呀，辅导辅导辅导出了个女朋友，但是你要用心呕，她的父母都是知识分子，尤其是她的父亲是进出口公司的总经理哦。李行根与女朋友朱铮的恋爱进行得很顺利。

虞协成二哥的同事，有一个女儿在靠近上海的昆山工作，姑娘人聪明能干，虞协成二哥就为汤如海牵线搭桥，问汤如海是否介意在昆山工作的上海姑娘，汤如海回答，只要身体健康，知书达理就行。

星期天晚上七点，按约定，汤如海到天目东路与河南北路交接的泰山电影院门前与那位姑娘约会。不一会儿，虞协成陪着一个很矮小、穿着很得体的姑娘朝他走来。虞协成将双方的姓名作了介绍，姑娘姓霍，因为霍的发音与上海话中的花一样，他说，"小花，工作能干，业余时间喜欢看书；我同学汤如海也喜欢看书学习，现在正在大学读书，详细情况，你们自己聊。"说完，虞协成就走了。

他们两个人沿着河南北路朝南边走边聊，汤如海把自己家庭的情况告诉小霍姑娘，他和老祖母住在上海，靠近普陀区的大洋桥旁边的地梨港路。那个地方生活环境比不上这里北站（火车站）地区，那里是上海的贫民区，家里没有自来水龙头，每天得从给水站提水，最要命的是给水站放水的时间与我们上班时间一样，下午五点或之后就铁将军锁门。祖母年龄超过八十，每天将水缸灌满是我的第一任务。

小霍姑娘也讲述了她的情况，中学毕业到农场，后来顶替母亲到昆山工作，工厂的设备和工作环境都蛮好，平时不回家，星期六回家。星期六下班后从昆山乘火车到上海，星期天晚上或星期一清晨坐火车返回昆山上班。工厂有职工宿舍，两个人一间房，宿舍离工厂不远，平时一日三餐都在工厂食堂解决。晚上除了跟小姐妹逛街外，基本上在宿舍看书，想找一个有共同的语言，有独立能力、有正义感的人为伴。他俩走到北京路拐弯，沿北京路朝西走。

"小霍，上海、昆山每星期火车来回跑，工作和生活很辛苦。"汤如海说。

"不辛苦，习惯了，比起在农场干农活好多了，"小霍轻松地回答。

听着小霍姑娘的轻松口气，汤如海很佩服她的独立思想和能力，可是眼前这位姑娘的体型又让他担心姑娘的生活和工作，她那么矮小，比自己的妹妹还弱小，于是说："小霍，我们两个人都不是普通人，是特殊很多的人，我说了，你不要生气。"

"不会生气，想什么说什么，"小霍姑娘爽气地回答。

汤如海打量一下小霍姑娘说："你的特殊性在身体弱小，我想，这么弱小的身体，每星期从上海到昆山挤火车奔波，很为你担心；我的特殊性在于家庭的变迁，本来居住在火车站旁边的浙江北路，生活、学习都很好，由于'文革'的缘故，父母家人离开上海到山里，家也从繁华的浙江北路搬到贫民区的地梨港路，家里连自来水龙头都没有，更不要说抽水马桶和煤气了。我家老祖母年过八十，还是个小脚，家里的力气活，提水、买煤球、背米都是我的活。我要是离家，都要事先跟同学或邻居讲妥，否则是不能离家的。"

不知不觉到了西藏中路十八路电车站，汤如海说："小霍，你明天早上还要赶火车到昆山上班，该回家休息了。"

与小霍姑娘分手后，汤如海赶到安庆路367弄里的虞协成家，生气地责问："你怎么搞的，将这么弱小的姑娘介绍给我？你也在大洋桥生活了那么多年，应该知道那里的生活环境，当然喽，我没有看见你拎过水、拉过煤球和扛过米，你没有深刻的体会。"

虞协成没有生气还笑着说："关于力气活，小花说，这没什么，比起在农场劳动差远了，能对付。人家小花看你是读书人才不计较那大洋桥的环境。"

"胡说八道，"汤如海生气地说，"我不能不讲道理，连累她，陷害她，我不想再继续了。"

星期六下午，虞协成来到汤如海家对他说："小花约你明天下午一点在泥城桥碰头，"汤如海吃了一惊说，"上次不是跟你讲了，不愿连累她，不要继续了。"

"可人家小花认为你人比较坦诚，将自己的生活环境和想法说出来，说明你人不虚伪，可以交往。我也将你担心的事告诉了她，她认为这不重要，想跟你交流一下对现实环境和生活的想法。小花姑娘这么看得起你，大大方方，你怕什么？"虞协成反问。

第二天下午一点钟，汤如海与小霍姑娘在西藏路上的泥城桥（西藏路桥）碰面了，他俩沿着西藏路朝南走。汤如海询问了那天那么晚回家是否影响第二天乘火车到昆山上班？小霍姑娘说没有什么影响，她早上买了两张电影票，国泰电影院在放法国大作家雨果的《悲惨世界》。他俩走到淮海路右转，沿淮海路朝西到茂名南路交叉路口就是国泰电影院。他俩走进电影院，在楼上前排坐下观看《悲惨世界》。汤如海以前看过这部小说，知道其中的内容，那是法国资产阶级大革命时期发生的故事，他不知道小霍姑娘安排这部电影的含义。

出了电影院，汤如海说，我好多年前看过这部小说，但今天的电影比小说更有感染力。年轻人要有理想和追求，追求明天更好的生活，在雨果笔下的那对年轻人，贫困姑娘柯赛特得到了以前也是穷人，现在是富人冉阿让先生的关心和资助，她与追求自由、共和的贵族青年马利尤斯之间的爱情是真诚的，可行的，这是因为他们不需要考虑和担忧明天是否会有面包和牛奶。我也看过《红岩》那部小说，那首诗翻译得真好：生命诚可贵，爱情价更高，若为自由故，两者皆可抛。那是什么环境？那是上刑场、上战场的年代，面包和爱情都不重要。但是我们现在的环境是：我必须每天到给水站拎水，否则没法生活；你必须挤火车到昆山上班，否则没有面包。小霍，你去过农场，说明你能干；你喜欢看书，说明你有思想。我有自私和贪婪的地方，但是我真的不想连累你，我不敢想象，如果有一天，你急急忙忙挤火车回家，得不到关怀，不能休息，要提水，洗菜、煮饭，伺候他人。第二天晚上还要赶回昆山或隔天大清早赶火车到昆山上班，为什么是这样？这对你不公平。

小霍姑娘认真地听着汤如海的话，有时点头，有时摇头，"是的，也许你说得对，"小霍姑娘说道，"你从小离开父母与老祖母一起生活，吃了很多苦，也受了很多委屈，应该得到关爱，但是现实生活就是那样，由于长时期的生活压力，使你的理性成分多了点，激情少了点。我真希望你能被人关爱，首先是从生活上，然后是情感上的关爱。我确实没有时间和能力来关爱你，正如你说的，每个星期早晚赶火车上下班就够自己累的，不过我们有共同的爱好和经历，这不妨碍我们成为好朋友。"

"是的，我想是的，"汤如海感激地说，"我们彼此为对方着想，有机会的话，如不嫌弃，可以交流对社会、自身工作及生活的探讨。"

新学期，八二经管班换了班主任，新来的班主任是一位身高一米六左右，五官清秀，年轻美貌的女教师，叫金海蓝。金海蓝老师以前也是知青，在安徽农村插队，通过高考回到上海，她的父母都是教师，父亲是上海同济大学的教授。由于金海蓝老师当过知青，年龄与同学们上下差不多，交流很顺畅。金老师希望同学珍惜在学校学习的机会，珍惜同学之间的友情，因为毕业后，谁也不知道会分配到哪里，谁要是升了官、发了财，别忘了提携自己班上的同学一起进步，共同发展。

金老师讲了她在安徽农村的经历，当时父母被打倒关进"牛棚"，作为资产阶级知识分子的女儿到安徽农村插队落户，接受贫下中农的再教育。在安徽农村生产劳动中，有一个小伙子在劳动时，处处帮助她，使她在陌生、地疏的地方感觉到一丝温暖，但小伙子不敢有任何奢望，上海同济大学教授的女儿与安徽贫穷落后农村干活的小伙子，两人的距离实在太大，但是，她鼓励并教小伙子看书学习。当她参加高考并拿到上海大学入学通知书时，她告诉小伙子，只要你努力学习，不要放弃，我在上海等你。上海的父母开始都反对两人的恋爱，她在上海边读书边鼓励小伙子继续学习、不要放弃。后来小伙子参军，到了部队继续学习，现在小伙子已从部队转业，我鼓励他到上海来工作，现在我父母对小伙子的态度改变了一点点，虽然父母对这小伙子还是不满意，但我相信，时间会证明我们的爱情是真诚的。

下午四点半，汤如海回到家，门口围着很多人。见汤如海回来，右隔壁邻居扬州阿姨大声说："如海，你可回来了，下午两点，你家老太太从长凳上摔下来，在地上呼叫。我正好在家，赶紧跑过来，想扶起老太太，但扶不动，稍微用一点力，老太太痛得哇哇叫。我就到 19 号，让商大爷过来帮忙，商大爷力气大，把老太太抱起放在床上。"

汤如海谢过扬州阿姨和邻居们，走进房间，老祖母躺在床上，嘴里发出嗯嗯的声音。他问："奶奶，你怎么了？怎么会发生这样的事？"

老太太断断续续地回答，意思是说，今天午后，自己像平常一样，躺在两个长板凳上休息，不知怎的，就摔下来了。汤如海责备说，老太太，跟你说了多少次，这么大年纪，都八十了，不能在长凳上午睡，家里有床、有沙发不睡，非要睡什么长凳？你就是听不进，这下好了，摔下来，怎么办？他想摸摸老太太的腿，一碰老太太就叫。

汤如海马上到同学章友根家，章友根不在家，汤如海对章友根的母亲说："三妈，等友根回来，让他到我家来一次。"章友根的爸爸退休前在航运公司工作，在家排名第三，邻居们都称呼他为"三爷"，章友根的母亲也就被称呼为"三妈"。

五点半，章友根到汤如海家，见老太太躺在床上呻吟大惊问道："奶奶，你怎么了？"汤如海将老太太从长凳上摔下来的事简要地说了一下后问："友根，帮个忙，到你厂里借一辆黄鱼车（三轮车），把老太太送到闸北中心医院做检查，伤到哪里？伤得怎么样？"

汤如海在章友根的帮助下，将老太太送到中华新路上的闸北中心医院（近共和新路），挂急诊，拍 X 光片检查。片子洗出来后医生指着 X 光片说，老太太的右大腿边股骨骨折并错位。

"那赶紧采取措施抢救啊！"汤如海焦急地对医生说。

医生慢条斯理地说，"有两个方案，一个是立即手术，开刀复位，这样回复得比较快；另一个是牵引复位，时间比较长。"

"那就动手术吧，"汤如海说。

"不行，而且开刀需要输血，我们医院血浆不够，老太太八十多了，有风险。"医生说道。

汤如海很激动地说，"没问题，要用血，就抽我的，所有的风险我来承担，请医生帮忙，赶快动手术，救救我祖母。"

医生看着汤如海，好奇地问："你是老太太孙子，那老太太有没有儿子？老太太的儿子在什么地方？让她儿子来做决定，这是我们医院的规定。"汤如海向医生介绍了家里情况，父母在"文革"中到山里去了，短时间内是赶不回来的。

医生接着汤如海的话说："即使老太太儿子来了我们医生也

不敢为她开刀，大腿股骨骨折并错位，这是很大的手术，老太太这么大年纪，我们医生是不敢做的，在手术台上，发生意外谁负责？医生是不敢冒这个风险的。"

医生接着说，"那就按第二个方案牵引复位，但是老太太这个也做不了，因为这么大年龄，在牵引过程中会引起并发症，估计老太太坚持不了十来天就离开这个世界了。"

"那怎么治疗呢？"汤如海不解地问。

医生说，"看老太太这么大年龄，只能用保守治疗，就是让老太太卧床，做一个木板夹子，固定老太太的右腿，不让它移动，减少发炎的概率，老太太能活三个月到半年就不错了。"

汤如海怎么求医生，医生都无动于衷，医院的制度加上医生怕出意外不愿意为老太太动手术。没办法，汤如海配了消炎药、止痛药和一只女用便桶，和章友根一起将老太太拉回家。按医生要求将老太太卧放在床上，用木板将右脚夹住。

邻居阿姨们都很关心老太太的伤势，有的说，拍电报让汤如海的父母回上海照料老太太，有的对汤如海说，让他多准备些碗，万一老太太不行了，这100弄里面有许多小孩，会来讨长寿碗。汤如海感谢邻居们的关心，但回绝了邻居们的要求，并坚定地说，"老太太不会死，会挺过去的。"

有一个邻居听了不高兴地说，"老太太高寿，讨一个寿碗不为过呀。"责怪汤如海不懂事。

邻居们散了，汤如海问祖母痛不痛，要不要吃一点东西，老太太难过地摇摇头。夜里，止痛药都没有挡住老太太的疼痛，听到老太太痛苦的呻吟声，汤如海心里非常难受，那么多年下来，生活那么艰辛，母孙两人都挺过来了。现在他长大了，有了工作，有了钱，有能力支撑上海这个家，刚过上几年太平日子，好日子刚刚开始，老太太却摔断了腿，不能走路了，不能为孙子做家务，还要连累在大学读书的孙子。老太太一生勤劳，爱干净，现在自己连大小便都不能自理，老人家的眼泪不停地往下掉。汤如海不停地起床安慰祖母，只要我在，没有克服不了的困难。母孙两人整夜都没有睡着。

第二天清晨，汤如海起床到菜场买咸鸭蛋，煮好粥，把老太太扶起，斜躺在床上，劝老太太吃些粥。把老太太换下来的裤子洗干净，放到竹竿上晾晒。到给水站提水，灌满水缸。将多下来的粥放在老太太的床头边，这时，对门26号的王奶奶过来看望、安慰老太太，汤如海感谢邻居们的帮助对王奶奶说，"王奶奶，过一会儿，我先去学校读书，下午就赶回来，这是止痛药和消炎药，床边凳子上有粥，老太太的午饭得麻烦你了。"

"什么话？如海，现在情况不要说麻烦不麻烦。你尽管放心到学校读书，家里有我呢，我又不上班，我会过来帮老太太，饿不着的，放心吧。"王奶奶真诚地说。

汤如海没有将祖母摔伤的事告诉老师，只是跟班长娄和平说，最近家里有事，除了学校或班里有特别活动外，下午他不在学校上自修课，回到家里自学。

晚上，汤如海的姑母来看望老太太，见老太太摔断了腿不能动，躺在床上，又痛心又担心。他劝姑母别难过，他会照料好老太太的。早上，他会料理好老太太的早点，把老太太换下来的衣裤洗掉，将水缸里灌满才去学校；把多余粥煮放在老太太的床边，中午，对门的王奶奶会过来照顾老太太，他会在下午两点之前赶回家。王奶奶真的很帮忙，不仅帮老太太喂药、吃饭，还帮老太太换洗衣服。只要老太太挺住，不发炎、不发烧，不引发并发症就能挺过去。

姑母说："如海，你这样能用心读书吗？这样吧，我每隔一天晚上来照顾老太太，帮老太太换洗衣服，也会带一些菜来给老太太。如海，你是知道的，姑母我白天要上班，你姑夫开火车不常在家，儿子建国刚分配到铁路杨浦站当装卸工，双胞胎女儿也在等待分配工作，实在是分不开身，不然姑母会来照顾老太太的，以尽做女儿的孝心。"

汤如海拿毛巾给姑母边擦眼泪边安慰道："姑母，老太太摔伤了，没有什么大不了的，有我呢。好在我现在不上班，上午去学校，下午就回来了，有时间照料老太太和做家务，我年轻有力气，不用也是浪费。你家里人多，大人小孩都要靠你去打理，家里离不开你，何况你每天还要上班。老太太有我照料，以前我小的时候，父母不在上海，全依仗老太太照顾，现在是回报的时候，这是我的责任。"

"我哥嫂知道这事吗？"姑母问。

"我还没有告诉父母，"汤如海回答。

姑母惊讶地说："这么大的事，怎么不让哥嫂知道？如海，姑母知道你对老太太的感情，但你一定让父母知道这事，不然我哥嫂不但会归罪你，还会归罪我这个在上海做女儿的。"

"好的，我会告诉父母的，"汤如海回答。

两天后姑母带了一些鱼和肉等菜给老太太，为老太太换洗了衣服，她问："如海，你父母知道老太太摔伤断腿的事吗？"

"还没有，这两天，学校有很多作业要做，忘了，"汤如海回答。

"如海啊，老太太摔断腿，躺在床上是件大事，一定要让你父母知道，不能硬扛着。"姑母有点生气地说。

第二天，汤如海寄了一封信给父母，叙述了老太太摔断腿及治疗过程，将自己如何安排照料老太太，姑母和邻居帮忙等情况告诉了父母。他告诉父母，上午去学校上课，下午回家照料老太太，只要老太太不发并发症，就能挺过来。想起他小的时候，老太太照顾他，每天为他做饭、洗衣服，现在是回报的时候，这是他应该负的责任。

半个月后，汤余庆回到上海看望摔断腿的老太太，他对汤如海说，老太太摔断腿真是不幸，由你照料老太太，你母亲一是不放心你能照料好，二是怕影响你的学习。我们汤家好不容易出了个大学生，全厂人都知道的。所以我们与厂里领导商量接老太太到山里养伤，由我们照顾老太太。厂领导同意派车将老太太接到山里。

老太太心里是不愿意离开上海，离开和她朝夕相处、相依为命十几年的孙子，老人家不放心汤如海一个人在上海生活，老人家实在是舍不得与汤如海分离。老人家意识到她的伤势，整个下半身不能动，需躺卧在床。每天由读书的孙子来回照料会影响他的学习，无奈地同意到山里养伤。

老太太随儿子汤余庆离开上海到山里养伤后，偌大的房子只有汤如海一个人住，家里一下子变得空旷和荒凉。正常的生活全被打乱了，本来他每天要去菜场买菜、洗菜、淘米、煮饭、洗碗的家常事，现在用不着这么忙乎了，反而不知道怎么过日子了。他需要调整一个人在家的生活节奏，除了星期天，平时不会生火起灶，早上到大洋桥的点心店吃早点，或到学校吃早点；有时在学校做功课或复习晚了，就在学校食堂吃好晚饭回家，或晚上到大洋桥东面的大兴点心店，或到大洋桥西面的一家私人开的面馆，或到沪太路中华新路口弯角处的点心店吃晚饭。通常是吃两毛钱一碗的蛋炒饭，一毛八分钱一碗的大排面，或两毛五分钱一碗加白菜肉丝浇头的面条。

同学们见汤如海一个人孤苦伶仃，都想帮助他，章友根还没有女朋友外，经常到他家玩，交流自己在学校或工厂的一些情况和社会上的形势，与他亲近的同学都有了女朋友，到他家玩的次数少了。

晚上，汤如海在家看书，听有人敲门，进来的是隔壁楼上的女同学俞美丽，她说，过一会儿李行根要来。果然，不一会儿李行根就来了。

原来俞美丽单位里有一位小伙子追她，这位小伙子是单位里的团支部书记，各方面的条件都不错，但不知怎的，俞美丽就是不喜欢他，为了让这位小伙子断掉追她的想法，俞美丽就让同学帮忙，说她已有了男朋友。让李行根扮演她的男朋友，李行根就拉上汤如海一起扮演这场戏。

第二天晚上，李行根、汤如海到俞美丽上班的工厂，求精机械厂门口接她，十点半，上中班的工人下班了，俞美丽与下班的同事一起走出来，李行根、汤如海迎上去，装作亲热的样子陪着她，然后一起离开。汤如海问俞美丽："什么时候与周国藩断了？真的不谈了？"

"有一段时间了，他不听我的劝说，不肯复习上大学，他不愿意进步，我也没有办法。"俞美丽无奈地回答。

"为什么硬要他上大学？也许，周国藩对上大学没有那种强烈的愿望，能赚钱养家、对你好就可以了。"汤如海不解地问。

"我才不呢，我一定要找一个有文化、有进取心的人，"她倔强地回答。后来那位追她的小伙子见她确实有了心上人，而且是个大学生，也就放弃了对她的追求。

一天下午两点钟，汤如海正在教室里自修，听到窗外有同学喊："汤如海，你妹妹来了。"

汤如海站起向窗外看，嘿，真是姑母双胞胎女儿找到学校来了。心想，可能是姑母想他这个侄子了，让女儿来学校来找他。在教室里自修的同学们都朝外看汤如海的妹妹，坐在他前面的女同学叶晓伟、李红英对窗外喊："嗨，小妹妹，你哥在这儿，快进来啊。"

但双胞胎妹妹不愿进教室，汤如海走出教室问："你们俩怎么来了？家里发生了什么事？"

"没发生什么事，我妈想你了，邀你去吃晚饭。"表妹说。

"就这事？"汤如海问。

"就这事！"表妹笑嘻嘻地回答。

"那行，等我自修完了，就去你们家吃饭。"他很爽快地答应了。他还陪两个表妹参观了学校，他送表妹走后，又回到教室，继续自修。

同学们围着汤如海说开了，女同学说，嘿，汤如海，你怎么会有这么漂亮的妹妹，以前从未听你说过；这两个妹妹长得一模一样，分不清哪个是哪个。有个女同学开玩笑地说，如果以后谈恋爱，男朋友会不会搞错对象？

汤如海也开心地说："这是我上海姑母的双胞胎女儿，高个苗条身材像母亲，大眼睛、高鼻梁、白皮肤像父亲，这对双胞胎遗传了父母的优点。小姑娘中学就要毕业了，正等着分配工作。"所有同学都赞美这对漂亮的双胞胎小姑娘。

姑母家已经从鞍山七村的一室户搬到十四路无轨电车终点站的打虎山路旁的辽原二村六楼的二室户，拥有独立的厨房和卫生间，住房和生活条件大为改善，父母的房间总算与子女分开了，各自有独立的生活空间。汤如海在打虎山路的商店买了些水果去看姑母，姑母做了好多菜，姑夫不在家开火车去外地了。

姑母泡了一杯茶端给汤如海，问了一些学习和生活的情况，他都一一简单地回答。

姑母说，"如海，你是我从小看着长大的侄子，如今考上了大学，你以前的努力没白费，现在老太太也被哥嫂接到山里，我担心你一个人在家怎么过日子？"

"不用担心，姑母，"汤如海轻松地回答，"以前那么困难都过来了，现在比以前好多了，我是带薪读书的，不愁吃穿，把书读好就行。"

姑母问：你那帮同学还经常来吗？

"比以前少，他们都有自己的工作和其他的事情，"汤如海回答。

"他们是不是都谈恋爱了？"姑母问道。

汤如海想了想说，"好像都在谈朋友，长脚鲁迎庆、李行根、虞协成、周国藩、大头徐崇喜，女同学俞美丽、华瑷瑛都在谈恋爱，不过，章友根还没有谈朋友。"

姑母神秘地笑了起来，汤如海不解地问："有什么好笑的？"

"如海，我的侄子哎，你也不小了，应该跟你们同学一样谈恋爱了，今天姑母帮你介绍女朋友，我们先吃饭，七点以后，两位姑娘就到，你自己看喜欢哪一位。"姑母关切地说。

原来姑母请他吃饭是为了给他找对象，一位姑娘是姑母工厂的同事，另一位姑娘是同事的同学，姑母将侄子的事告诉同事张惠芬姑娘，让张惠芬帮汤如海介绍对象。张惠芬将自己中学的好朋友介绍给汤如海，为了营造放松环境，让汤如海看喜欢哪一个。

七点钟，有人敲门，姑母将一高一矮的两位姑娘领进房间，汤如海站起来跟她们打招呼，然后大家围着小方台坐下。双胞胎妹妹端上茶后退出了房间，姑母向两位姑娘介绍了汤如海："这是我侄子，正在读大学，我侄子从小喜欢读书，工作后没有放弃学习，之前单位领导不同意他考大学，去年单位领导总算同意他考大学，就考上了。'文革'中，我哥嫂和另外三个侄子、侄女都到山里生活，将汤如海和老太太留在上海，前一阶段，老太太不小心摔断了腿被哥嫂接到山里养伤，目前，就他一个人在上海读书和生活。"姑母边说边削苹果给大家吃。

汤如海与两位姑娘聊各自的工作和学习情况，原来身材较高约一米六五的姑娘叫张惠芬，脸饱满，看上去很健康、健谈，是姑母上海电子管厂的同事；身材不高约一米六、大眼睛、苹果脸、披着长发的叫金爱娣，是张惠芬中学同班同学，说话不多且声音轻，在东江湾路（近同心路）边的上海无线电八厂工作。由于第二天要上班，两位姑娘没坐多久就走了。姑母送她们回来后问汤如海："喜欢哪一个？"

"哪一个，这怎么说呢？应该说都不错，"汤如海回答，"张惠芬看上去健康、活泼，个子跟我比起来高了一点。"

姑母马上打断他的话说："我的傻侄子，个子高一点好哇，下一代个子高一点不是更好吗！"接着就反问："那么，张惠芬的同学金爱娣姑娘如何？"

"金姑娘个子不高，不过跟我这个连鞋才一米七相比也不算矮，人还可以。"汤如海回答。

"那么，就与金姑娘谈谈看。"姑母说。他没有反对，只是说先互相了解了解再说。

"我也是第一次看到张惠芬的同学金爱娣，她们两个都不清楚你喜欢谁，互相陪伴、为姐妹做参谋，这样交流起来不尴尬。我与张惠芬说好，只要你愿意，星期六晚上七点在泰山电影院门口碰面。她们可以乘十四路无轨电车到那里，你可以乘六十九路公交车到北站（火车站），走过去就是泰山电影院。"姑母就这么安排了。

星期六晚上，汤如海与同学李行根、章友根乘六十九路公交车到北站（火车站）后门的公兴路终点站下车，过了宝山路铁道匝道后，分开了，怕给对方撞见尴尬。虞协成也从家里赶过来与同学会合，一起帮他参考将要见面的对象。

汤如海到达泰山电影院，看一下手表，七点还差五分，就朝电影院的广告栏走去，这个广告栏在宝山路与武进路交接的弯道上。在这个岔路口，可以看到东面十四路无轨电车车站上下客的来往，没多久，汤如海看见金姑娘从十四路电车下车，朝泰山电影院走来，当她要右拐弯时，汤如海走上去跟她打招呼并问：坐车顺利吗？

"蛮顺利的，从溧阳路嘉兴路乘上车到这里就几站路。"金姑娘回答。

他俩沿着武进路朝东走到四川北路，沿四川北路朝北，在横浜路桥不远有一家红星音乐茶室，咖啡两块钱一杯。汤如海买了两杯咖啡与金姑娘坐下，边喝咖啡边聊天，整个茶室回荡着台湾歌星邓丽君那委婉的声音。汤如海说，"上次在我姑母家，没有时间细谈，怕影响你第二天上班，现在将我的情况告诉你，"他讲了自己的家庭在"文革"中的变故，父母为了在上海留一条后路，将他和祖母放在上海，其他人都进山了。"由于从小独立生活，思想观念与同龄人不太一样，你不会吃惊吧？"他问道。

"不会吃惊的，"金姑娘回答，"我家也是一个普通家庭，我和张惠芬是班级里非常要好的小姐妹。毕业后，张惠芬分到四达路上的上海电子管厂，我分配到了东江湾路上的上无八厂工作。张惠芬与你姑母是班组同事，你姑母经常提起你，夸她侄子如何聪明，在生活很困难的条件下，坚持学习，考进大学。"

汤如海打断她的话说："夸大了，夸大了，我不仅普通而且有点土，爱学习倒是真的，因为小时候，我母亲常常拿隔壁邻居十八室上大学的小兔大哥做比喻，要求我们好好读书，将来考上大学。"不知不觉已到了九点，他对金姑娘说，"噢，晚了，该回家休息了，你看我们什么时候再见面？"

"随便你，"金姑娘看着他回答。

"你把家里地址和电话告诉我，或将你在厂里工作的小组电话告诉我，如果学校没有什么事，我可以早点出来。"汤如海说道。

金姑娘想了想说："我是早中班翻班的，时间不好确定，这样吧，你现在读书，一般星期六晚上和星期天都能出来，我有空就打电话给你。"

"那也好，"他大方地回答，从上衣口袋拿出笔和纸，写上"大洋桥地梨港路 100 弄 21 号汤如海，传呼电话：628892"交给她。汤如海要送金姑娘回家，她不让，说家就在前面不远。与金姑娘分手后，汤如海就赶到同学虞协成在热河路的工作菜场，同学们早在那儿等着。

"怎么样，合适吗?"汤如海迫不及待地问。

"蛮好的，身材与你相配你还可以，"章友根说。

"长相和身材都不错，"李行根说。

虞协成摇摇头说："我感觉你们俩在一起缺了点什么，你好像嫩了点，金姑娘比你成熟。"

同学们认为，金姑娘与我们同年，姑娘比小伙子成熟是自然的，对金姑娘的谈吐还是比较满意的，希望汤如海加深了解她的爱好及她家里的情况。

两个星期后的星期六下午 4 点，传呼电话亭的瘦老头拿着一个铁皮喇叭喊："100 弄 21 号的汤如海有电话，请到电话间接电话。"

汤如海正在家看书，听到外面喊自己的电话，就开门对传呼老头喊："知道了，谢谢，我马上就去。"他赶到传呼电话亭说，我是 100 弄 21 号的汤如海，刚才谁打来电话?

电话间阿姨拿出记录本开始拨电话，电话亭有两部电话，一部是打进来的，另一部是打出去的。不一会儿，阿姨将话筒给汤如海，"喂，谁打电话?"

"喂，是汤如海吗?"那头是位姑娘问。

"是的，我是汤如海，"他回答。

"汤如海，我是金爱娣，今天晚上有空吗?"她问道。

"有空，"电话那头传来金姑娘的声音，"今天晚上七点，在上次碰面的地方等我。"汤如海付给阿姨七分钱，四分是一个电话费，三分是传呼费。

和上次一样，两人见面后沿武进路朝东走，到了四川北路朝北走，金姑娘走着、走着慢了下来，这样有好几次，汤如海关心的问，腿是不是受伤了？

"没有，没有，"金姑娘不连贯地回答，好像隐藏着什么。就这么慢吞吞地进入上次那家音乐茶室，和上次一样，边听音乐边聊天。金姑娘说了一些她的情况，她这个星期上早班，下个星期上中班。早班下午两点半下班，中班晚上十点半下班。姐姐和姐夫从崇明农场顶替父母回上海工厂工作，回来不久就结婚了，现在有了一个小男孩。她下面还有两个弟弟，不太懂事，所以平时要在家帮母亲做家务。父母都退休了，父母身体都不太好，尤其是父亲，上下楼梯都觉得困难，全靠母亲照料。

听了金姑娘的叙说，汤如海感叹道："你在家也不容易，家里地方小，还要爬阁楼。"

金姑娘做了个苦笑的表情，继续说道："弟弟虽然有工作，但不太懂事，不做家务，没有办法，总不能让母亲累倒，只能自己多做点。"

"也许你父母前面生了两个女儿，对后面的两个儿子特别宠爱，"汤如海安慰地说，"慢慢来，你姐姐结婚离开了家，你也会离开家过自己的生活，今后，这个家，你弟弟必须顶上来，他们长大了，自然会懂事的。"

第三次见面时，金爱娣告诉汤如海，说上次在路上走得慢，不是脚扭伤了，是因为姐姐、姐夫看我们，姐夫是单位里的小车司机，那天姐夫开着厂里那辆黑色桑塔纳车在我们前后转了好几圈。他们说我俩不像是谈朋友，像是在谈工作，两个人离得那么远，也没有拉手、牵手等恋人动作。

汤如海笑了，说："你我都是二十六七岁的成年人，又不是大学生富有幻想、浪漫之情。"他马上纠正道，"噢，错了，我是大学生，而且是在校大学生，不过是经过六年劳动锻炼的大学生，与中学刚毕业考上的大学生不一样，你说，是吗？"

"是，又不是，"金姑娘回答，"说是，你确实是个在校大学生；说不是，你的形象及有许多不切合实际的想法，这种幻想就像一个中学刚毕业进入大学的年轻人。怎么说呢，当你讲到你独立的生活和思想时，你有大学生那种充满幻想、浪漫和激情；但是当你面对姑娘谈情说爱时，又显得世故、保守、没有激情。"

汤如海伸手拉住她的手说："你说对了，我是大学生，应该浪漫点。"

金爱娣笑着说：　"装出来的，不是心里想的，一点都不真诚。"

他停下脚步，金爱娣也停下，他望着她，金爱娣被他看得不好意思说，"傻呀，有什么好看的。"

"你姐姐姐夫说得对，我们不像在谈朋友，那我们现在就改变，我叫你金朋友，你叫我汤朋友，如海朋友，什么都行。"

"我才不叫你什么汤朋友，如海朋友，小汤等，我还是叫你汤如海。"金爱娣板着脸说道。从此以后，金朋友就是汤如海对金爱娣的称呼。

进入十二月，上海的天气变凉了，马路上的梧桐树的叶子开始凋谢了。金爱娣约汤如海星期天下午两点到和平公园游玩。他们从大连路上的和平公园正门进入，边看公园景色边聊天。逛了一圈，有点累了，就在一棵树下的长凳上坐下休息。汤如海的手向各个口袋里摸，像是在找什么，金爱娣不解地问："找什么？遗失了什么东西？"

汤如海从衣服口袋里掏出一只日本超薄型的女式电子手表给她说："漂亮吗？戴上试试。"

金爱娣接过手表正反看了看说："蛮漂亮的，你买的？"

"不是我买的，这种手表市面上是买不到的，"他解释道，"两年前，我在进出口公司仓库工作时，公司将外国客人送的部分礼品分配到仓库，有：洋酒、洋烟、打火机、女式背包、丝袜、手表等，并将这些礼物编号。仓库工人到主任办公室排队摸号，我就摸到了这只手表，因为是女式手表，就放在家里，心想，如果我汤如海有女朋友，就给女朋友，金朋友，给你啦。"

"不，不，我已经有手表了，"她将戴在手上的表给汤如海看，"还是留着给你山里的妹妹，她年轻用得着。"

汤如海一时给蒙住了，不知说什么好，拿着手表看了看说："金朋友，我妹妹有没有手表，我没有注意，但这是为我女朋友留着的，作为一种装饰，你可以换着戴。"

"我已经有手表了，也许你妹妹没有手表，她会感激你的。"金爱娣解释道。

见金爱娣不肯收，汤如海将手表放回口袋。他很困惑，难道金朋友会认为他没有花钱买的表不算礼物？没有花钱的礼物不值钱？这只是想表达自己对女朋友的一番心意，不知金朋友是怎么想的。

没过几天，姑母来看汤如海，问起与金爱娣的进展，汤如海告诉姑母，进展的还可以，并把上次送手表的事与姑母交流，问为什么金朋友不愿意接受这小小的礼物？姑母开始批评侄子，"你怎么这么傻，一点都不懂女人的心思。金朋友把这事告诉张惠芬，说她认同你的礼物，很喜欢那只女式手表，金朋友不好意思直接接受，表面上推脱一下，你真的收回了，弄的金朋友好尴尬。"姑母看到汤如海那种天真的傻样说，"我的傻侄子哎，那是姑娘发嗲（撒娇），女朋友发嗲（撒娇）你懂不懂？"

汤如海较劲地说："我真心诚意，金朋友不领情，我有什么办法，难道是我错了？"

"恋爱中的女人需要男人哄的，"姑母开导侄子，"张惠芬告诉我，金朋友对你的印象非常好，总是说，汤如海这样，汤如海那样，汤如海是这样想的，汤如海是那样认为的，她欣赏你的学习态度、独立思想、做人准则。但总感到你对她没有热情，金朋友想热情点，又担心你对她有看法，你是个男人，要主动点，懂吗？"

"什么叫热情、激情？"汤如海问，"我俩也试过拉手、牵手，这只是一种表面形式，几次不合适，两人的步伐和距离总是不协调，很别扭，还是放松一点好。每次到了晚上十点钟，我都会主动提醒她早点回去休息，以免影响身体和第二天工作；而且每次主动要求送她回家，但金朋友不让，我有什么办法？"

姑母看着汤如海问："那你告诉我，说心里话，金朋友你满意吗？"

"以前看过几个姑娘，但只是一次或两次见见面，基本没有交流，更谈不上深入交流。"

汤如海解释道，"我跟金朋友有一段时间了，谈了很多。主要是我尽量让她了解我的生活环境、做人原则、对父母及家庭的态度，特别是向金朋友强调，我做事不会三心二意，更不会伤害她。"

1984 年 1 月中旬，学校放寒假，汤如海想进山看望父母及老太太，他把去山里的事告诉女朋友金爱娣，过了春节就回上海。

老太太见到汤如海很激动，让他坐在床边，拉着他的手，打量了很久说："瘦了，一个人在上海吃不好，瘦了。"说着说着流下了眼泪。汤如海安慰老太太，说自己身体很棒，学校食堂的伙食也很好。经过母亲的调理，老太太能把右脚慢慢移动到床沿，然后用手将自己撑起坐直，再将右脚慢慢放下床，床边有一个马桶，借助旁边的凳子，老太太可以自己移动到马桶上，解决大小便，当然这时常会弄脏衣裤。虽然动作很慢、很慢，这已经是非常好的结果，他庆幸老太太命大，更感激母亲的精心照料。

母亲问起他在上海的生活和学习情况，汤如海向母亲一一做了汇报，还对母亲说了姑母为他介绍对象的事，把女朋友金爱娣的一些情况告诉了母亲。母亲听到他有了女朋友很开心，接着又担心地说："如海，阿拉屋里（我们家）是一个正派人家，侬（你）有女朋友，姆妈蛮开心的，姆妈要跟侬（你）讲，姑娘的人品一定要正派，门风（家教）要好，爷娘（父母）要讲道理。侬（你）一个人在上海，如果找一个人品不正、门风（家教）不好，不但侬（你）会吃苦头的，今后姆妈回上海也没有啥意思了，姆妈不想上海的家被弄得不太平。姑娘的长相和家庭经济条件都不是主要的，姆妈讲的闲话（说的话）侬（你）听懂了吗？"

"姆妈侬（你）放心，我会把握分寸的，"汤如海很有信心地说。

母亲还是不放心地说："姆妈跟侬（你）讲，阿拉（我们）协作机械厂就有这种情况，姑娘卖相好（长得好）、会讲闲话（灵活），但是，结婚后，就暴露了好吃懒做、跟男人吵相骂（跟丈夫吵架）、嫌男人（丈夫）赚钱少、嫌公婆啰唆、跟不上形势、不得力。"

汤如海拍拍母亲的肩膀安慰道："姆妈，我跟别人不一样，我从小独立生活，有自己的独立判断，首先我不会做伤害人家的事，"他在母亲耳边轻轻地说，"侬（你）儿子介（这么）聪明，姑娘能骗过我？"

见汤如海调皮、自信的神态，母亲说，如果两个人谈得好，放暑假带她来山里玩，让母亲看看才放心。"我尽量让她进山见阿婆（婆婆），"他的话逗得母亲好开心。

回上海后，汤如海将一袋山里出产的小核桃给金爱娣，讲了一些山里情况及老太太的身体状况。金爱娣问他是否将他们俩的事告诉了母亲，他说，告诉了，母亲听到自己的儿子有女朋友了，很开心。金爱娣反复追问他母亲对她的印象、认不认可她，汤如海被她缠得有点烦，就停下脚步，看了看她，然后在四川北路横浜路桥上，汤如海靠着栏杆对她说，我一直说你好，我母亲怎么会对你有坏印象？

"我不信，告诉我，你妈说我什么？"金爱娣急促地问。

"真的，说你好，只是母亲反复提醒，'姑娘人品要正、门风（家教）要好'。"汤如海解释道。金爱娣深思良久，看着他，不说话，这下汤如海糊涂了问，"我母亲说错了？"

"没有，你妈说得对，"金爱娣说，"只是我感到奇怪，一般做母亲的都希望未来的儿媳妇不仅长得漂亮，还要贤惠，照顾好老公和孩子。你母亲不关心我的长相、工作和家庭条件，却注重姑娘的人品和家风，当然，做母亲的关心这个没有错，但，我有点担心。"

汤如海不解地问："你担心什么呢？"

她笑着、拉长声音说："担心你妈看不上我，配不上你。"

"配得上配不上你我说了算，跟她没有关系，"他用手指着金爱娣说道。

"她是你妈，你妈不同意，我们没办法继续下去。"金爱娣硬拗着，"没有你妈同意，我们在一起有什么意思呢？"

汤如海打断她的话："不要胡思乱想，金朋友，我告诉你，我从小离开母亲，这不是我妈造成的，是国家、社会造成的，不是我妈的错。这反而锻炼了我的独立生活能力，社会环境的恶劣，造就了我的独立意思，什么是可以做的，什么是不能做的。小时候，靠父母每月接济二十六块钱过日子，没有能力，只得听父母的；现在，我长大了，有文化、有工资，自己养活自己，你我都是独立的人，你明白我的意思了吗？"他见金爱娣用眼睛呆呆地望着，进一步说道，"讲得明白一点，你我俩的事，是你金朋友和我汤如海说了算。"

金爱娣摇摇头并生气地说："不明白你说的话，你怎么可以不听你妈的话，我不接受这种奇怪思想，我就问，如果你妈不喜欢我，怎么办？"

汤如海一本正经地说："首先，我母亲没有说过不喜欢你，也许我妈见了你就喜欢上你了呢？把在上海的家交给你来管理；其次，如果我妈犹豫，我就说你好的地方，消除她的顾虑；最后，如果我妈讲不出反对你的理由，不接受你，我会明确地告诉母亲，感谢你生我养我，你有三个儿子，大儿子已经成家立业，算我老二是捡来的，白养了个负心郎，就算少生一个儿子，那还有小儿子呢？"

"你骗我，你做不到的。"金爱娣抓住他的手，使劲地捏，痛得汤如海"哇哇"地叫："你疯了，想捏断我的手呀。"

她松了手，又拿起他的手看了看问："真的捏痛了？"

汤如海装作生气的样子回答："真的捏痛了。"

晚上，金爱娣到同学张惠芬家，与张惠芬交流昨天晚上与汤如海争论的事，说她心里很苦闷，汤如海这个人已经很独特，而他的妈也与众不同，只要姑娘人品正、家风好，不要求姑娘长相、工作环境、家庭条件，应当说没什么不好。但她总觉得担心，张惠芬问她担心什么呢，她又说不上来，担心汤如海的话是在骗她，据她的了解，汤如海是不会做出让母亲伤心的事。她颠三倒四、胡思乱想的话让张惠芬心烦。

"你到底担心什么？"张惠芬问，"汤如海这个人，好还是不好。"

"好，是个有担当的男人，"金爱娣回答。

“汤如海有没有伤害你？”张惠芬又问。

“没有，我俩到现在还没有牵过手，他总是想照顾我，其实，在我眼里汤如海是一个不坏的怪人，是一个还没有长大、自以为是的小男孩。”

“嘿，”张惠芬叹了一口气说：“如果汤如海像你说的那么好，要是我呀，早就想办法缠住他，不让他乱跑，用女人的温柔、魅力迷住他。”

“不害羞、不害臊，”金爱娣用手刮张惠芬的鼻子。

这一学期，开设了几门新课，有线性代数、概率论、西方经济学、西方会计 Book keeping and Accounting（簿记和会计）。

线性代数和概率论由教高等数学的张学丞老师上课，张老师不停地在黑板上写公式、定理，然后逻辑推导、演算，一环扣一环，中间有一步错就步步错，需要看些资料和参考书，才有助于解题。这门课要参加市统考，同学们每天都在不停地运算、推导、解题，校对作业。

西方经济学由系主任陈祖祥教授担任这门课的老师，陈教授原来是南京国民政府财政厅的一位雇员，南京国民政府被共产党推翻后，跑到上海，经朋友介绍到外国语学校教书，后来调到上海对外贸易职工大学担任经济管理系主任。陈教授，高个子，大肚子，讲课中时不时要用手提一下裤子。陈教授喜欢用事实存在或比较的方法讲解经济学原理，例如，用菜市场的买、卖、摊贩、顾客的需求和愿望解释经济学原理。把诺贝尔奖获得者、萨缪尔森所著的西方经济学讲得有声有色。陈教授将萨缪尔森的西方经济学与马克思的资本主义经济学做了简单明了的区分，那就是马克思的资本主义经济学理论论证了资本家为什么不直接参加生产劳动而比直接参加生产劳动的人富有，是因为资本家掌握了生产资料和生产工具，并利用这些生产资料、生产工具作为资本投入来榨取工人在劳动过程中所创造的超过资本投入的利润即剩余价值，资本家占有了剩余价值，所以资本家与工人的财富距离越来越大，资本家与工人的关系是剥削与被剥削的关系。而萨缪尔森的西方经济学论证了资本家和工人的关系是"资本与劳动的关系"，利润是投资者（资本家）所投资本所得，资本投入是有风险的，大于劳动者加工的风险。所以资本投入的风险利润一定大于银行利息，否则就没有人投资了，而且风险利润是可以用数学计算的。现代经济学的奠基者英国人凯恩斯用数学微积分的方法证明了投资风险利润大于银行利息，风险越大，利润越高。所谓经济学就是数字经济学，一种经济学理论是否正确，是可以用数学来测算、计算来论证的。

听陈教授讲课就像听故事，用推理、逻辑来验证故事的证伪，或用数学计算来证明是否对错。

教授西方会计学的是刚从外贸学院调来的党芝彤讲师，她年近五十，个子不高，圆脸。第一节课，党老师走进教室，让同学们打开 Book keeping and Accounting，因为教科书是从国外引进的，全英文，没有一个中文字，接着她讲解了我们学校为什么要引进这门课程，以及西方会计的科学性和合理性等。全班同学抬起头、竖起耳，但是绝大多数同学没有听明白党老师在讲什么。因为，党老师是用英语讲解的。见全班同学都愣着，没有反应，党老师说，可能我说得快了点，那我就慢慢地说，可是同学们仍然不能回答她的提问。第一节课在这么尴尬中结束。一下课，班长娄和平与其他年龄较大的同学主动和党老师交流，首先同学们向党老师说抱歉，由于英文基础差，跟英文系的同学有很大的差距，没有能力跟上全英文上课，请党老师谅解。希望党老师讲解课文时，速度慢一点，最好用中文解释一下课文内容或含义，以便同学们正确理解课文中的含义和要求。党老师很随和，她了解同学们的英文基础，全英文上课，确实难为这些大年龄同学了，党老师接受了同学们的建议。接下来上 Book keeping and Accounting 时，党老师讲解课文，先用英语讲解且速度慢，然后用中文解释其中的要点，最令同学们敬佩的是党老师不断纠正同学们的英语发音和记单词技巧，例如，Liability，党老师说，Liability 债务词的发音不能漏了"厄"这个音，这样就会慢慢养成发音准确，单词又记住了的好习惯。过了一段时间，同学们跟上了党老师的课文进度，能做 T 型账务习题，全班同学都会交流习题中的英文含义到底是表示"借方"还是"贷方"，对提高英文的语法起到很大帮助。

在下午的班会上，班主任金海蓝与同学们交流学习中的难题，同学们反应最多的是 Book keeping and Accounting 这门课。不过同学们都感谢党芝彤老师不仅教了西方会计的原理，还帮助同学们复习了英文。班会的气氛很热烈，大家畅所欲言，金老师鼓励同学们用科学的方法克服学习上的困难。接着金老师聊到同学们年龄都不小了，特别是班上年龄大的同学，如果不是"文革"耽误，早就成家立业了。同学们如果遇到谈得来的对象不要轻易放弃，大家觉得金老师话里有话，就跟金老师开玩笑说，"金老师，有合适的，给我们介绍"。金老师这才讲了她听到的事，在我们班级有一对这样的恋人，同学们都吃了一惊，我们班里年龄最小二十出头、鹅蛋脸、苗条、开朗、长发披肩的姑娘刘佳华与戴眼镜的高个子朱泉君谈恋爱了。"听到同学们恋爱，我很开心"，金老师说，如果同学们之间能产生爱情是很好的事，因为受过高等教育又互相了解，有共同的追求和理想的恋人是要珍惜和爱护的。金老师就用自己的恋爱经历告诉同学们，真诚的爱情不是用金钱和地位来衡量的，而是爱恋中的人是否有共同的价值观、理想和追求。金老师出生在高级知识分子家庭，父亲是上海有名的同济大学教授，"文革"中被打倒，自己到安徽插队落户，接受贫下中农的再教育。在安徽农村劳动中，她遇到了一个愿意帮助别人、热爱学习的年轻小伙子。当她通过高考到上海读书，父母又恢复了工作和待遇，回到专家教授楼，父母不同意她与安徽农村小伙子的恋爱。小伙子也没有信心与这位上海大学教授的女儿，女大学生谈恋爱。她没有听从父母的劝告，没有放弃对爱情的追求，不断鼓励小伙子，后来小伙子参军、学习、提干。小伙子从军队转业回到安徽，她鼓励小伙子到上海来发展，父母对小伙子的印象也在改变，现在他们准备要结婚了。

很多同学确实不知道，刘佳华与朱泉君谈恋爱，平时没有看到他俩有什么亲热的举动，他俩都是住校生，晚上在一起的时间长，渐渐产生了爱意，金老师是从别的住校生那里听到的，为了保护他俩，更是鼓励他俩，金老师希望同学们理解他俩的爱情并加以呵护。

星期六晚上，汤如海将金海蓝老师谈恋爱的故事讲给金爱娣听，并说，姓金的人真勇敢，敢于追求自己的理想。

金爱娣不屑一顾地说："人家金老师是高级知识分子家庭出身，自己又是大学老师，当然有底气追求理想；我金爱娣出身工人家庭，自己是一个普通的操作工，怎么能与那位大学金老师相比？"

"怎么不能比？你有很多好的地方，例如，照顾父母、料理家庭、懂道理、不随大溜。"汤如海表扬道，接着他紧缩眉头，想说什么，又记不起来。

金爱娣急了："汤如海，有什么事，快说呀。"

"噢，"汤如海慢慢地说，"我想起来了，我母亲来信，说今年暑假，让我和你一起到山里玩。"

"我不去"，她一口回绝。

汤如海不解地问："为什么？"

"不为什么，"她说道，"我难看，怕你妈见了嫌我丑。"

"哈哈哈，"汤如海大笑：你这不是在说我吗，你那么漂亮，大眼睛、苹果脸，这么漂亮的媳妇哪里找？

期末考试结束了，在市统考的概率论的考试中，全班半数以上的同学没有通过，连平时被称为"数学皇后"、坐在汤如海前面的女同学叶晓伟也不例外，完全出乎老师和同学们的意料。全班分数最高的是坐在汤如海右边"老谋"史志祥旁边的郑兆华，郑兆华个子比汤如海还矮小。平时说话不多，这次得了全校最高分八十一分。汤如海得了七十三分，班里第二名，如果这次没有考好，暑假就没有心思到外面游玩，得留下来复习补考。

在四川北路上的音乐茶室，汤如海神秘又自豪地将这次数学概率论的考试结果告诉金爱娣："真没有想到会有那么多人不及格，连学校数学最好的女同学都考砸了，虽然这次考题有点偏，但那么多人没有通过，令学校领导意外，为此，学校组织老师给没有通过的同学补课，补考结束后再放假。"

金爱娣望着他，俏皮地问："你用什么投机取巧的方法，通过了这次考试？"

"什么投机取巧，"他板着脸说，"我考试时，只注意考题中的题意，不会被考题中的图形、数据所干扰。在邓小平 1972 年复出，在教育领域搞治理整顿时，学校组织的数学统考，其中一道立体几何题，全校十二个班级，唯一答对的就是我和班上的李行根两人。"

金爱娣嘲笑说，是第二名，又不是第一名，不过你妈听了一定高兴，又得夸她在上海的儿子多么聪明。

"你提到我妈，倒是提醒了我，你准备什么时候跟我到山里游玩？我母亲想你呢，"他问道。

金爱娣紧张地说："我不去，而且也没有时间。"

"不管怎么样，我现在告诉你，"他假装生气地说，"下个星期，学校就要放假了，我等你一段时间，让你考虑，如果7月底还不能做出与我一起进山的决定，那我只好自己一个人进山看望老太太和父母了，不过，我真的希望你能和我一起到外面游玩一次。"

是否跟汤如海一起进山看望他祖母、父母困扰着金爱娣，她犹豫不决，从心里讲，汤如海人不坏，只是思想太简单，遇事总是用"Yes"或"No"来对待，显示他的独立性，喜欢标新立异，谈谈、说说倒是蛮有趣的，但要成家立业就没有那么简单了，很多事情不能用简单的"Yes"或"No"来解决，它关系到双方的父母及亲友等情感。虽然她也想与汤如海一起过独立、自由的生活，这个社会环境能行吗？带着这些疑问，她向好朋友张惠芬倾诉自己的困惑。张惠芬安慰她，汤如海邀你进山看他家人，说明他心里有你，希望确认你俩的关系，你何不利用这次机会向他父母表白你对他的感情，你长得那么漂亮，他父母一定会喜欢你的，只要他父母不反对，早点结婚，省得你心神不定，自寻苦恼。

"什么，结婚？"她惊讶一声："他还在读书呢？"

"有什么好惊讶的，"张惠芬责怪道："又不是叫你明天就结婚，等明年汤如海毕业了，工作也分配好了，就早点结婚。再说，你也不小了，都二十七八岁的老姑娘了，该出嫁了。"

金爱娣经过长时间的思想斗争，决定跟汤如海进山探望他的家人，为此，她向单位请假，加上以前的加班调休共十天，到山里走一趟。

1984年8月4日，星期六，晚上九点，汤如海拎着一个旅行包在同学章友根的陪同下到中山北路沪太路乘四十七路公交车到溧阳路下车，然后走到四平路上的十四路无轨电车溧阳路站等女朋友。十点钟，金爱娣从对面嘉兴路出来，晚上行人少，汤如海很远就看到她了，对章友根说，走过来的就是金朋友。金爱娣穿了一件白色底带有小花的连衣裙，肩上背着一个小包，右手拿着一个大太阳帽。章友根戴着一副眼镜看不清楚，等她走近了，汤如海用手朝她说，这是金朋友，然后指着章友根说，这是我的同学章友根，特地来送我们上火车。

金爱娣朝章友根笑了笑说："这么晚了，还麻烦你来送。"

"没有什么麻烦，天热，在家也待不住。"章友根回答。

他们三人上了十四路无轨电车，到火车站下车，进入候车室，汤如海对章友根说，谢谢你的帮忙，早点回家休息，金爱娣也感谢章友根的帮忙。章友根显得很平静，只是淡淡地说，没什么，没什么，路上小心，见到老太太和你父母向他们问好。

章友根离开后，金爱娣问："你同学怎么这么内向，不善言语。"

"你看到章友根表面不善言语，他的语文表达能力可强了，"汤如海解释道，"他是我们隔壁三班的语文课代表，写得一手好字，上学时，经常受到学校和老师的表扬。他上面有三个姐姐，大姐在1964年响应政府'新疆是个好地方'的号召，不满足在上海长寿路上的革新电机厂的工作，瞒着父母，从家里拿出户口本报名到新疆工作。二姐在1968年到武汉老家插队落户，三姐在上海工厂工作。他分到上海塑料制品二十一厂，由于厂小，他的才能得不到发挥，现在整天在家听音乐和练字。"

"这不是很好么！"金爱娣说道。

检票开始了，由于汤如海和金爱娣没有什么大的行李，快步奔向不对号的351次列车，两人上车后在靠窗的座位上坐下。不一会儿，座位就坐满了人，甚至连座位旁边和走廊上都挤满了人，列车在喧闹声中启动了。

金爱娣告诉汤如海，她的师傅和车间里的小姊妹都关心这次出游，师傅对她说，如果你真的喜欢汤如海，见了未来的公婆，就应该当面表白你的态度，让汤如海的父母知道你对他是真心的。汤如海也将父母及家里的一些情况告诉金朋友，我父母是非常、非常平常的人，父亲有点小聪明，在火箭弹的热处理方面，搞点技术创新，受到过南京军区司令员许世友的接见和招待；但是父亲不爱干净，整天穿着工作服，每次被母亲骂了才脱下。母亲为人随和、大方，但有思想，能判别是非……

窗外一片漆黑，有时在远处有几盏灯光闪过。下半夜，车上的人开始困乏，车厢里慢慢地安静下来，没有座位的人都靠着座椅打瞌睡。早上五点，列车进入杭州车站，汤如海、金爱娣出了车站，凳上五十三路无轨电车到武林门长途汽车站，在车站旁边的小吃店吃早餐。七点钟，售票员上班了，汤如海买好车票，将两个小包放在行李暂存处，带上照相机，又乘车回到西湖。在西湖边上，汤如海在当年那位年轻诗人朗诵的地方学着诗人的动作：

啊，西湖，你那么美，没有毛主席的红卫兵美，

啊，西湖，你那么深，没有工人阶级的友谊深，

啊，西湖，你那么明亮，毛泽东思想，我心中的红太阳，比你明，比你亮。

"咯咯咯，"金爱娣看着他滑稽的动作，笑弯了腰："汤如海，你把我当傻瓜，胡编乱造蒙我啊。"

"怎么是蒙你呢，是真的，当时有好多人在这棵树下议论，'这么好的小伙子，被逼疯了，一个大娘叹息道；有一个大叔说，作孽啊，那么英俊的年轻人，就这么毁了'。"他一本正经地解释道。

金爱娣问："那人真的很英俊？真可惜。"

"真的很英俊，身材修长约一米七五、穿着得体、很斯文，

反正比我好看多了。"他回答。

金爱娣望着他说，"汤如海，你也够傻的，只是他疯了，你还没有疯。"

他俩沿着西湖观看周围的景色，他不停地介绍西湖的来历及传说。走着走着，突然她使劲捏了汤如海的左手小拇指。

"哎哟哇"，汤如海痛得叫了起来，将小拇指放到嘴边，噗、噗地吹，瞪着眼喊："你疯了，想拗断我的手指啊！"周围的人看着汤如海疼痛的样子，不知发生了什么。

金爱娣将他的手看了看说："就喜欢捏痛你。"

他俩离开西湖，返回武林门长途汽车站，上了开往山里的汽车。十一点半，汽车到达临安汽车站，驾驶员说，临安到了，大家在这里吃午饭，休息一会儿，一个小时后发车。

汤如海与金爱娣在车站附近的一家饭馆，简单地点了两个菜一碗汤。饭后，就到外面散散步，他领着金爱娣走上一个山坡，前面有一户人家，突然，她尴尬地说，要上厕所。汤如海说，没有问题，就到前面人家去解决。当他俩走进房屋，汤如海问："有人吗？"

这时从里面走出一个年龄与金爱娣相仿，皮肤有点黑的妇女说："有什么事？"

汤如海指着金爱娣解释说，她想上厕所，想借用一下厕所。那妇女不明白什么是上厕所，汤如海就解释说，就是小便，撒尿。那妇女笑了问："你们是什么地方人？"

"我们是上海人，到昌化、岛石坞山里看望父母。"汤如海回答。

"上海人，"那妇女显得很热情，"上海是大城市，我们山里人比不上你们上海大城市人，上茅坑叫上厕所。"她用手指着猪圈前面的一个茅坑说，那就是。

这下可难为金爱娣了，穿着连衣裙，要穿过猪圈，蹲茅坑方便。金爱娣脸涨得通红，难为情、害羞，拉着他的手，指着猪圈里面的猪说，这怎么行？这怎么可以？汤如海对那妇女说，大姐，帮个忙，你领她过去，我在外面等。

金爱娣无奈地跟着那妇女朝猪圈走去，不一会儿，她就跑了出来，涨红的脸还没有退去，汤如海问："解决了？"

"解决了，"她红着脸说，"我一边上厕所，那边猪圈里的猪朝我吼，吓得我差一点掉入茅坑。"

哈哈哈，汤如海笑着说："好哇，掉进茅坑好哇，你由白雪公主变成茅坑公主。"

金爱娣生气地说："你还笑，我真担心那头猪跨过栏杆。"

"猪朝你吼，是因为它从没有见过这么漂亮的上海姑娘，想多看你一眼。"

"你真坏，人家难为情死了，"她板着脸说道。汤如海领着她到一个水塘，让惊吓过度的金爱娣洗手、擦把脸，走向汽车站。

汽车沿着山路颠簸向前，由于汽车上下颠簸的厉害，金爱娣将头靠在汤如海的肩上。汤如海用鼻子嗅嗅："什么味，猪味。"

金爱娣抓住他的手，使劲捏，问："什么味？"

"香味，香味，"他讨好地说。

汽车到达昌化、汤家弯时，汤如海指着窗外说："金朋友，你看我们的汽车行驶在山顶上，左下方就是万丈悬崖，如果汽车掉下去，我们都完了。"

"不许瞎说，"金爱娣用手堵住他的嘴，不让他继续往下说。

下午四点多，汽车总算到了仁里车站，汤如海和金爱娣下了车，经过供销社，左转，沿供销社旁边的一条往西的小路回家，当他俩穿过周家村时，汤如海看见母亲在前面，手提一个竹篮朝他走来，当母亲走近时，"姆妈，"他喊道，这一声不仅把母亲吃了一惊，更是把金爱娣吓了一跳。母亲看着他，又看着旁边穿连衣裙的姑娘。

汤如海赶紧向母亲介绍："姆妈，这是金朋友。"金爱娣惊慌失措地、轻轻地跟着叫了一声，"姆妈"。

母亲打量了一下，笑着说："你们先回去，我到小菜场买点菜就回来。"

金爱娣捏着他的手说："你妈来了，为什么不提前提醒我，我一点准备也没有，好尴尬，向你妈介绍我时，叫金爱娣或小金，怎么直接称呼金朋友。"

"我在上海怎么知道我妈什么时候出来买菜？只是刚才抬头看见她了，就遇上了，这是巧事，"他解释道，"叫你金朋友习惯了，这是条件反射。这不是很好吗，你看到了，我妈是个很普通、很随和的人。"

金爱娣问："刚才我失态了吗？"

"没有，很得体。"他拍拍她的肩膀说。

到家了，开门的是汤如海的妹妹，汤如霞见到上海的二哥，很开心，拉着他的手："二哥，怎么？"刚想说什么，见二哥身后有一位上海打扮的姑娘，停住了。

"噢，我介绍一下，"汤如海对金爱娣说，"这是我妹妹，汤如霞，"然后对妹妹说，"汤如霞，这是金朋友，跟我到山里来游玩。随便一点，就叫金朋友。"

汤如霞低声对金爱娣说："阿姐，你好。"

这时，就听到屋里面传来："是如海来了吗？"是老太太在叫他，汤如海拉着金爱娣的手进入房间，老太太已经坐起来，他高声喊："奶奶，我看你来了，金朋友也来看你了。"

汤如海拿一个小木凳坐在老太太旁，金爱娣坐在老太太的床边。老太太朝金爱娣打量一番，满脸笑容地说，蛮漂亮的，叫什么名字。汤如海大声说，姓金，名朋友，叫金朋友。

老太太拉着他的手，热泪盈眶问：这个叫金的姑娘是你老婆？什么时候结婚的？

"是的，结婚了，这不是来看你老太太了吗。"他轻松地回答。

老太太拉着金爱娣的手，开始啰里啰唆讲述汤如海小时候在上海的事，最后说道："姑娘，我的孙子在上海吃得好吗？你都给他做些什么菜？你要记住，如海不喜欢吃荤菜，尤其不喜欢吃河里的鱼，我看如海他又瘦了。"

不一会儿，厂里的广播喇叭响了，汤如海的父亲汤余庆、弟弟汤如钢回家了，金爱娣的到来，家里人既高兴又惊讶，母亲也从菜场回来了。金爱娣要帮忙洗菜，母亲不让说，今天在路上够累的，让她去里屋喝茶、休息。汤如海也顺着说，是的，金朋友从昨晚到现在都没有睡觉，拉着金朋友到里屋休息。

在里屋，汤如海向她介绍："这个大房间，有两个床，大床是我父母的，你现在坐的朝西靠窗的小床是妹妹如霞的。然后领她到隔壁小房间，里面有一个小床和一个双人床。"

金爱娣问："晚上，我睡哪儿？"

"你就睡在这里，和我一起睡。"他开玩笑地说。

"你想得美。"金爱娣用手敲他的脑袋。

晚餐很丰盛，母亲烧了好多菜，父亲显得很兴奋，拿出酒杯，让两个儿子陪他喝酒。母亲夹了很多菜给金爱娣，希望她多吃一点。母亲对金爱娣说，既来了就要像自家人一样，不要客气，在路上遇见你们，我特地到前面村庄的老帅家买豆腐，如海喜欢吃豆制品。

晚饭后，母亲叫女儿如霞陪同金爱娣到厂里浴室洗澡，在去浴室的路上，有同事问："汤如霞，今天你身边的是谁呀，怎么不认识？"

"噢，这是我上海亲眷，阿姐，到山里来玩，"汤如霞开心地回答。

从浴室回来，母亲对金爱娣说"小金，"母亲称她为小金，"侬（你）这两天吃力了（受累了）早点休息，夜里跟如霞睡一张床，好伐（好吗）？"

"好辫（好的），如海姆妈，我跟妹妹如霞睡一张床。"

第二天早上，母亲煮好了粥和咸鸭蛋，妹妹如霞到厂里食堂买了肉馒头和面包，父亲汤余庆、弟弟汤如刚和妹妹汤如霞吃完早点就去上班了。金爱娣抢着洗碗，母亲不让："如海，侬汰碗（你洗碗）。"

母亲已经退休在家忙家务，丈夫及子女上班，但一日三餐全在家里吃，还要照顾在床的老太太，母亲很辛苦。上班的人走后，母亲开始忙午饭，一边拣菜一边与金爱娣聊天，金爱娣也帮着拣菜，一边听汤如海的母亲讲了家里的情况，大儿子如山调到常州柴油机厂工作，随大儿媳和小孙女在常州生活。小儿子如刚几年前随知青回到协作机械厂，在厂里考试选拔中得第二名，安排在管道班工作，女儿如霞中学毕业后分配到协作机械厂的车工车间。也问了一些金爱娣的工作情况，她家里的情况，尤其是问了她父母的身体状况，等等。

下午，母亲又到菜场买菜，汤如海从包里拿出几张崭新的十元、五元钞票给老太太，老太太虽然不识字，但认识钞票，老太太仔细地看每一张钞票，开心地将钞票塞进自己的衣服口袋。

金爱娣把他拉进小房间关上门不解地问："汤如海，老太太腿断了，不能离床，她要钱有什么用？"

"给老太太图个乐，老太太开心就好，"他解释道。

"你昨天瞎说八道，我什么时候成为你老婆了？已经结婚了，亏你说得出，这也是让老太太图个乐？"她不高兴地责怪汤如海。

他没有理会金朋友，端上一杯茶给她，她喝了一口茶问："汤如海，你妈说我什么？对我什么印象？"

"还没有时间跟她交流，不过从我家人的脸上表情来看，我感觉到是蛮好的。"他说道，"告诉我，老太太跟你说了什么？"

"老太太讲了很多有关你小时候的故事，"她躺在床上故意眯着眼睛神秘地看着他，老太太说，你刚出生时，你妈奶水不够，又要上班工作，是老太太带你回到乡下，用粥米汤喂养你，你才没有饿死。说你人瘦是因为你嘴刁，除了海里的鱼，不喜欢吃其他荤菜。说你不讨父母喜欢，脾气倔强，被你妈打了也不认错，不像你弟弟，你妈还没有打他，他就讨饶认错。

"那老太太就没说我好的地方？"

老太太说你人聪明、读书好，人小鬼大有责任心，吃了不少苦。老太太说，你结婚了她就放心了，要我做好吃的，把你养胖。金爱娣坐起来认真地问："你什么时候结的婚，跟谁结了婚？"

汤如海把她按倒在床上，自己也躺在她旁边说："我们结婚了！"

"你真傻，睡在一个床上就算结婚了？"她睁大眼睛盯着天花板，充满遐想，"结婚哪有那么容易，要有嫁妆、拍结婚照、办喜宴、放鞭炮，汤如海，你在装傻，娶老婆哪有这么容易？"

"结婚是你我之间的事，我们想怎么办就怎么办，"他坚定地回答。

晚上，汤如海与金爱娣在山坡上散步，他问道："金朋友，我妈跟你说了些什么？"

她抬头看着天上的星星说："汤如海，你是一个怪人，做事独断特行。你家人也跟别人不一样，对我这个未来的媳妇，没有提任何要求，我感到很奇怪。"

"这有什么好奇怪的，"他用手拉着她往山坡上走，"没有什

101

么要求，就是说明你人好呀。"

"不对，"她停住脚步："一般婆婆总会夸自己的儿子怎么、怎么好，能干。我想不到的是，你家老太太和你妈却对我说了你许多不好的地方，尤其是你妈，告诉我说她为你担心了一辈子，你从小与众不同，人小鬼大，脾气倔强，自以为是，个子矮小还想称英雄、当好汉，'文革'中，竟敢将北京来的到学校批斗校长、老师和扫'四旧'的红卫兵，说成是流氓，被你妈打了还不认错。你妈回上海时，隔壁扬州阿姨说，如海这小孩，人不错，但有时候会犯糊涂，自不量力，竟敢跟大洋桥最有势力的'泰阳'打架，不是邻居劝解，非把你打残不可。"

汤如海打断她的话："这不能怪我，冲到我们学校，批斗我们的老师、砸我们的新课桌椅，是好人？把手伸到女同学裙子里乱摸，是好人？我当时的大脑短路，条件反射地冲上去。我也不想自己的大脑短路，但控制不住，大脑短路是瞬间发生的。"

"不要狡辩，你妈就不满你狡辩，不认错，还想出各种奇谈怪论为自己辩解，"她也学着未来婆婆的样子说，"如果你不改变自以为是的思想，你妈说，你总有一天要进监狱的。"

汤如海摇摇头不与她争论，他想，现在社会已经大变样了，不太可能再发生"文革"中这样的事。但谁又能保证不发生这样的事呢？他问："我妈就没有说过我好的地方？"

"你有好的地方，就一点，"她用手指着远处一个灯光，"就这么一点，那就是你的学习，谈到你的学习，你妈眼神中那种幸福感：'阿拉（我家）如海，聪明好学，全厂人都知道，在上海，所有邻居都讲如海这小团（男孩），懂事体（懂道理），爷娘不在上海，没人管，读书还这么好。'就你读书学习这一点。"

"就这一点还不够？"

"当然不够，"她说，"你既然有文化、懂道理，就要听你妈的话，不要让你妈担心。"

"那要看我母亲说的对不对，"接着问："还有我母亲有没有说我俩的事，"

她噘噘嘴："不告诉你。"

他俩上午一般陪母亲择菜、做家务，下午一般到水库游泳，金爱娣不敢下水库游泳，汤如海把上衣一脱，让她看着，就跳下水库游泳，游一小时，上岸，也不换裤子，披上衣服回家，到了家里，再换裤子。有时，到盘山公路上拍照，有时，到山农家买些蔬菜。晚上，到山上散步，听山间里青蛙，或树上鸟的叫声，不敢走远，怕迷路。一晃十天就将过去，金爱娣要回上海上班。晚上，在母亲屋里，母亲与金爱娣谈心："小金，侬（你）回上海后，首先要督促汤如海读好书，还有一年就要毕业了，等伊（他）毕业，工作分配好了，侬（你）也不小了，准备成家（结婚）。虽然如海一个人在上海，工作后又读书，呒没（没有）啥积蓄，但侬（你）放心，姆妈会尽力帮侬（你）把事体（婚事）办好。回去跟侬爷娘（跟你父母）讲，让伊拉（他们）放心。"

汤如海打断母亲的话："姆妈，侬（你）不要搞错，结婚是我跟金朋友之间的事，不需要爷娘多操心，需要爷娘帮忙时，我会提出的，有多大能力做多大事。我跟金朋友都有工作，都有工资，我毕业后的工资可能还会多一点，所以，爷娘不需要担心咯。"

母亲生气了："侬（你）懂啥？有四五十块工资就了不起了？就可以结婚了？侬（你）到外头（外面）去。"汤如海被母亲赶出了房间，母亲继续说，"小金，侬（你）不要听伊（他）瞎讲，还读大学呢，一点都不懂做姆妈的心思，老是强头倔脑，讲得好听的是有独立思想，讲得不好听的就是不听姆妈闲话（妈的话）。"

金爱娣安慰道："姆妈，我听侬（你）的，不影响伊（他）

103

读书，等明年毕业后，等侬（你）姆妈安排办事情（办结婚），我俩（都）听侬（你）咯。"

母亲笑着说："听姆妈的不会错，小金，侬（你）爷娘身体不是老好，等侬（你）有了小囡（小宝宝），姆妈回到上海帮侬（你）照顾小囡（小宝宝）……"

第二天，汤如海和金爱娣离开了山里，母亲将好多笋干、茶叶让金爱娣带上。汽车在下午到达杭州，汤如海与金爱娣商量，既然来到杭州，何不去瑶琳仙境游玩一下，于是买了第二天去瑶琳仙境一日游的票。然后去火车站买好第二天下午回上海的车票，回上海的车票很紧张，其他的车票都没有了，只有晚上没有座位的票，没办法只好买了晚上没有座位的票。接下来找旅馆，在火车站附近有一家旅馆有床位，男人住的是四张床一个房间，女人住的是两张床一个房间。把行李放在金爱娣的房间，晚上他俩到西湖旁的一家饭馆，汤如海让金爱娣点菜，要了一瓶啤酒。餐后，两人沿西湖走到柳浪闻莺。围着柳浪闻莺转了一圈，在湖边的一个柳树下坐下休息。他向金爱娣介绍，这个柳浪闻莺是南宋皇室的私人花园，在南宋有许多名人，如，陆游、岳飞、文天祥、李清照等。金爱娣打断他的话，不要发诗意情了，想想回上海后怎么办？

"噢，"他好像想起了什么，"昨晚，我妈把我赶出去后，跟你说了些什么？"

她看着柳树倒挂在水中说："这地方真美，汤如海，你刚才说什么？你妈跟我讲什么？不告诉你。"她搬弄自己的手，自言自语地说，你妈本不愿意到山里，那时没有更好办法才跟随你父亲到山里，为了将来老了能回上海，才把你留在上海。你妈认为你脑子灵活，不会轻易上别人的当，不会跟别人学坏。她知道你那么小在上海一定吃了很多苦、受过很多委屈，其实她心里一直惦记着你，她近二十年的等待，就要有结果了，你也争气，上了大学，你妈真的好开心。她说，等你明年毕业就为我俩办婚事，如果我有了宝宝，你妈就回上海照顾小宝宝。她说，"小金，侬（你）也不小了，女人过了三十生小囡（小孩）就困难了。"

"我妈是这么说的？"

"是这么说的，"她回答，"干嘛骗你，不信可以去问你妈。"然后她深情地说，"你妈也是一个很独特的母亲，不过她见过世面、识大体、讲道理。"

汤如海站起来，绕着金爱娣转了两圈不解地说："我就纳闷了，你才跟我妈几天就听她的了，也许我妈说的不一定对。她说错的，你也听她的？"

汤如海露出诡异的脸问："你知道昨天下午，你在外面厨房拣菜，我妈拉我到房间里说了什么？做了什么吗？"

金爱娣的脸一下子紧缩反问："你妈说了什么？做了什么？"

汤如海看着她的脸笑道："我妈，你未来的婆婆对我说了好多话。他一边说一边做着动作，我妈让我站在桌前，她从大橱的左边抽屉里翻东西，又在右边的抽屉里寻找什么，然后又到五斗橱的抽屉里翻找，拿出一沓十元钱给我说，'姆妈目前就这点钞票（钱），侬（你）拿好，回到上海帮小金买些东西'。我数了数，有四百元（母亲的退休金才四十出头）。我望着母亲，心里很激动，但装出无所谓的样子说，'姆妈，我跟侬（你）讲了多少次了，我跟金朋友都有工作、有工资，不缺钞票，我与金朋友有多少能力就办多少事体（事情）'。我把钱放入母样的枕头底下，调皮地说，'姆妈，侬（你）枕头底下有介多钞票（那么多钱），夜里睏觉（睡觉）会老香咯'。母亲又将钱从枕头底下拿出，生气地放在我手里说，'侬（你）真是不听闲话（话），姆妈老了，要钞票做啥？不就是望侬（你）早点成家，姆妈心里

105

就踏实了'。我把钱重新放入枕头底下，严肃地说，'姆妈，自从我有了工作，拿工资了，就跟侬（你）讲过，我以后就不再向爷娘（父母）要钞票了'。母亲望着我，两泪湿润，难过地问，'现在侬（你）长大了、翅膀硬了，嫌鄙（看不起）老娘了?'。我立刻打断母亲的话，'姆妈，侬（你）哪能介拎不清（怎么那么糊涂），不跟侬（你）讲了'说完，我就出来了并关上了门"。

"不许你说你妈坏话，"金爱娣板着脸，接着慢慢放开，手握住柳枝："你妈真是个好母亲。"

早上，金爱娣拿着毛巾、牙刷到汤如海房间，让他快点洗脸、刷牙。他简单地洗刷一下，带上照相机到外面吃早点。汽车开了近两小时到达离杭州约八十公里外的桐庐县的瑶岭山洞风景区。瑶岭山洞比江苏宜兴的张公洞和善卷洞要大，洞里面的天然石柱，各种奇特的造型，配上不同色彩的灯光，确实如到了人间仙境。

下午回到旅馆，结好账，提着行李到火车站。晚上八点，这列火车离开杭州，由于没有座位，汤如海和金爱娣只能站着，起先还扛得住，过了半夜十二点，人开始觉得困倦，加上白天到瑶岭仙境游玩，他就坐在地上打瞌睡。金爱娣穿着连衣裙，不能坐在地上，就这么站着，实在困了，就趴在汤如海背上打个盹。由于是慢车，走走停停，有时开十五分钟，却要停上二十分钟，为的是让后面的快车通行。第二天早上四点半，列车总算到达上海火车站，一百八十公里的路程，火车竟然开了近八个小时。车厢里人多，空气混浊，闷热，好在回到上海，什么都过去了。

乘十四路无轨电车到嘉兴路，汤如海要送金爱娣回家，她不让说，前面就是她家，在家等她电话。

一个星期后，他俩又坐在四川北路的那家音乐茶室，话题离不开这次山里之行，汤如海拿出这一路上拍的照片，她一张一张看，边看边回忆当时的情景。

新学期又开设了许多课程，国际金融与国际结算、商法、国际贸易实务、运筹学、计算机、函电和打字、英语等。对汤如海来说，课程虽多，但都不难，因为他的数学基础好，做计算习题还是比较容易的。

10月要到了，汤如海对金爱娣说，你我这么长时间了，我想到你家看看，见见你父母。金爱娣不让他到她家看看，说家里地方很小，脏乱差，没什么好看的，父母都退休了，姐姐出嫁了，家里还有两个不太懂事的弟弟。

他生气地说："金朋友，你不要说我不懂道理、没礼貌，是你不让我到你家见你的父母。"他心里纳闷，金爱娣为什么不让自己的男朋友到家见未来的岳父母呢？

通过她的好姐妹张惠芬，知道她与父亲关系不好，有矛盾，几次与父亲争吵，说她父亲不关心母亲的身体，不帮助母亲做家务，她一回家就得帮母亲做家务，有一次在和父亲的争吵中，气得父亲要打她，要跳楼。她既想早点离开这个家，又舍不得母亲。她对张惠芬说，自从到山里见了汤如海的家人，更确定了这家人的品质，她对汤如海的感情是认真的，但她觉得，汤如海对待恋爱，思想上很浪漫，行动上一点表示也没有，热不起来，总不能让姑娘主动提出？

"这有何难？"张惠芬用手指着她的头，"汤如海一个人住在这么大的房子，你还到外面瞎逛，到他家里坐坐、看看，既省钱、省力又能增进二人的感情。"

10月初，上海的天气还是比较热的，星期六晚上，汤如海约金爱娣在四十七路中山北路沪太路站见面。见到金爱娣后，汤如海领着她走到普善路200号的闸北十中，不过这时的闸北十中的牌子已经变成工读学校（问题学生的学校，类似于少年犯学校），向她叙说当年在这所学校中的趣事。穿过铁路工人新村到沪太路，正好是五十八路和七十八路公交车站，穿过公交车站，就是中华新路，他指着马路旁边的两个垃圾桶说，前面三十米的二层小房子就是同学李行根的家，往西五十米，马路边上就是同学红卫兵排长沙四（朱于张）的家，再往前就是地梨港路，到了地梨港路左转，向南走了一百米有一条小路，他指着小路东边第一间房说，这是三班同学章友根的家，就是送我们上火车的那个同学。往西右转就是地梨港路100弄了，在100弄大门口，他指着最里面的房子说，这就是100弄21号，我的家，进去参观一下，顺便喝杯茶，休息一下如何？

金爱娣有些犹豫，难为情地说："晚上到男朋友家，让人见了多不好意思。"

"那有什么，"他轻松地回答，"我家里的事，别人管不着，也没有人愿意管，这么晚了，你看很少有人走动，邻居们都在家里打牌或者打麻将。"

金爱娣进屋后，他介绍道，这间房子在整个100弄算是大房子，约有三十平方米，前后各一间。里面房间有两张床，有一些老式家具，现在我睡大床，另外一张双人床是备用的，金爱娣看得很仔细。他继续介绍，这是人字形平房，东边的几户人家，把天花板拆了，搭建了阁楼，由于房子高，阁楼中间有两米多高，人可以站立，十八号、十九号楼上住着两对小夫妻。

外面房间跟里面房间大小差不多，他让金爱娣坐在沙发上，把茶放在沙发中间的茶几上说："这对大沙发是我自己做的，中间的茶几是哥哥如山在山里做好，带到上海拼装的。"

她很惊讶："这大沙发是你做的？"

"这有什么奇怪的，"他指着沙发前面的落地电风扇："这也是我通过同学周国藩的哥哥，自己组装的。"

她很惊讶，以前只是听说汤如海怎么有独立生活的能力，但坐在他亲自做的大沙发上，看着那台他自己组装的落地电风扇，他怎么能做成这些事？她喝了口茶问："你妈回上海住在哪？"

"随便挑，前、后、楼上、楼下，我妈愿意住哪就住哪，但我猜想，我妈年纪大了，上下楼不方便，住下面为好。"

两个人，边喝茶边聊天，不知不觉十一点了，他提醒金爱娣："时间不早了，我送你回家。"

她假装生气地说："怎么赶我走？"

"不、不，只是太晚了会影响你休息，"他站起来做着鬼脸说，"太晚了，我会干坏事。"

她立刻反应："你想干什么坏事？"

汤如海很尴尬地解释："没有干啥坏事，只是跟你开个玩笑。"

"不行，"她追问，"你一定要告诉我，你想干什么坏事。"

"我能干什么坏事？我担心你身体，回去晚了影响你休息，"他解释道，"仅仅是开个玩笑，不必当真。"

金爱娣不依不饶："你跟我说清楚，想干什么坏事。"

嗨，汤如海叹了一口气，来回走几步，想了想说："能干什么坏事呢？打你、骂你，一是舍不得，二是不符合我做人的准则。我们交往两年了，也不知道你到底长得怎么样，你大眼睛、苹果脸，看上去人不瘦，但穿的衣服却很苗条，这是为什么？"

"还为什么呢，"她站起来用手敲他的脑袋，"还说自己是读书人，也有下流思想。"

"轻点、轻点，"他用手捂住脑袋耍赖说，"虽说是读书人，但想看看女朋友的身体长得如何，不应该算是下流吧。"

"那好，如果不算下流，"她拉着汤如海往里屋走，然后躺在大床上，闭上眼睛："我让你看，看个够。"

汤如海将她放好，看着她，看着她高高的胸脯随着呼吸上下起伏，自己的心跳也在加快，男人雄性荷尔蒙像涨潮的河水快速膨胀，他左手撑住床，右手开始解她连衣裙上的纽扣，当解开第三粒纽扣，看到粉红色的胸罩和肉色肌肤，刚要加快往下时，金爱娣将放在床上的手突然抬起按住他的手说："不要。"

汤如海立即收住，看了看仍闭着眼睛的金爱娣，将解开的纽扣重新扣上说："对不起，吓着你了，金朋友。"

金爱娣好像瘫痪似的无力，起不了床，闭着眼睛在想什么。过了好一会儿，她才睁开眼睛，汤如海扶起她，让她到外面的沙发上休息，端上茶说："金朋友，我真的不是故意的，本来只是想跟你开个玩笑，如果是吓着你了，或伤害你了，我向你赔礼道歉。"

她摇摇头，眼泪从她那大眼睛中涌出，汤如海不知所措，不知道做错了什么，也不知道怎么安慰她，她一边擦眼泪，一边伤心地说："汤如海，你真是个读书人，没有长大的读书人，不懂女人的读书人。"

第二天，金爱娣到好姐妹张惠芬家，向张惠芬倾诉昨天在汤如海家的事："惠芬，我真的不理解汤如海是个什么样的人，是不是真的爱我？"

"你傻呀，为什么不抱住他，"张惠芬开导她，"想测试他爱不爱你，至少得测试他敢不敢或愿不愿意吻你，你明明知道他是个读书人，是你不对。"

"我也想抱住他，可是浑身无力，"她说，"惠芬，我算是明白了，他，汤如海能忍，我就能等，就不信耗不过他？"

见她来劲了，张惠芬劝道："你神经病啊，跟他耗什么呀，再说，他也没有做错什么，他出于关心你，爱护你，当然，他不懂女人是真的，尤其不懂爱他的女人的心。你不是说，他母亲说过，等明年他毕业了，就帮你办婚事？让他再装傻一年吧！"

"是的，是他母亲亲口对我说的，"她的情绪好了许多，"惠芬，我不知道遇见汤如海是我的福气呢还是什么呢？汤如海有文化、懂礼貌，也能干，这次我看到他家里的一对很漂亮的大沙发和落地电风扇都是他自己做的，两年来，我几乎没有听到他说过粗鲁的话。他的缺点，就是他母亲说的，做事总是和别人不一样，喜欢标新立异，按理说，只要不犯法、不伤害他人，也不算什么缺点。那汤如海。"

"不要汤如海，汤如海啦，"张惠芬打断她的话，"你啊，心里还是向着他的，我知道他的缺点是什么？"

她不解地问："是什么？"

张惠芬用手指着她的胸说："汤如海至今没有说出'我爱你'，是不是？你随便使个招儿，让他爱你不就行了吗。"

"不害臊，不害羞，"咯咯咯，两个好姐妹互相推搡，笑得好开心，把心中的困惑抛在脑后。

汤如海和金爱娣又回到老地方碰面，他俩没有直接到四川北路上的音乐茶室，而是沿着虹江路往东走，路上，汤如海为上次粗鲁举止道歉。她安慰说，没有什么，不要放在心上，本来我是想让你这个读书人看看女人到底长得怎么样，与你们男人有什么区别，这样让你了解我，珍惜我，只是突然想起了我的父亲，我与父亲的关系不好，很紧张，因为我从小就知道母亲身体不好。为了家，母亲要上班，下班到家就忙家务，两个弟弟又不听话，常常惹是生非。父亲平常很少关心家里，不帮母亲做事也罢，不考虑母亲的身体状况，晚上还要缠住母亲，当母亲不随他愿，就吵闹。看到母亲难过的样子，我心里很难受，对父亲的不满情绪就会增加。我很担心，如果我们开了这个头，你是否会像我父亲那样没完没了。

"不会的，我绝不会做伤害你的事，"汤如海安抚她，"起初，只是开个玩笑，我不知道你为什么会瘫在床上，没有了力气，看到你没有反抗能力，脑海中确实产生过一丝非分之想，但没有乘机占你便宜的念头，更不要说伤害你了。"

"我也说不清楚，当时发生了什么，"她自言自语，"当初有我借机引诱你的成分，我想试探一下，你这个读书人与其他男人有什么不一样，现在看来你不但与我父亲不一样，还与绝大多数的男人不一样，一般男人总是找借口占女人的便宜，面对没有反抗在床上的女人，很少有人能控制已经膨胀起来的情欲。可我又担心你是个不食人间烟火的、不懂男女私情的读书人。"

汤如海不解地问："你这是说我好呢，还是不好？"

"你是大学生，又那么聪明，慢慢体会吧！"她笑着说。

在以后的约会中，汤如海不主动提出邀金爱娣到家坐坐，只有金爱娣说，这儿离你家不远，或我累了到你家歇一会儿，才到他家喝茶聊天。两人都很放松，保持一定的温度。一天晚上，金爱娣到他家喝茶聊天，她坐在沙发上若有所思，几次到了嘴边的话却又缩了回去，她望着汤如海，很严肃地说："我已经准备好了十条棉被，五十四头一套的碗碟。"

汤如海立即插话："打住，别往下说，金朋友，你也不用脑子想一想，人家姑娘出嫁陪十条、二十条棉被，你也想这样？现在中国政府的政策很明确，一对夫妻只准生一个孩子，当然双胞胎例外。如果有谁敢违反这一政策，有工作的，开除公职，你看到在上海有哪一对夫妇敢违反这个政策？就一个孩子，最多不能超过五条棉被，不然多余的不用要发霉的。"

"你不懂，"她说，"如果我只陪五条棉被会被人看不起、被人笑话的。"

"谁会笑话你呢？谁又能知道你赔多少棉被呢？"他站起来，情绪有些激动，"你还要陪那么多碗碟干什么？"他指着对面的大碗橱："这里面的碗碟够两桌人用餐，平时我们同学聚会就靠它，足够两桌人用的。不说浪费，买来了放在什么地方？"

"照你这么说，我出嫁什么也不用陪？"她生气了，"什么都不陪就结婚，你这不是存心让我被人瞧不起，那结什么婚呢？"

见金爱娣生气了，他口气温和地说："金朋友，我的意思是说，如果我们自己不说，家里有什么，没有什么，别人怎么会知道呢？结婚是你我两个人的事，与其他人有什么关系？新生活刚开始时，理应简单，需要什么，逐步添置，生活不断改善才有意义。"

"汤如海，不要再说这些奇谈怪论，"她显得有些不耐烦，"这是姑娘家的事，你管得着吗？你口口声声说，今后家里的事由我打理，怎么还没有进门就管头管脚。"

他摆动双手说："姑娘家的事，确实不是男人插手的事，只要有地方，你尽管放，我说的对不对，你自己看着办。"

"你怎么又来了，"金爱娣也站起来，在屋里走几步，把他摁倒在沙发上说，"等你明年毕业，工作分配好了，就逐步准备，我的好多小姐妹都吵着要喝喜酒呢，如果快的话，明年春节，怎么样？"

他看着金爱娣开心的脸庞，明确表态："只要不复杂，由你安排。"

进入 12 月份，天气一下子冷了，进入了冬天，汤如海与金爱娣约会的频率也下降了。起初他认为她工作忙，加上天气冷，没有放在心上。金爱娣总是过两个星期才与他见面，而且不愿意多走路，给人感觉很疲倦的神态。他几次关心地问，是不是身体不舒服，需不需要到医院检查，每次她都回答说，没什么，可能工作累了。他让金爱娣一定要注意保重身体，天气冷，多穿些衣服。

说好元旦到外滩玩，年底了还没有金爱娣的电话，汤如海很焦急，在与金爱娣交往这么长的时间里，他不知道女朋友家的具体地址，要送她回家，她都不让，每次只送到四平路与嘉兴路口，她就说到家了，也没有她家的电话，每一次约会都是她安排的。元旦过了，仍然没有金爱娣的消息，不知道发生了什么，是厂里的事呢，还是家里的事。没有办法，只好再麻烦姑母向张惠芬了解情况。

汤如海接到张惠芬的电话才知道，金爱娣病了，住进了医院，他问是哪家医院，几号病房，张惠芬说，金爱娣不想让你到病房看她，说现在病情已经好多了，过几天她就出院了，她会亲自告诉你她的具体病情。汤如海说，转告金爱娣，我等她，无论发生什么，我支持她，等她，请她配合医生治好病。

汤如海在焦急中又等了半个月，仍没有金爱娣的电话，他不敢长时间待在外面，怕错过了她的电话。正在煎熬中，听到门外电话亭的老头在喊："21 号电话，"他立刻奔向大洋桥的传呼电话亭。是金爱娣的电话，说下午一点在老地方见面，他没有答应，把见面的地点改在她家门口的四平路与嘉兴路路口。

下午一点，汤如海站在四平路与嘉兴路拐角处往东看望，不一会儿，一个戴着口罩、外面裹着一件短大衣的人从前面三百米处的一个弄堂里出来，朝四平路缓慢走来。汤如海从那人走路的姿势确定就是金爱娣，于是加快脚步迎上去。一个多月没见面，金爱娣变化很大，脸色苍白、憔悴，他问："怎么回事？什么时候发觉不对？为什么不告诉我？"

金爱娣没有理会他朝前走，到四平路右拐，没走几步便停下，她望着他，说话无力但很稳定："10月过后，身体开始感觉有点不对劲，经常咳嗽，有时伴有出血。起先没有当回事，后来咳得厉害，伴有血块，到厂医务室检查，厂医说，可能是肺炎，配了一些药，但不见好转。再后来开始吐血，大口、大口吐血，自己也感到有点不对头，12月与你最后一次见面后，身体越来越不好，怕你担心，没有把这事告诉你。最后撑不下去了，只好住院治疗。是我求张惠芬不要把我的病情、医院地址和家里地址告诉你的。"

"那好，不让张惠芬告诉我，那你现在告诉我，"他很激动，"你还把我当成男朋友，就告诉我，你住在什么医院、几号病房，让我去陪你。"

见汤如海激动的样子，她无力地说："我知道你想照顾我、陪伴我，但我求你不要去医院，那里人多杂乱，我心里更乱，怕见到你会让我更难受，好在医生说，再有半个月就可以出院了。你放心，一出院我就打电话告诉你。"

他不安地问："那医生说是什么病？"

"初步诊断为腰子病，也就是肾脏病。这个肾脏病对女人来说是很麻烦的。"她解释道。

"噢，是肾脏病，没什么大不了的，"他安慰道，"只要安心休养，配合医生治疗，很快就会好起来的。"他用手理了理她的头发，很严肃地说："金朋友，你跟我听清楚，不要犯糊涂，有我汤如海在，支持你、陪伴你，你很快会好起来的，肾脏病对现代医学来说不是大问题。只要你身体恢复了，不要理会之前你我之间的争论，你想买什么、做什么，我都不反对，你明白我的话了吗？"

她苦笑："明白了有什么用？以前不明白还能争吵，现在连争吵的力气也没了，你让着我，有什么意思？我不想连累你，真的，我不想连累你。"

"什么连累不连累的，你不要理解成我汤如海让着你，要理解为我汤如海支持你，"他提高了嗓音，"我支持你，你明白吗？"

金爱娣看着他，又看了看手表，摘下口罩，眼睛红润，眼泪止不住往下掉，她轻声地说："我要回家，拿些东西去医院。"她坚持不让汤如海送她，用左手拉着他的手说："回去吧，等我的电话。"

"你一定要配合医院、医生治疗，"汤如海握住她的手说，"我相信，有我对你的真心和，"他停住往下说，让金爱娣看着他的脸，重复："我相信，有我对你的真心和爱，"这个"爱"字两年来第一次从汤如海口中吐出，"你一定会好起来的。"

金爱娣听到这个爱字很苦涩，边流泪边说："等我的电话，等我的电话。"转身走了。

汤如海望着远去的金朋友，虚弱的身子，痛苦的泪水，心里很难受。她为什么不让他去医院陪她，照顾她？他不能理解她为什么要这样做？

金爱娣没有食言，半个月后，在她家附近的嘉兴路上见到了她。他俩穿过四平路到对面的海伦路，汤如海迫不及待地问："查出病源没有，结论是什么？医生怎么说？"

金爱娣详细地解释医院的诊断结果，是肾脏出血，找到了病因，用药后，出血止住了。医生说，出院后，在家好好休养，过了春节就可以上班了。

"我就说，肾脏病对现代医学不是大毛病，现在好了，病因找到了，就可以对症下药了，慢慢调养，恢复身体，只要身体好了，其他的事都不重要。"汤如海装作轻松的神态安慰她。他告诉她一些事，第一，他在大学的知识学习结束了，考试成绩还不错，英文考试得了八十几分，打字全班第一名，每分钟打一百二十个字母。第二，今年春节不进山看望家人，在上海陪你。

"那怎么对你妈说呢？"金爱娣问。

他说，我已经写信告诉父母，今年春节不进山，因为，在学校的学习结束了，接下来半年是写论文和联系单位实习，我要寻找写论文的资料和到实习单位实习。第三，我的同学鲁迎庆春节要结婚了，邀请我们参加他的婚礼，当然去参加的都是非常要好的同学。

"我不去，这身体也去不了，"她回答。

"就是去坐坐，凑凑热闹，又不让你吃什么东西，"汤如海劝道："李行根和他的女朋友、周国藩、章友根都参加，时间不会太长，我们又不跟他们去闹洞房。"

"那就这样吧，见见你的同学，"她答应了。

见她答应了，汤如海赶紧说："那天我去接你。"

"不用，"她回答："我自己乘十四路电车转七十八路公交车到沪太路站，到时你到沪太路车站等我。"

长脚鲁迎庆的家在李行根家西面，距离李行根家约七十米，前几年，家里翻新重建，由原来的前后两间一层半平房，建造成宽大的三层楼房。建楼房时，同学们都去帮忙，楼房建好后，二楼给鲁迎庆哥哥结婚，鲁迎庆的哥哥以前在部队是开飞机的飞行员，复员后，到上海手风琴厂工作。大姐去安徽插队，后来被保送到大学学英文，毕业后在安徽旅游部门工作。二姐在上海工作，已经出嫁。父母和弟弟住在底层，三楼是鲁迎庆的婚房，鲁迎庆的老婆在上海闵行一家航天研究所工作。

那天午饭后，汤如海就到李行根家，坐在凳子上，边等金爱娣边与李行根的家人聊天。李行根的母亲、嫂子都很关心汤如海，汤如海谈了与女朋友的恋爱及女朋友生病的事，说女朋友情绪低落，总想找借口离开他。

李行根的母亲说："小汤啊，女人生腰子病（肾脏病）是很严重的病，这种病是需要长时间的治疗和休养，你一个人在上海是没有能力照顾好她的，如果姑娘主动提出分手就不要硬撑。"

李行根嫂子说："小汤，我是过来人，肾脏病大出血对没有结过婚的女人来说是很可怕的，得了这种病的女人，不仅在家不能做重活，不能生气，需要家人陪伴照顾，而且还要影响到夫妻关系，严重的不能生孩子。你那女朋友了解你及你家的情况，提出与你分手是比较理智的，小汤，赶快中断这恋情，对你、对女朋友都有好处，她可以找一个能够照顾她的人家。"

"不、不、不，"汤如海站起来说，"没有这么严重，应该没有大问题，只是女朋友把这病看得严重了，为了不连累我，流露出要主动离开我的意思。"

"那好哇，"李行根的母亲说，"说明那姑娘懂道理，不想连累你。"

"阿姨，那是女朋友被这病吓昏头脑了，才说出要分手的意思，"汤如海解释道，"现代医学这么发达，以前治不好的病，如肺结核，现在都可以治好。这腰子病（肾脏病），我想也一定能治好，女朋友三十不到，还年轻，应该有抵抗力，能治好这个病。"

见汤如海一点也不听劝，李行根嫂子说："小汤，你是大学生，应该了解这病的严重性，不要感情用事，要冷静思考，你女朋友，包括我们说的话对，还是不对。"

在鲁迎庆家的婚礼宴席上，说不清楚是什么原因，汤如海只喝了两杯黄酒就不行了，他反复问自己，五年前，哥哥如山结婚，自己一口气连续喝三杯黄酒都没有问题，平常同学聚会喝半斤白酒或两瓶黄酒都没有问题，今天怎么了？头晕、反胃要吐的感觉。

酒席后，周国藩见汤如海身体不适，就和金爱娣一起把他搀扶回家。到家后，刚坐在沙发上就开始呕吐，金爱娣不停地忙碌着，泡茶、端水、拿毛巾为他搽脸，倒呕吐物。呕吐一阵后，他的头脑清醒了许多，喝着金爱娣端上来的茶说："对不起，金朋友，今天出洋相了（出丑了），平时我跟周国藩喝那么多酒，也没有出问题，今天怎么了？"

汤如海想站起来送金爱娣回家，但刚走两步又要呕吐，周国藩上来扶住他说："汤如海，你今天不能到外面，我送金朋友回家。"

金爱娣马上说："不用，我可以自己回家。"

汤如海无奈地望着她对周国藩说："这样吧，你送金朋友到六十九路车站。"

金爱娣将一杯茶放在茶几上，将毛巾放在已经盛满清水的脸盆旁，将一个小木盆放在沙发旁说，多喝茶，如果难受要吐就吐在盆里，然后与周国藩离开了。

第二天，金爱娣来电话问汤如海的身体情况，他回答说，一切都好了，身体也恢复了，让她放心。并问什么时候见面，星期六，晚上六点，她回答。

见到金爱娣，汤如海马上赔不是，那天是自己不好，没有控制自己的好胜心，高估了自己的酒量，结果不但自己出洋相（出丑），还连累你。金爱娣安慰他，也许是那天你太劳累，或空腹喝酒导致身体不适。我在旁边看着，你喝得不多，在山里你喝得比这多了都没问题。餐后，我们还能到山上树林里散步。不过，以后你可要注意了，第一，不能空腹喝酒；第二，不能喝快酒。这几年，你用功读书，用脑多了，体力锻炼少了，跟在仓库做搬运工时的身体不一样了。

汤如海感谢金爱娣的谅解，问她身体恢复的如何？她说，比前一阶段好多了。他提出到她家看看，看看她是如何调养的。她马上神经紧张地说："不要来看，真的，没有什么好看的。"

汤如海不理解，一提到去她家，她就紧张，于是板着脸说："金朋友，我想到你家看看，不是为了别的，是因为你现在的身体不好，我作为你的男朋友，要让你家人知道，我汤如海是个男人，是个有责任心的男人。有我的支持，你的身体一定会恢复的。"

她为难地说："没什么好看的，家里很乱、很乱。"

"如果你说不出不让我去看你的理由，那你我之间的情意也就断了，"汤如海这句话让金爱娣惊讶，她望着汤如海不出声，眼泪直往下掉。他拉着金爱娣的手开导她，"我汤如海再怎么不懂道理，就像你说的'不食人间烟火'，也不能不去看望、陪伴生病的女朋友。而且对你那个'爱'字，我已经说出来了，你怕什么呢，有什么困难或顾虑可以跟我商量，也许我可以帮上忙。"

她用手擦了擦眼泪，无表情地说："那好吧，下个星期六晚上在嘉兴路四平路等我，我领你去。"

为了去金爱娣家看望她，汤如海做了一番准备，上海的冬天很冷，工作那么多年，也没有买过什么像样的衣服，以前身上穿的衣服，不是哥哥如山留下的，就是到布店买块料回来自己做，因为那时没有钱，买不起。今年冬天上海流行雪花呢大衣，男人穿上这种厚实的毛料大衣，既防风御寒又时尚，如果个子高的人穿就更显得潇洒。汤如海个子不高，不知是否有适合他的大衣。他到南京路新世界商店，用两个月的工资，一百〇八块钱，买了一件适合他的黑色雪花呢大衣。为了打消金爱娣一直不让他去她家的顾虑，邀上同学李行根和他的女朋友朱铮一起去探望生病在家的金爱娣。汤如海想买一束鲜花，但金爱娣说，她家没有地方放。他想不出买什么礼物，就买了些她用得上的水果。

　　晚上七点，汤如海、李行根和朱铮在嘉兴路四平路路口等金爱娣，过了一会儿，她从前面嘉兴路的一条弄堂里出来，让她惊讶的不仅仅是汤如海穿了一件新大衣，还有李行根和朱铮作伴。汤如海上前解释，李行根和朱铮听到你身体不好，非要来看你不可。他们跟着金爱娣沿嘉兴路朝东走了约三百米，右转进入一条弄堂，向前再右转开始登楼梯，木质楼梯不宽敞，跟着金爱娣往上爬，到了二楼半，进入一个很小约十平方米的亭子间。楼顶不高，靠墙有一张床，周围堆满了箱子和杂物，床上坐着两位六十左右、显得苍老的老人。金爱娣介绍道："这是我的同学来看我，"指着汤如海说，"这是小汤。"

　　汤如海走上前喊了声："伯父伯母你们好，"又指着李行根、朱铮。"这是小李、小朱。"他对金爱娣的父母说："我们知道小金生病了，早就想来看，但小金没有告诉详细地址，今天特地来看她，希望她配合医院治疗，这病不是什么大问题，注意休息，调整情绪，很快会好起来的，我们今天来看她的目的就是告诉她，我在支持她，"他看了金爱娣一下，用我而不是我们；"其他的都不用想，有我的支持，只要她坚强，身体很快就会好起来。"

汤如海想说的就是告诉金爱娣，我在支持她，就在她家里，当着她父母的面，传递一个明确无误的信号，希望金爱娣能够明白他的真情表白，"不要胡思乱想，好好治病，我汤如海支持你，等你"。因为地方小，没有坐的地方，他们告别了老人，下楼了。

金爱娣说，她和两个弟弟住在弄堂对面的阁楼亭子间，大小差不多，两个弟弟在里面，也很乱。汤如海没有为难她，一行人到了四平路，李行根说，他们有点事，要早点离开。待他们乘上十四路电车后，金爱娣很生气地说："这下你满意了，我家的情况就是这样，我的情况也是这样；我的父母不怎么样，我也不怎么样，你都看到了。"她越说越激动，最后哭了："这就是我家，这就是我，你满意了吧。"

汤如海抓住她的肩膀制止她："金朋友，我吵着要来看你是我应有的责任，不探望、不陪伴病中的女朋友，违背了一个正常人的良知，也不符合我做人的基本价值观。是的，今天看到的，你生活的环境比我想象中的差，很难说这种环境对你治病养生有帮助。早点离开这个地方，换个环境，对你身体有好处。"

"离开这地方，换个环境，"金爱娣很惊讶，"这是我的家，我能到什么地方去？"

"你可以到我家，"他回答，"我家地方大，又没有人，很清静。"

"没有人，你不是人啊。"

"除了我之外，没有别人。"

"我怎么可以住到你家，会被人骂的。"

"我的家，我的女朋友住在我家，谁会骂？我的同学、邻居有困难，姑娘住在我家好长一段时间，也没有听到有人骂。"

"我与他们不一样。"

"当然不一样，你是我的女朋友。"

"女朋友可以住到男方家里吗？"她反问。

汤如海被问蒙住了，他在路上不停地来回走动，想了很久，拉住她的手说："金朋友，明天我们就去开结婚证。"

"开结婚证？"她用陌生的眼神望着他："汤如海，你是不是神经病犯了，自说自话，这种事你也能办？"

汤如海离开金爱娣独自走了十几米，然后回来，看着她的脸耐心地说："金朋友，本来我想等我毕业了，工作分配好了，工作稳定了再结婚，但你的病情和你的生活环境促使我提前做出决定。金朋友，离开那个地方，跟我结婚吧。"

她忍不住笑出声来："结婚？你发昏了吧，你脑子进水了，再说我这个病，医生说暂时是不能结婚的。"说完她又流泪了。

"我的意思是为了让你换个环境治疗，我们可以先开结婚证，法律上结婚，"汤如海解释道，"但我向你保证，在你身体恢复之前，在医生同意你结婚之前，绝不做伤害你的事。"

"你想做什么伤害我的事？"她反问。

"我不上你的当，你应该明白我的意思，"他回答。

她问："你妈怎么想，她会同意吗？"

"这跟我妈没有太大的关系，"他说道："这是我俩之间的事，她离我们千山万水，这么远，想管也管不着，我妈已近二十年没有管过我，也管不了。"

汤如海本想轻松一下气氛，然而，却触痛了金爱娣，她伤心地抽泣："在山里，你妈跟我约好，等你毕业后，工作稳定了，就为我们筹办婚事，还说要从山里带些木料到上海搭建阁楼，新房做在楼上。你妈说，她年纪大了，爬楼梯不方便，说在底下做事方便，楼下带小宝宝，既安全又方便。"金爱娣越说越伤心，

"我怎么忍心伤你妈、害你妈呢？"

他不解地问："你什么也没有做，怎么就伤了远在千里之外的我妈？害了她呢？"

她抬起头，看着汤如海："你不傻，人聪明灵活，怎么就不懂你妈的心呢？"见汤如海愣着，摇摇头，继续说，"那么多年，你一个人在上海，生活的艰辛和磨难造就了你与众不同的独立思想，同样，长时间缺少亲人的关怀，尤其是从小没有得到母亲的爱护，你知道作为母亲，你妈怎么想？作为女人，结婚不是你想象中的那么容易。"

汤如海还是不解："但也不能故意复杂化，金朋友，如果你听我的劝，事情就会简单、合理，并且能够做到、做好。你不要怕这怕那、顾虑重重，你生病，不是你的错，就像我母亲在我读小学的时候离开我，那不是她的错。谁愿意生病？谁愿意离开自己的小孩？话又说回来，你生病又不是没有工资，虽说病假工资少了一点，但有我呢，我不抽烟、不喝酒、'五毒'（吃喝嫖赌毒）不沾，双方父母都有退休工资，没有额外的负担，生活是没有问题的，是你的思想有问题。"

金爱娣很生气说，我没有力气跟你争吵："汤如海，你头脑发热，这种不正常的想法，不计后果地蛮干，我是不会听的，也不会同意的。"说完看着他，摆摆手，走了。

在以后的几次会谈中，金爱娣还是不听汤如海的劝说，病情不但没有稳定，又有了反复，伴随着吐血，身体越来越虚弱。汤如海心里很焦虑，问金爱娣，你目前的生活环境不利于你治疗，身体不好，什么都是假的。就依你的，不开结婚证，听我的话，暂时住到我家，先把身体养好再说。

"汤如海，这个问题我想了很久，"她说，"容我思考，我需要时间，我决定了就告诉你。"

虽然已到了春天，但 3 月底的上海，尤其是到了晚上，还是凉飕飕的。汤如海在嘉兴路上等金爱娣，见她穿得较多，关心地说："我们不要走远，就到前面坐坐。"

他俩穿过四平路到溧阳路时，她说："汤如海，我想了好久，有话要跟你说，到你家好好谈一谈。"

他们就在溧阳路上的四十七路公交车站，乘车到汤如海家。进屋后，汤如海让她坐在沙发上，倒好茶，自己也坐在她的旁边，问："怎么样，这一路上累不累?"

"不累、不累，"她边喝茶边说，聊着聊着，聊到了她的病情，她叹了一口气说： "汤如海，我想把我的病情真实地告诉你。"

"是呀，快把真实的情况告诉我。"

金爱娣将最近在医院治疗情况及医生的话告诉他，医院诊断她的肾脏出血比较严重，且有反复，需要长时间治疗，短时间内没法治好。按她目前的病情，三年之内不能结婚，还有可能更严重的是，医生说她可能不能生孩子。她注视着汤如海，看他的脸部表情，汤如海为了安慰她，一副不在乎的样子说："那有什么关系，医生总是说得很严重，哪怕就是如医生所说，也没有啥大不了的，我等你，三年算什么，我们交往已经两年了，现代医学在不断进步，只要你配合医院治疗，我相信，你很快会好起来。"

"汤如海，我知道你是在安慰我，也知道你对我是真心的，但我怎么面对你妈?"她说。

"对付我妈太容易了，"他说道："你把真实情况告诉她，我相信，我妈不但同情你，还会爱护你，"金爱娣将茶杯举到嘴边，又放下。他继续说道， "我母亲会想办法帮助你克服眼前的困难。"她将茶杯放在茶几上，站了起来，有些激动，他按住她："有话慢慢说。"

她挣脱他的手，站起来说："汤如海，说真的，我现在心里很乱、很难受，一想到你，尤其是你妈，就想哭。没有生病之前，我的感觉是那么好，感到自己很幸福，有时在梦里还偷着笑，寻寻觅觅等待，不仅遇到了一个有文化、懂礼貌的男人，还遇到了识大体、讲道理的婆婆。你的条件从各方面来讲都超过我，对我，你没有提要求，连你妈也没有提什么要求，你妈还安慰我，等你毕业了就为我们办婚事，还说，我父母身体不好，她会到上海来帮我带小宝宝。"说着、说着就哭了，坐在沙发上，哭得很伤心，把头搁在沙发的扶手上哭泣。

汤如海走到她面前，将手中的茶杯放在茶几上，也激动地提高了嗓音："你是什么脑子？都什么时代了，还担心别人怎么看你，别人的感受对你不重要，重要的是你自己对生活的信心。有我支持你，只要我不嫌弃你，不管你身体如何，有我汤如海和你在一起就可以了。生不生孩子，那是老天爷的事，没有孩子又怎么样？中国有十亿人口，不缺我们俩，我妈有三个儿子，大哥的女儿快要四岁了，少我一个，生活照样过。"他扶起金爱娣的头："有我在，这就是你的家，没有人能阻止我俩在一起。"

金爱娣推开他的手："我怎么对得起你妈，以后，你妈及你家人怎么看我？"

他俩各说各话，争吵着、僵持着，金爱娣突然提高了声音："汤如海，我们分手吧！"

"你说什么？"他惊呆了。

"我们分手吧，"她重复了一遍，把头倒在沙发上哭泣："我受不了，你为什么是这样的人，要这样对待我，为什么不骂我，说一些不满意的话，让我好受些。"

汤如海慌了，不能再劝她了，她情绪失控、精神快要崩溃了，为了安抚她，只好说："你别说气话，难道我有什么对不住你的地方？上次到你家，当着你父母的面已经表明了我的态度，我不在乎你家人对你怎么样，你刚才的话，我很生气，难道我对你的关心和支持换来的就是这句话？你有没有考虑到我的感受，同学、邻居的压力及自己思想上的斗争，你为什么就不能体谅我？"

这次争吵，汤如海感受到了金爱娣内心的挣扎和痛苦，那种舍与取的纠结，承受着是否为了爱而要放弃爱的选择，这种困惑折磨着她，她不愿意连累她所爱的人。

在以后的两次会谈中，金爱娣的情绪比较稳定，虽然也谈到分手的事，那只是调侃而已，我的身体不好，不能为你带来幸福，放你走，让你找一个年轻、漂亮、身体健康的姑娘来陪伴你，为你生个孩子，这样，你妈会高兴的。汤如海只是淡淡地回应，连你都看不上我，还会有哪个傻姑娘看上我？

4月17日，星期五晚上，汤如海在家整理有关论文的资料及撰写论文提纲，听到外面有敲门，开门一看，大吃一惊，原来是母亲回上海了。他马上接过母亲的行李，往脸盆里打水，递上毛巾，让母亲洗洗脸，泡上茶，让母亲坐在沙发上问："姆妈，哪能（怎么）突然到上海？有啥事体（什么事情）？"

母亲说，这次到上海是搭便车，厂里汽车出山到上海，正好有一个座位，母亲与驾驶员商量搭便车去上海看儿子，就这么来上海了，但时间不长，四天后就要随车回山里。她见台子上有一大堆书和纸，问："学习还介（这么）紧张？"

"姆妈，现在不读书了，读书结束了。现在是写论文和实习辰光（时间），台子上的是写论文的资料。"他解释道，并整理台子上的资料。

"姆妈想侬（你）了，侬（你）好吗？"母亲问道，"不到学堂里读书，有辰光（时间）了，小金，侬咯（你的）金朋友好吗？"

"伊（她）其他侪（都）蛮好，就是最近身体不太好。"他回答。

母亲吃惊地问："啥地方不适宜（不舒服）。"

他把金爱娣患肾脏病，吐血，住院治疗等情况告诉母亲。母亲又问现在用什么方法治疗，是不是时常陪她治疗，医生怎么说。他把金爱娣拒绝让他到医院陪她，她对自己的病没有信心，想分手，不听劝告的事，向母亲诉说。

"咳，"母亲叹了口气："小金哪能（怎么）生这种病？"然后神情严肃地对他说："汤如海，侬（你）是阿拉屋里（我们家）第一个大学生，读书人要懂事体（懂道理），现在小金身体不好，侬（你）要关心伊（她），不好嫌鄙伊（嫌弃她），不然，人家会在背后骂侬（你）咯。"

"姆妈，我哪能（怎么）会迭能（那样）做？"他申辩道，"我哪能（怎么）劝，金朋友就是不听，呒没办法！"

"如海，侬（你），礼拜天（星期天）叫伊（她）到屋里来，姆妈跟伊（她）谈谈。"母亲说。

第二天晚上，汤如海对金爱娣说，昨天我母亲回来了，她邀请你明天到我家，她想见你。金爱娣很惊讶地问，是不是汤如海将她的病情告诉了母亲，母亲不放心特地赶来上海？他说没有将她的病情告诉母亲，是母亲想他了，搭厂里的便车回上海看他。三天后就要返回山里。母亲问起你的情况，我将你生病的事，轻描淡写地、简单地说了一下。

"我不去，"金爱娣说，"我怕见到你妈，怕她伤心。"

汤如海生气地说："你这是怎么了？我妈大老远地来看你，你不去？"

金爱娣看着他，不知如何表达此时此刻她的心情，想了很久，说，"那好，明天上午十点，我去看你妈。"

"我来接你。"

"不用，明天我乘四十七路公交车，你在沪太路车站等我。"

星期天上午十点不到，汤如海就候在中山北路沪太路的四十七路公交车站上等金爱娣，不久，她来了。汤如海的母亲见到金爱娣很开心，先是问她一些家里情况后，然后又问了她的身体状况。金爱娣大致讲了她的生病经过，目前的治疗情况，最后她说："姆妈，医生讲，我箇个（这个）年龄，得了腰子病（肾脏病），三五年内是不能结婚的。"说完盯着母亲，看她有什么反应。

母亲安慰道："小金，不要听医生瞎讲，阿拉（我们）厂里就有生腰子病的女人，现在不是活得好好的?"

"姆妈，侬（你）不晓得我得了箇个（这个）病的严重性，"金爱娣继续说道："我不想伤姆妈的心。"说着、说着流眼泪了。

"小金，有啥闲话（什么话）跟姆妈讲，不要怕。"母亲安抚她。

"姆妈，"金爱娣说，"医生讲，我箇个（这个）病，老严重的，反复吐血，即使治好了，今后是生不出小囡（小孩）嘞。"

"不要听医生瞎讲，得了腰子病（肾脏病）不能生小囡（小孩)?"母亲驳斥道，"阿拉（我们）厂里就有一个女人得了腰子病（肾脏病），治好后，生了两个小囡（小孩）。"

"姆妈，我箇个（这个）病是不能生小囡（小孩）咯，"金爱娣重复了一句。

"小金，侬（你）不要担心，年纪介（这么）轻，有啥好担心咯，"母亲望着她说，"我不讲医生瞎讲，就是生不出小囡

（小孩）也不要紧。如果今后想小囡（小孩）嘞，领养一个，有啥不可以？"谁知母亲的这一番安慰话，反而让金爱娣伤心得更厉害了。母亲见状，让汤如海拿毛巾给她搽脸，叫汤如海陪她到外面散散步，宽宽心，过一会儿回来吃饭。

汤如海与金爱娣在大洋桥上谈心，他说，当年母亲离开他的时候，他还在读小学，遇到不称心的事，就会站在这大洋桥上望着一列列离开上海的火车，仿佛就会看见母亲当时凳上火车挥手告别的情景，希望母亲能给他智慧和力量。前天晚上，当母亲知道你身体不好，想要跟我分手的事，母亲批评我，说你有这个想法是我不对，读书人要知书达理，不能因为身体不好而嫌弃你。

金爱娣时而望着脚下河水的流动，时而望着远去的列车，趴在桥的扶手栏上抽泣："我真的不理解，汤如海，你是个什么样的人？你这个聪明能干、思维奇特、行为独断的人就让我碰上了？这还不算，又碰上了善良、达理的你妈？汤如海，我真的受不了，在来之前，我想了许多、许多方法和语言来对付你妈，只要你妈流露出对我这病有顾虑、不能结婚有顾虑，尤其是不能生孩子有顾虑，可是，可是你妈只是安慰我，鼓励我，不在乎我的病，也不在乎我不能生孩子。汤如海，我真的要疯了，我快要崩溃了，实在是受不了，你能体会我的心在哭吗？你不能体会一个做母亲的想抱孙儿的欲望。"

他望着金爱娣伤心欲绝的脸色，心里也很难受，不知道能用什么语言来安抚她："金朋友，不谈这些不愉快的事，午饭我妈可能烧好了，回家吃饭吧。"

母亲烧了好多菜，但金爱娣不能多吃，各个尝了一点，就在午餐就要结束时，金爱娣突感不适，有呕吐的征兆，把母亲吓坏了，母亲让汤如海赶快送小金到医院。金爱娣说，不要紧，过一会儿就好。金爱娣在沙发上休息了约一刻钟，说要回家吃药。母亲让汤如海陪她回家，母亲拉着她的手说："小金，回去好好养病，听姆妈闲话（话），先将身体养好，不要瞎想，侬（你）年纪轻，怕啥？"她只是点头没有说话。

一路上，金爱娣一言不发，不知是身体不适还是什么。

在以后的几次会面中，金爱娣老是提分手的事，可没几天又约他见面，这天晚上，他俩在海伦路上散步，因为她的身体原因，不想走远。汤如海说："金朋友，不要折磨自己了，有我支持，好好养病。"

"我这个病是治不好的，"她回答，"看着我这个病，不想连累你，想与你分手，是想放你走。但我心里又舍不得，你是我见到的最有毅力，能控制情欲的人。多少男人见到女人，不管喜欢不喜欢想方设法占便宜，占了便宜后，拍拍手走了，一点责任心也没有。可你没有占女人便宜的欲望，不知道这是好还是不好？"

"不好的多，"他望着她说，"作为一个二十八九岁的小伙子，情欲、私欲肯定是有的，有时会很强烈得就像黄浦江涨潮时往上涌。"自从金爱娣闹分手，以前假装清高，不好意思说的话，现在可以大大方方地说出口。

"那你为什么不行动而克制自己呢？"金爱娣嘲笑他。

"金朋友，我对未来生活有许多幻想，"他解释道，"我怕、我担心，由于我的自私或粗鲁会破坏今后可能实现的幻想。比如，我很尊重女性，尤其尊重我喜欢的姑娘，如果我的自私或贪欲让你受到委屈，你会不会说我是个伪君子，今后遇到重大问题，还会相信我吗？我不愿意承担这种可以避免的风险。"

"汤如海，我怎么说你呢，"她说，"说你是个读书人，懂道理，没错；说你有独立思想，有良知的人，也没错。但我可以告诉你，"她用右手指着他的头："你还没有长大，你可能不知道，在与你这么长交往中，我把你当弟弟看，一个有文化、懂道理、不会占姑娘便宜的弟弟。有时我真想占你的便宜，不过担心会破坏你的形象。"

"什么，你有占我便宜的想法？"他吃惊不小。

"说你没长大，你还不信，"她笑着说，"这有什么大惊小怪的，我与你同岁，当然比你成熟早、成熟多，你能想起来吗，多少次，在夜深人静的地方，在你家里，我时常把你的小拇指捏的很重，痛得你哇哇叫。我也在控制自己，有时担心控制不住，所以使劲拗你的小拇指来释放我的欲望，让我失望和遗憾的是，你没有感觉到。"

被金爱娣一提，他想起来了，确实是这样，她会莫名其妙的捏他的小拇指、拗他的小拇指，痛得他哇哇叫，直呼，"你发神经病啊，想弄断我的手啊？"每当他露出痛苦的表情时，她却朝他笑。

在这种放松的气氛中，他也不怕难为情，问："女人也有情欲、会冲动？"

她红着脸说："这都过去了，我不忍心拖累你，那么多年，你一个人在上海也不容易，真的需要一个女人来照顾你、关心你、体贴你。本来我是可以做到的，可现在，你看我这身体，汤如海，说心里话，我真的喜欢你，真是因为从心底里喜欢你，才放你走。就你这个人的品质，一定能找到一位健康、漂亮的女朋友，忘了提醒你，别贪图姑娘美貌，讲道理、懂礼貌也很重要。"

"又来了，又来了，"他不耐烦地打断她的话。

"汤如海，我放你走的另外一个原因是我没有勇气面对你妈，不忍心伤害你妈，"她用手擦自己的眼泪，"你妈识字不多，那么善良、讲情义，知道我这病情，没有一点顾虑，反而鼓励我、关心我，连她要抱孙儿的愿望都放在一边，这么好的母亲我怎么忍心伤害她？"金爱娣情绪失控又哭了。

"我们不谈这个，"汤如海安抚她，"你没有伤害任何人，包括我妈。生病不是你的错，人吃五谷杂粮哪能保证不生病？"对金爱娣来说这是个死结，解不开的结。汤如海怎么劝也不管用。

金爱娣临走前留下一句："我不愿拖累你，放你走，去找个好姑娘，如果你愿意，让我看看，为你把把关。"

那晚分别后，十来天没有金爱娣的电话，汤如海专心写论文，将论文的第一稿给陈教授检阅，陈教授在他的论文上画了好多圈，需要修改和重新论证的地方，他把陈教授画圈的地方，重新修改和论证。这天下午，他在家里写论文，听到外面传呼电话的老头在喊，21号电话。他放下笔，到大洋桥去接电话，金爱娣约他晚上到嘉兴路见面。

五月份，上海的天气已经很暖和了，爱时髦的姑娘已经穿上裙子。汤如海已经穿衬衫了，金爱娣还披了一件外套。见到金爱娣，汤如海问她身体如何？还是老样子，她回答。他俩穿过四平路到对面的海伦路上散步，她用放松的口气说："我的身体是不能结婚的，以后我只好一个人过了。"

汤如海打断她的话："什么一个人过啊，把我忘了？"

"忘不了你，"她看着他，"哪怕你离开我，心里也忘不了你，在我痛苦的时候，想起你，有过这么一段刻骨铭心的恋情，可以释放一下我的痛苦、烦恼。所以我想问你要一张照片，想你的时候，拿出来看看。"

他立即回绝："要看就看我这个活人。"

金爱娣停下脚步，板着脸严肃地说："难道这两年来，我对你的感情，连一张照片都不愿给吗？"

"金朋友，你是知道的，"他解释道，"虽然我喜欢拍照片，为此花了很多时间和金钱，由于我的拍照水平不高，没有一张像样的。"

金爱娣的脸色很难看，用右手梳理一下眼前的头发，眼睛红润地说："想不到你这么吝啬、如此绝情，你看着办吧！"说完转身朝嘉兴路走去，他跟在后面，想解释、想安慰、想挽留她，该说的都说了，该做的也做了，该表白的也表白了，喉咙一下子被什么东西卡住了。望着她远去的身影，就像一个农民辛苦了一年的工钱被强盗拿走了的那种悲伤、无助和自责。

回家后，汤如海翻箱倒柜地翻看自己所拍的照片，所有的照片都显示自己就像一个初中生或高中生，一个没有成熟感的男孩。耳边仿佛响起金爱娣嬉笑的声音，"作为男人你还没成熟，还没长大，我是把你当弟弟看的"，确实没有自己满意的照片。

几天后，他俩又碰面了，这次改变了往常到海伦路散步的路线，沿嘉兴路朝东走，过了苏州河桥，金爱娣在桥边停下问："照片带来了吗?"

"没有，"他回答，他向金爱娣解释，把所有的照片都翻了一遍，没有一张像样的，他会继续找，实在找不到，就到照相馆拍一张，虽然他很不情愿这么做，但他说他会这么做。他俩沿河边走到梧州路，金爱娣说，她累了，想休息一会。

"行啊，我们就在河边坐坐，"他回答。

"啊呀，这是梧州路，张惠芬家就在前面，"她说，"去看看张惠芬，我们好久没有见面了。"

汤如海很尴尬地说："这不太好吧? 太突然了，这么晚了，商店都关门了，没带什么礼物，就这么拜访不太礼貌吧?"

她拉他一下："不要紧张，张惠芬与我有十几年的姐妹情，平时我们来往都不带礼物，都是好姐妹，比较放松，再说她家又没有小孩，她的弟弟也工作了。"

"张惠芬是不是在家？会不会跟男朋友外出不在家？"他担心地问。

"不会的，张惠芬还没有男朋友，"金爱娣很自信地说，"今天她上日班，应该在家里。"到了张惠芬的家，金爱娣敲门，开门的果然是张惠芬，没有外出。张惠芬的母亲在家，正在用糨糊糊银行汇单。张惠芬的母亲见金爱娣很开心："爱娣啊，好长时间没有来看惠芬，都忙些啥？"

"惠芬妈，这是小汤，"金爱娣介绍道，"我们正好路过这儿，顺便来看看惠芬。"

"阿姨好，"汤如海喊了一声。这是一幢二层石库门房，张惠芬家住在底层，有约十六平方米，一个四方台靠墙，两边放一大一小两张床，小床是张惠芬的，房顶较高，中间搭了一个阁楼，她的弟弟就住在阁楼上。父亲上中班，弟弟与同学在外面玩，家里就张惠芬帮母亲在家糊银行汇单，糊一张一分钱，张惠芬的母亲个子高，比较瘦，没有工作，在家干这活，赚点辛苦钱补贴家用。

张惠芬将一杯茶递给汤如海，让他坐到台子旁，张惠芬的母亲问："爱娣，听惠芬讲，你身体不好，生什么病？"

"惠芬妈，身体是不太好，"金爱娣回答，"是肾脏不好，出血，不过，现在好多了。"

"什么，肾脏出血？"张惠芬母亲很吃惊，"爱娣啊，肾脏出血你可要当心喽……"张惠芬的母亲与金爱娣交谈时，张惠芬开始削苹果。

张惠芬的母亲转身对汤如海说："小汤，爱娣患肾脏病，你可要多关心吆。"

"阿姨，你放心，我跟爱娣说了无数次，我会一直陪伴她的，把她的病治好。叫她不要胡思乱想，不说别的，中国有十亿人口，不少我们俩，我妈有三个儿子，也不少我一个。"

"惠芬妈，小汤专门瞎讲，"金爱娣打断他的话。张惠芬递上削好的苹果说，先吃苹果。张惠芬问了一些他的生活和学习情况，他说，论文已经写好了，等待论文答辩，答辩通过了，就毕业了。

告别了张惠芬和她的母亲，他俩往回走，金爱娣生气地说："我说汤如海，你对我说的那些奇谈怪论、不切合实际的想法，我能忍受，你怎么在张惠芬家，当着她母亲的面瞎说那些不着边际的话？"

他看着金爱娣："我就是要让张惠芬知道我对你的看法，只要你身体好，让我陪伴你，我不在乎、不会过多考虑其他事情。"

金爱娣有些激动："我已经跟你说得很清楚，我不需要你同情，我的事自己会解决。我真心希望你能得到幸福，你怎么就不理解我的感受？我是真心喜欢你才放你走，也许这对我们俩不是一件坏事。"

"我看你才是瞎说八道，"他反驳道。

到了嘉兴路四平路口，金爱娣说，我家到了，双手拦住他前说："回去吧，别忘了给我一张照片。"说完转身走了。

汤如海的论文已通过陈教授的审核，就等学校安排答辩。他想到照相馆拍一张照片，但心里怎么也不愿意这么做，在重新整理时，发现一张上大学时拍的报名照，虽然显得嫩了些，但总体上还算过得去，还好底片也在。就拿着这张底片到宜川路上的照相馆，要求放大一张至六英寸照片。

几天后取回照片，晚上，他看着自己的照片，心情极其复杂，既然金爱娣下决心要分手，还索要照片干什么？给她，对她的治疗是好还是坏？对她今后的生活是好还是坏？他理不出头绪。不给，会像她所说的那么绝情？他拿着照片看了又看，放在台子上，在房间里走来走去，再拿起照片看：不知怎么做才好？怎么做才会对她的身体有利？他站在台子旁苦思冥想，突然听到从外滩海关大楼传来的钟声，一看手表，已是午夜十二点了。他坐在台子旁，拿出钢笔在照片的背面写上：金朋友，在夜深人静时，当你听到从黄浦江旁的外滩海关大楼传来的钟声，那是我对你的祈祷声：愿你早日康复，愿笑容回到你的脸上，愿快乐回到你的身边，愿你……愿你……寻找到属于你的幸福。祈祷者，汤如海。

　　进入 6 月，天气一天比一天热，一直没有金爱娣的电话，汤如海想，是不是金爱娣跟他开玩笑？金爱娣的电话还是来了，约他星期六晚上七点在嘉兴路上见面，还不忘提醒他带上照片。

　　晚上，金爱娣穿了一件新的翻领衬衫，显得精神些，见到汤如海就问，照片带来了没有，他骗她说，没有带上，在照相馆还没有印好。金爱娣刚才很放松的脸一下子抽紧："我就知道你会耍阴谋，你心里没有真正喜欢过我。"她开始激动，汤如海安慰她，他俩穿过四平路到海伦路，她还在嘀咕，说汤如海如果喜欢她就不该欺骗她，这么一个小小要求都不给，太让她失望了。他走到路灯下，从右边裤子口袋里慢慢取出用纸包好的照片。她在灯光下打开，看看照片，看看汤如海问："这是你吗？"

　　"这是上大学时的报名照，还算过得去，真的没有好的了，"他回答。她摸着照片，嘴里不停地说，像你，真的是你，尤其是那眼神和脸上的表情，那种自以为是，还没有长大的男孩。

　　"你真的喜欢？"他把照片翻过来，她看了许久没有声音，眼睛湿了，她把照片重新包好，放入裤子口袋，用手摸了一下眼泪说，我们走吧。他俩沿海伦路朝西走走停停、边聊边走，平常话不多的她，现在说话特别多，表情也很丰富，一会儿脸上露出开心的笑容，一会儿又愁容满面。

她回忆了许多过去的事，为什么拒绝他送的手表，其实她很喜欢这款超薄型女式手表，她想让汤如海主动献殷勤，硬戴她手上，没想到，汤如海见她不接受收起来了，这让她很失望，当时她就觉得汤如海聪明、学习好，人品正直，但缺乏情感，尤其缺乏男女情感，把恋爱看成数学或物理公式，没有激情。她就认为汤如海是个缺乏关爱，又自以为是的还没有长大的男孩。

第一次到汤如海家，她是做好思想准备的，想到他一个人住这么大的房子，作为一个二十七八岁的年轻男人，一个长期孤独缺少女性温情的小伙子，恋爱中的姑娘孤身到男朋友的空房里，一男一女长时间对峙，会有性冲动，那种情欲会像打开的水闸控制不住。她刺激、诱惑汤如海到里面房间，当她躺在床上，让汤如海解开她连衣裙纽扣时，说了声"不要"，汤如海就停住了。她原想他是不会停手的，会拼命地、疯狂地脱去她的一切，那种压抑许久的男人的本性、野性会暴露出来，不管她是否愿意和反抗。没想到汤如海真的停手了，还责怪自己粗鲁。她不仅身体瘫痪了，大脑神经也瘫痪了，她一点力气也没有，躺在床上想，眼前的汤如海是不是男人？至少是跟她父亲不一样的男人。她认定，一个能控制情欲、不被色相迷惑的男人正是她所追求的。当时，她就下了决心："你汤如海能控制，我金爱娣就能忍，你是我的，我不会让别的姑娘从我手中将你夺走。"

在山里，你我在山上树林中散步，听潺潺流水声、听鸟鸣声，我真想把你抱住压在草坪上翻滚。可你一直在说这树长得多茂盛、那山间流水是那么清澈、那鸟儿的羽毛是多么漂亮，抒发诗情画意，装傻。我在想，汤如海你装傻的时间不长了，你妈已经对我说了，等你毕业后就为我们办婚事，到时候看我如何收拾你。

汤如海认真地听她讲述，当听到看我如何收拾你便说："你现在就可以收拾。"

她摆摆手："汤如海，我爱你是真的，把爱你埋藏在心里，今天我把藏在心里的话都说了出来，感觉整个身体放松了，心里舒服了。我爱你的目的只有一个就是让你得到幸福。当我确信不但不可能带给你幸福，可能还会带给你累赘时，你知道吗，我是多么难受，家里地方小、人又多，有时，我一个人跑到无人的地方偷偷哭泣，怪自己命不好。起初，我并不相信医生的话，后来病情反复，大口、大口吐血，自己都吓坏了。我想，我这辈子是不会给你带来幸福，又怕失去你，这种矛盾、这种困惑、这种心痛，别人是体会不到的。为什么我要你的照片？你不在时，想你时，看你一眼来释放心中的压力。我不能太自私，放你走，我心痛，但必须这么做，汤如海，你懂吗？"

他还是摇摇头说："不懂。"

金爱娣突然双手抱住他的头，疯狂地亲吻他，舌头在他的嘴里转来转去。汤如海被这一突如其来的举动给愣住了，双手不由自主地拥抱她，这是他长这么大第一次被女性拥吻，而且是在马路上，虽然是深夜，但还是有中班下班、上夜班的人在路上走动，他来不及反应，只是紧紧地抱住她。金爱娣的眼泪不停地流在他的脸上，也不知过来多少时间，她松开了，说："汤如海，我得到你了，"就哽住了，他还是痴呆抱着，听她说了话，才缓过神来，用手擦去她的眼泪，仍不解地问："金朋友，我俩在一起不是很好吗？为什么一定要离开我呢？"

"我爱你呀，真心地爱你，傻瓜，"她用手理了理他的头发，"我不忍心连累你，必须离开你，这样，你才能开始新的生活，你为什么就不能明白呢？"

汤如海还是坚持道："这个世界，这么多人，中国就有十亿人，少我们俩没有关系，我母亲有三个儿子，少我一个也没有关系，你为什么不理解我的想法？"

"汤如海，现在我们不谈这个，"她说道，"今天，我把埋在心底的话都说出来了，感觉轻松了许多，刚才又吻了你，不知道你是否被别的女人吻过？"

他就像在学校上课时，举手发言似的举起右手说："没有，这是我第一次被女人亲吻。"

她用手摸着他的脸兴奋地说："我满足了，我爱的人把他的初吻给了我，我真的满足了，我们走吧！"她挽着他的手，像恋人似的往回走。

到了嘉兴路，她停止了脚步，望着他说："好了，我到家了，我不会再找你麻烦了。汤如海，听我的话，开始新的生活。"她伸出手，摸了摸他的头和脸，整整他的衬衫，拍拍自己裤子口袋里的照片说："我满足了，真的满足了。"转身走了，没走几步又回头，再走几步再回首，汤如海只是站着，一动不动，看着她慢慢转弯消失在夜色中。他仍然站在原地不动，以至于有路过的人，好奇地停下来看这个年轻人，为什么一个人深夜站在马路上不动。

汤如海的思维仿佛停止了运动，那种失落感就像十七年前，母亲站在火车站离开他时的那种感觉，看到列车带走母亲，消失在视野中，他仍然一动也不动地站着，是老祖母拉他一下，才回过神来。

汤如海不知道自己是怎么回到大洋桥地梨港路的家，怎么也睡不着，嘴里好像有一个棉花球似的东西卡在两边，一种嚼不着、空心的东西。整个脑子都是空荡荡的，有一种随时会倒下的幻觉。

7月初，学校举行了论文答辩，汤如海顺利通过了论文答辩。接下来，拍毕业留念照，等发毕业文凭和分配工作。7月底拿到了上海市高等教育局印制的有校长签名的红色硬纸板毕业文凭。8月初，接到了中国抽纱上海市抽纱品进出口公司的录取通知书：汤如海同志，接到通知的三天之内，带上毕业文凭到上海市抽纱品进出口公司组织科（323室）报到。地址：上海市闸北区西藏北路18号。

同学中有李行根、虞协成、章友根、周国藩、俞美丽、华瑷瑛等纷纷前来祝贺汤如海毕业，有了新的工作。周国藩调侃道，汤如海总算混进了干部队伍到组织科报到；俞美丽说，干部待遇与工人待遇是不一样的；同学们希望汤如海在新的工作岗位上有所发展。

汤如海乘五十八路公交车到曲阜西路终点站下车，沿西藏北路朝南至苏州河边，他站在禽蛋品公司仓库（原上海四行仓库）旁，看到对面一幢现代化的办公大楼，一块门牌号上写着：西藏北路18号。高墙上挂着巨大的中英文字，中国抽纱上海市进出口公司（China Artes Shanghai Draw & Embroidery Import & Export Corporation）。他被眼前的一幕惊呆了，这不是自己以前工作过的，推老虎车的工艺品进出口公司北苏州路1072号仓库吗？以前旧上海留下的防爆玻璃窗，换成了铝合金的茶色玻璃窗。穿过马路，进入公司，门前有一个警卫室，原来这里是出口货物待运区，现在变成了停放小汽车的车库，前面安装了电梯。汤如海乘电梯到三楼，出电梯对门就是323组织科办公室。他敲门，然后推门进去，办公室很宽敞，中间放着四张办公桌，有三个人正在工作，两个男的，一个女的。靠墙一排壁橱，朝南窗下有一排沙发，沙发上还坐着一个高个子年轻人。于是汤如海自我介绍道：你们好，我是来报到的，并拿出报到通知书。

这时，一个胖胖的中年男子走过来，接过汤如海的通知书对又瘦又高的男子说："吴科长，这是新来报到的大学生，小汤，汤如海。"

吴科长看了看汤如海的通知书说："老顾，你先与小汤、小曹谈谈，介绍一下我们公司的情况。"顾师傅让汤如海坐在沙发上，指着高个子男青年说，这是小曹，曹寿康，复旦大学法文系毕业，昨天来的那位女同学是上海外贸学院英文系毕业，叫刘欣红。今年我们公司招收的三名大学生都到齐了。然后顾师傅介绍了公司的基本情况，上海抽纱公司是隶属于外贸部的中央企业，公司目前有四大业务部门，手工制品部是公司最大的业务部，出口额占公司的一半，约五千万美元，还有服饰部、机绣部和机织、印花科。公司约有四百名员工，公司业务发展很快，出口额已经突破一亿美元，需要懂外语、懂外贸的年轻人加入，开拓新市场、新客户。不过你们刚从学校毕业，需要从基础做起，逐步熟悉外贸业务，年轻人只要努力学习，多向老师傅请教，学好本领，就能为公司的发展贡献一分力量。你们具体分到哪个部门，吴科长会与经理办公室讨论，明天会通知你们。公司上班的时间为，上午九点到下午五点，中间有一小时午餐和休息时间，公司免费提供午餐，食堂在四楼。你们明天上午十点到组织科与你们的科室领导见面。

第二天上午九点半，汤如海到组织科，吴科长打电话叫业务部门领导来组织科领人。不一会儿，一个又高又胖、脸又圆又白的中年男子走进组织科。吴科长指着汤如海说："赵科长，这是新来的大学生，小汤，汤如海，外贸经济管理系毕业，分到你们手工制品部锻炼，你向小汤介绍一下手工制品部的业务及小汤他具体做什么工作。"

汤如海向赵科长打招呼：赵科长，你好。

赵科长点点头，说："小汤，我们手工制品部是公司最大的业务部，有三个业务科：手绣科、手编科和绒绣科；还有两个管理科：设计科和综合科。你刚从学校毕业，先到综合科锻炼，从单证做起，逐步熟悉业务流程后到业务科工作。我们需要外贸专业的大学生来开拓市场和客户。"

吴科长接着说："小汤，手工制品部是公司最重要的业务部门，你去那里锻炼、实习，要虚心向老师傅、老同志学习，尽快熟悉业务，我们组织科会定期考察你的工作和能力，到时，组织上会调整你的工作。"

汤如海跟着赵科长到二楼224房间的综合科办公室，中间一条走廊，两边有七个办公桌。赵科长进门后向朝南窗口右边的人喊："邵永烈，你过来，这是新来的大学生，小汤，汤如海，到综合科锻炼，先跟你学打托办单，具体怎么做，你安排。"说完转身就走了。

汤如海客气地喊了声："邵师傅你好。"

邵永烈三十出头、中等个子、皮肤黝黑，他看了看汤如海，指着进门第一张桌子说："小汤，这是你的办公桌，靠墙左手边有一台打字机，领导安排你打托办单，就是将外销员送来的要求出运的货物，按照信用证或客户要求，打印在这个托办单上，一式八份，各个部门按托办单上的要求制作各种单据，如：单证科，制作发票、装箱单、银行汇单；外运科，订船、订仓；仓储科，货物出仓；财务科，记账、核算；档案室，归档等。"然后他用双手拍拍招呼房间里的人，向汤如海逐一介绍，你前面的是楼申藕师傅，楼阿姨虽然上了年纪，看上去非常漂亮、和蔼、高个子、高鼻梁、大眼睛、白皮肤；再前面靠窗的叫吴君的姑娘，年龄与汤如海差不多，身高一米六左右，圆脸，带一副眼镜；汤如海右手对面的是打装箱单的胡桂林师傅，大伙叫他阿桂师傅，

143

个子与汤如海差不多，四十来岁；阿桂前面的是负责原料的秦孝赢师傅，今天出差不在办公室；秦孝赢前面的就是综合科的人才，核价师，沈梁华，人特别瘦显得高，带一副深度近视眼镜。

汤如海对办公室里的同事说："各位师傅，我是新来的，"同事们都看着他，"我有很多不懂的地方，要向各位请教，请各位多帮忙。"

沈梁华马上接上话："小汤，不用请教，你是这里唯一的大学生。"吴君姑娘用手指着沈梁华："梁兄，人家是新来的，不要这样调侃。"这个办公室气氛不错。

汤如海开始翻看邵永烈师傅给他的已打好的各种各样的托办单，信用证的内容与学校学的差别不大，只是每个国家的格式不同，格式最简单的日本和香港的信用证，尤其是表格式信用证，最烦琐的是阿拉伯国家的信用证，美国的信用证法律条款特别多。

食堂在四楼是以前的包装仓库改建的，可容纳五百人同时就餐的大食堂。食堂从十一点半开始供应饭菜，套餐为一荤一蔬一汤，另外一个窗口提供面食，菜肴很丰富。

下午汤如海正式开始工作了，起先打的托办单，让邵师傅审核一下，纠正不妥的地方后才对外发放。一个星期后，邵永烈师傅就不再核对，只是遇到问题了，汤如海会向邵永烈师傅请教。邵永烈师傅的家住靠近七浦路的山西路，有一个刚上小学的儿子，老婆是一家仪表工厂的党支部书记，属于中层干部。邵师傅当过兵见过世面，喜欢国内外新闻，工作之余，常和汤如海聊各种社会事件。

楼申藕阿姨出生资产阶级家庭，有文化，又漂亮，但不得重用，只能在综合科做统计分析工作。抽纱公司最值钱的产品是万丽丝台布，万丽丝的台布上镶有一个美女肖像商标，不知道的人看了还以为是法国或俄罗斯美女，其实这个美女就是楼阿姨年轻时拍的广告照片。外商都知道万丽丝贵，有一两万丽丝一两黄金的称呼。

打装箱单的胡桂林师傅，为人老实忠厚，海关学校毕业，勤勤恳恳工作，由于装箱单打得又快又正确，领导舍不得放他到业务科去工作，阿桂师傅认为打装箱单也蛮好，做业务麻烦，做不好被领导骂，就安心打装箱单。

核价师沈梁华，大伙都叫他梁兄，梁兄由于用脑过度，人极瘦，给人弱不禁风的感觉。隔壁手编科有个将要退休的叫王励龙师傅总喜欢跟梁兄开玩笑，"梁兄，你为什么这么瘦？主要是没有结婚，缺少女人的调和，这是阴阳不调和造成的"。王励龙每次嘲弄梁兄，办公室都笑成一片。

大姑娘吴君书法写得特别好，师从上海很有名的书法家，还上过电视，介绍中国书法。人一般，但心情傲慢，一般追求者都被她拒绝。父亲是转业军人，母亲在工艺品进出口公司珠宝科做业务工作，由于灵活、能干，深得领导器重。

秦孝赢，老秦，黑大个，由于负责业务部门所需要的各种原料，经常在外面跑，一星期见他一两回，有时，长时间出差，十天半月不回办公室。

吴君几乎每天都要与梁兄互掐、调侃对方。楼阿姨了解到汤如海的母亲在山里生活时，对汤如海说："小汤，你妈年纪大了，走山路脚不好使，到小花园鞋店买一双柔软的布鞋给你妈。"

"哎哟，还是楼阿姨想得周到，"汤如海笑嘻嘻地赞扬道，"我母亲穿三十四码鞋，你若看到好的，就帮我买一双。"汤如海只是与楼阿姨开玩笑，没想到，几天后，楼阿姨真的买了一双三十四码的胶底布鞋。让汤如海感激万分，这种感激有一种对母亲的思念。

汤如海很快习惯了办公室的工作节奏，这个综合科的工作环境比较放松，同事之间没有利益争执。在工作中他认识到英语在出口工作中的重要性，尤其是与外商交流的口语。虽然他在学校的英语成绩不错，但口语与英文系的同学有相当大的差距。于是他报名夜校的英语口语班《Modern America English》（现代美国口语），练习口语。

9 月 22 日星期天下午，汤如海在家看书，电话传呼亭的老头在门外喊：100 弄 21 号电话。他拉开门回答：知道了。放下书，到大洋桥的电话传呼亭接电话。电话那头传来一个姑娘的声音："汤如海，今晚有空吗？"

他立即脱口而出："有空，金朋友，你好吗？"

"汤如海，我是张惠芬呀，"原来是张惠芬打来的电话，"晚上七点，老地方碰头。"说完挂断了电话。

他想张惠芬找他有什么事，是不是金爱娣出什么事了？他提前到了泰山电影院的武进路口，边看墙上的电影海报，边等张惠芬。不一会儿，有一个高个子姑娘朝他走来，真的是张惠芬，他感到很惊讶："张惠芬，真的是你呀，金朋友出什么事情啦？"

"金朋友没有出什么事情，"张惠芬回答，"是我约你出来谈一些话。"他俩沿着以前金爱娣散步的路线，边走边聊。汤如海谈了新的单位及工作的一些事，还讲了上夜校学英语的事。张惠芬也说了些她的工作情况。不知不觉到了四川北路上的红星音乐茶室，他买了两杯咖啡，两人坐下后继续聊天。今天张惠芬穿了一件印有小花的连衣裙，一头长发披在肩上，眼睛不大，脸有些微胖，有一种青春活力、活泼健康的神态。

"张惠芬，好久不见，比以前更漂亮了，"汤如海夸奖道。

张惠芬微微一笑，用手摸了一下眼前的头发说："哪里啊，都老了，"看了一眼汤如海俏皮地问："是比以前漂亮？"

"那当然，"汤如海肯定地回答。

张惠芬向汤如海说了为什么约他出来，是受金爱娣的委托，金爱娣决定与他分手之前，就向张惠芬倾诉了她的心里话，说汤如海是个非常独特的人，有文化、人品正，她真心喜欢汤如海，只是她的身体不能给汤如海带来幸福，不想连累汤如海。但是她希望汤如海能够得到幸福，所以她问我能不能替她照顾汤如海。这一问，把张惠芬吓得不轻，连忙摆手，"不行、不行，汤如海是你的，我不要"。金爱娣说，你我是好姐妹，你和我一样了解汤如海及他的母亲，平常我们在一起时，我都告诉你了，但不知道你父母是否喜欢汤如海，我想在与汤如海分手之前，让你父母看一下，观察一下汤如海这个人，你现在又没有男朋友，如果你父母对汤如海没有好感就算了。如果不反对，汤如海这个人除了对男女恋情缺乏激情之外，其他都不错。那天你从我家走后约一个月，金爱娣又到我家告诉我，她已经正式与汤如海分手了，不会再缠住汤如海了，并向我妈说了她的决定和建议。虽然我妈对金爱娣比较熟悉，说话也比较随便，就回爱娣说，这事不妥当，要看惠芬怎么想。

金爱娣走后，我妈就与我谈起你的事，我问，"妈，汤如海这个人，你认为怎么样？"我妈说，小汤，人品是可以的，有男人的责任感，人也聪明是个大学生，经济条件就不说了，只是人瘦小了点，"惠芬啊，看上去你比小汤高、比小汤大、不般配"。我本来生活好好的，有人为我介绍男朋友，我就去看、就去谈。但是，自从你来我家，听了金爱娣的委托建议后，我的生活乱了套，整天是你汤如海的影子，挥不去、赶不走。我不知道怎么形容我的感受，我都不能专心看别人为我介绍的对象，总是将你与介绍的男朋友比较。我想我不可能与汤如海在一起，但是我不知道自己该怎么做，实在是心烦意乱，自己不能左右憋得慌，近四个月了，一百天多了，我很难受，想当面与你谈谈我的困惑："汤如海，你说，我俩在一起有这个可能吗？"

汤如海望着张惠芬，苦笑一下："不可能。"

"为什么呢？"张惠芬问。

"因为我看到你就会想起金朋友。"

"我不会反对你想起金朋友，她是我的好姐妹。"

"我担心，"他喝了一口咖啡说，"如果我俩在一起，今后肯定会遇上金朋友，或单独碰上金朋友，真的担心，我会控制不住自己，做出一些不理智、不文明的事，那会伤到你。"

张惠芬用手梳理一下额前的头发，红着脸说："如果，如果我不在意你与金朋友之间的事，不过，我想就你的人品和智慧，你一定会处理好的。"她注视着汤如海，等待他的反应。

汤如海拿起杯子又放下，他能够体谅张惠芬受金爱娣的委托，他感谢张惠芬对金爱娣的那种姐妹情，他望着张惠芬真诚地说："张惠芬，我真的感谢你对我的关心，对金朋友的同情，你与金朋友是好姐妹，对金朋友的建议和委托，让你承受了本不该承受的烦恼。你对金朋友的建议和委托所承受的困惑让我感动，但是，我很难接受你为了金朋友的建议和委托而牺牲自己的追求来照顾我，张惠芬，这是我的心里话，真的很感谢你。"

"汤如海，听你这么说，我心里舒服多了，"张惠芬说，"为了爱娣委托，我确实放弃了一些追求者，从你与爱娣的交往中，尤其是当爱娣生病时，你表现出男人应有的责任感，我很欣赏这一点，这也是让我心神不定困惑的因素之一。有些男人，表面看上去英俊高大，但遇到实质问题，如结婚、住房时，这些平时英俊高大的男人就显得没有自己的主张，总是推这推那，几乎没有人会有你这样的观点和信心，'结婚是你我两人的事，只要对方人品好、行为正、懂礼貌、讲道理就行，家人和他人的意见仅作参考'。面对困难和压力，很多男人缺乏自信心，没有住房，可以离开父母到外面租房的独立思想和敢于承担一个男人的责任和勇气。这也是你吸引爱娣和我的原因之一。虽然我也不赞成你许多超前的独立思想，但有独立思想总比做奴隶思想好，敢于承担责任比遇事心慌、无主见、回避、推卸的好。"

"谢谢你的理解和夸奖，"汤如海打断她的话。

"嘿，汤如海，"张惠芬继续说道，"你知道吗，汤如海，我是鼓了多大勇气把你约出来？现在我们俩都讲出了心里话，压在我心上的石头卸下了，那些烦恼、不安、困惑，现在都解除了。心情舒畅，我们必须开始新的生活，把过去忘掉。"

夜晚，汤如海一个人在马路上，心情复杂、难受，就像五味子酱打翻在地，散发出不同的气味，焦虑、自责、懊悔搅拌在一起：张惠芬姑娘主动约你，她不嫌弃你个子矮小、经济条件差，她心胸宽广、大度，不在意你与金爱娣之间的事，张惠芬姑娘用一颗同情心来安慰你、照顾你，你为什么不感激她，居然不答应她的一番好意。你给她带来了近四个月、一百多天的烦恼、不安和困惑，怎么补偿？

汤如海想着、想着走进了一条街市，街道上没有路灯，但天上月光明亮，整个街面清晰可见。整个街道安静得出奇，除了他没有其他人，临街的门窗都关着，里面有光亮，心里不免有些紧张，听到风声或其他什么声音就感到害怕和恐惧。这时，他听到远处背后有脚步声，由远而近，他非常害怕，想回头又不敢回头，脚步声没了，他转过身来，前方有一位穿白色连衣裙的姑娘，手拿一件东西，看不清是木棍还是铁棍的东西，好熟悉的身影，那姑娘慢慢朝他走来。

"张惠芬，你怎么会在这里？"汤如海脱口而出。

张惠芬满脸怒气："我来问你，金朋友对你那么好，爱你那么深，你为什么要离开她、抛弃她？"

汤如海伸出手向张惠芬解释："我没有抛弃她，我没有嫌弃她生病，没有嫌弃她能不能生孩子，我向她表白：'对她是真心的，对她说，明天去民政局开结婚证。只要把病治好就行，中国十亿人口，不缺我们俩，我妈有三个儿子，也不缺我一个'。但是金朋友不听劝，我有什么办法？难道我把她绑架了，押在我家，强行做夫妻？这个我真的做不到，也不会做的，这不符合我汤如海做人的原则。"

张惠芬举起那件东西朝他逼近："我不管你什么表白和原则，你伤害了她。"

"我没有伤害她，"汤如海辩解道，"我从没有伤害过她，没有占过她任何便宜，分手时，是她主动吻我的，我没有做过对不起她的事，她还是完整清白的姑娘。你别过来，我不会退缩的。"

张惠芬越逼越近："汤如海，你不仅伤害了金朋友，还伤害了我，"举起手中的利器刺向他。汤如海顿时胸口一阵剧痛，左手捂住胸口，右手指着张惠芬："你，你怎么忍心刺我？"右手不停地摇晃，身子慢慢往下倒，他好像听到了咯吱咯吱的声音，原来是自己在床上晃动，是身下的床板摇动声惊醒了他。汤如海一身虚汗，心里阵阵酸痛，头昏脑涨，自责、悔恨……

汤如海的工作和生活节奏很快，白天上班、晚上到夜校学英文口语，同学们串门比以前少了，一些同学结婚了，一些同学准备结婚，连周国藩、李行根都准备结婚。只有章友根和汤如海一样没有女朋友。晚上，只要汤如海家的灯光还亮着，章友根就会进来坐坐，交流各自的工作情况，有时候也聊一些恋爱的事。

进入 11 月，上海的天气逐渐转凉。自从父母离开上海进山，汤如海的睡眠就不好，生怕有坏人闯入，整个夜晚总是在半醒半睡中，门外有一点声音，他就立即起床查看。工作后，看过许多的医院和医生，结论是：由于从小长时间的紧张、恐惧，患上了神经衰弱症。医生给出了各种安宁的药方，维生素 C、维生素 B、谷维素、六味地黄丸，最管用的是刺五加糖浆，临睡前喝上一小口，可安宁几小时。有时候药没有了，不吃药也上床睡觉了。

这天夜里，汤如海迷迷糊糊睡着了，好像听见有人敲门，仔细听，是有人敲门，马上开灯问："谁呀？"

"是我，汤如海，我是朱于张，"原来是同学红卫兵排长沙四。

沙四进门后，汤如海问："沙四，这么晚了有什么事吗？"他看了表，已经子夜一点半了。

"咳，"沙四叹了一口气说，"这日子没法过。"

汤如海泡了一杯茶递给沙四问："发生了什么事？有需要我帮忙的尽管说。"沙四结婚早，老婆是闸北十中十一班的女同学，两年前，儿子出生了，小夫妻俩的工资加起来一百元左右，父亲去年又去世了，母亲又有病，还要抚养儿子，经济上比较拮据。老婆老是为了钱与他争吵，昨晚在丈母娘家与老婆争吵，没有压住火气，踹了老婆一脚，正好被丈母娘撞见，马上追上来打他。沙四连滚带爬逃了出来。心里苦闷，没处诉说，在大洋桥上转了几个小时，想投河自尽，又舍不得年幼的儿子。走投无路来到汤如海家，想问问是否有解决他困境的办法，否则只能一死了结。

汤如海安慰沙四："现在的中国，除了被打倒的资本家、地主和有钱人家，政府归还当时被没收的财产外，我们工人、农民现在还是无产阶级，还是没有什么钱，但是贫穷不可怕，不偷不抢，过穷日子不难为情。只要家庭和睦，不与他人攀比，有什么过不去的坎？为什么遇到这么点困难就抛下老婆孩子不管寻短见？这不是一个男人应有的责任，这是懦夫行为！"汤如海回到房间，从大厨抽斗里拿出一沓十元钱，到外面对坐在沙发上的沙四说："这里有二三百块钱，先拿去救一下急。如果还不够的话，我的工资，扣下我的生活费，其余的给你。"

沙四很感激汤如海的慷慨和帮忙，激动地说："只有你肯帮助我。"

转眼 1986 年春节就要到了，综合科比平时忙碌多了，除了工作外，各业务科底下的出口加工单位送来好多农副产品，有鸡鸭、鱼肉、禽蛋、大米、水果等东西都送到综合科，由综合科按各科室的人员名单来分配。那么多的东西，汤如海一个人是吃不了的，除了拿一部分给姑母家外，自己留很少一部分，其他的都分送给邻居和同学家。

汤如海的工作已经进入正常状态，所有的托办单都不需要邵永烈师傅审核，能独立完成。一天，楼申藕阿姨问他："小汤，我看你工作很顺手了，平时也没有见你有什么电话，有没有女朋友？"

"目前没有，"他回答，"以前有过一个女朋友，分手了，"他将与金爱娣的事简单地叙述一下。

"蛮可惜的，"楼阿姨说，"不过，女人生这个毛病是个大问题，小汤，你这么懂道理，一定会找到好姑娘的。"

过了一个星期，楼阿姨对汤如海说："小汤，我帮你介绍对象。"

他笑着说："谢谢楼阿姨关心。"

楼阿姨让他靠近说："我帮你介绍的对象是我家一个亲戚的女儿，姑娘长得很漂亮。"

"楼阿姨，你那么美，你家亲戚的姑娘也一定是很漂亮的，"汤如海随和道。

楼阿姨说，她的这位亲戚，政府归还了以前炒家的部分财物，包括房子和值钱的东西。姑娘身高一米六五，模样漂亮，心很高，多少追求者都被她拒绝了，姑娘一心想找一个有文化、懂道理、合得来的小伙子。我将你的情况告诉她及她的家人，我也说了，我们办公室的小汤，除了个子不高，一米七，其他人品、做事都可以。姑娘说了，通过交流，人品、家教可以的话，如果合得来，一米七可以认可。姑娘父母也说，只要小伙子人品好、家教好，经济条件差一点没有关系，没有房子也不要紧，可以住到政府退还他们家的一间朝南的房子，只要女儿愿意，父母不反对。"小汤，你看如何，什么时候见见面？"楼阿姨问。

"楼阿姨，听你这么说，真是很开心，"汤如海回答，"不过，我总感觉与这位美女差距比较大，让我好好想想，明天告诉你，是否能攀上这位漂亮的姑娘。"

晚上，汤如海在大洋桥上思索，望着远去的一列列火车，回想起白天办公室楼阿姨说的话，他走下大洋桥，沿着交通路铁道线朝西，边走边思考，楼阿姨介绍的对象，太诱惑人了，是否要见一见这位犹如童话中的白雪公主的尊容？他不断问自己：你有什么能力、魅力？住在贫民区，家中连自来水龙头都没有，用水得到给水站打水；没有卫生间，虽然他从来不用马桶，要上厕所得跑到大洋桥煤球店旁边的公共厕所去解决，但是，一个家庭，如果没有卫生间，没有马桶是不行的；怎么能让资产阶级的大小姐去倒马桶？他，汤如海总不能让这位资产阶级的美女大小姐吃两遍苦，让她每天提水、倒马桶？即使姑娘愿意，她的父母会同意吗？自己的父母会怎么想？自己的母亲也老了，母亲要回上海是她的心愿，这就是当初把他留在上海的原因。虽然母亲读过几年私塾，识字不多，讲道理、识大体，这仅比不识字的好一点，与资产阶级有钱人家相比，差距还是很大的，尤其在文化教育、家庭观念上。如果，未来产生矛盾和冲突，摆资产阶级威风、耍大小姐脾气怎么办？有钱人与穷人的生活观念是不一样的，能调和当然好，不能调和咋办？

　　自从十八年前，父母离开上海进山，将他留在上海，虽然生活艰辛，自己学会了做鞋、做衣服，追求独立、向往自由，但是，如果没有父母的资助和关心是撑不到今天的。随着自己年龄的增长，独立生活的能力也在增加，可是，父母却渐渐衰老，生活能力下降，需要帮助。晋朝李密在《陈情表》中所叙"乌鸟私情、愿乞终养"，推辞了扶持太子的高位、高薪。现在与一千年前的情况大不相同，但未来谁能预测？如果自己没有能力给对方带来她所希望的生活方式，说的花巧一点，没有能力带给她幸福，就不要硬攀。汤如海没有能力给这位美女带来幸福，也许，其他人有这个能力，追求过好日子本身没有错。

　　第二天午休时，汤如海将自己的想法和顾虑告诉了楼申藕阿姨，并说还是不见面的好，免得出现尴尬场面。楼阿姨看着他说："小汤，你蛮憨的，自古以来，追求美女是男人的秉性。"楼阿姨摇摇头，"既然这样，就算了，你真是又憨又傻。"

　　"楼师傅，你说谁又憨又傻？"吴君听了楼阿姨的话问，并走了过来，汤如海回到了自己的办公桌。

　　楼阿姨与吴君姑娘聊了起来，吴君的表情，时而惊讶，时而疑惑不解，突然说："楼师傅，汤如海这个人是真傻，书读多了，不懂得生活。"汤如海窘得无地自容，推门离开了办公室。

打那以后，吴君姑娘会找些事由，坐在汤如海的办公桌旁，聊些无关紧要的事。公司三楼样宣科、商标组的沈蓉瑛是吴君的好朋友，她比吴君大两岁，个子不高、偏瘦、说话声音很轻。沈蓉瑛经常到业务科核对商标使用情况，有时顺便来看吴君，两人在一起，吴君总是有说有笑，好开心。时间长了，大家都熟悉了，汤如海也会和沈蓉瑛聊上几句。

一天，汤如海在回办公室的走廊里遇上沈蓉瑛，互相寒暄几句。沈蓉瑛关心地问他有没有女朋友，汤如海回答，暂时没有。

"什么暂时没有，那是有女朋友啦，"沈蓉瑛笑着说。汤如海说，以前有过一个女朋友，因为身体的原因分手了。

沈蓉瑛看着他问："你跟吴君在一个办公室，吴君人怎么样？"

"噢，吴君啊，"他回答，"活泼、开朗，平常从她跟沈梁华、梁兄的争吵、开玩笑中，可以看出，吴君是比较傲慢、自信的姑娘。"

沈蓉瑛问："你知道吴君有男朋友吗？"

"她有没有男朋友，你最清楚，我怎么会知道呢？"汤如海回答。

"我当然知道，"沈蓉瑛说，"吴君对你印象不错，如果她没有男朋友，你会考虑吗？"

"不、不，"他马上摆摆手，"虽然我不太了解吴君，但直觉告诉我，有差距，很大的差距。"

"有差距追呀，追上了就没有差距了。"沈蓉瑛见汤如海胆怯的样子嘲笑道。"看把你吓得，汤如海，你是男人，拿出男人的勇气来。"汤如海没有接她的话，回到自己的办公室。

吴君是从工艺品技校毕业的，因为性格开朗，与一些男同学保持联系，部分同学毕业后分到了工艺品进出口公司工作，有一个叫徐连红的男同学，身高一米七六，蛮帅的，住在靠近中山北路的沪太路上的沪太新村，有时到抽纱公司看望以前的男同学、聊天，也会顺便来看望吴君。

那天下午，汤如海干完活，正在看《Modern America English》，吴君走过来说："嘿，汤如海，下个星期六晚上，我们同学有个聚会，就在沪太路上的沪太新村，你也来参加。"

"我不去，"他回答，"你们同学聚会，我去凑什么热闹？"

"哎呀，我的同学来我们办公室好几次了，你也认识的，就是那个叫徐连红的同学。"吴君解释道。

汤如海问："就是那个高个子，长得蛮帅的那个？"

"是啊，他邀我们到他家玩，"吴君说道，"你一个人在家，又没有什么事，晚上出来走走，大家认识一下，交个朋友，有什么好怕的？"

"不是害怕，只是不妥，"他回答，"虽说是9月份，天气还是比较热，不是给人家添麻烦吗？"

"汤如海，你这人怎么这么拎不清，"梁兄发话了，"让你去你就去，是帮你介绍女朋友，懂不懂？"梁兄的一席话，把他愣住了，过了几秒钟才清醒说："让我想一想，好的。"

吴君走后，楼阿姨走过来说，小汤，最近一段时间，吴君对你很迁就，我观察到一个很奇怪的现象，吴君老是跟梁兄互掐、互嘲、互不相让。但小汤，你有时候对她说话重了点，她没有与你争执，忍着，让着你，这是为什么？现在她邀请你参加同学聚会，有两种可能，一是正向梁兄所说，帮你介绍女朋友；二是她看上你了，没把握，在她的同学面前试试你的能力。小汤，你交上桃花运了。

"不是这样的，"汤如海解释道，"楼阿姨，你是知道的，我和吴君乘车方向相同，有时单位发放什么重的东西，我会帮她提一下，送到她家的弄堂口，我是男的，又是一个科室的同事，举手之劳，没有别的用意。"

楼阿姨一边笑一边摆手："不用解释、不用解释，把握好机会。"

星期六晚上，汤如海按吴君给的地址，穿过中山北路到沪太路上的沪太新村，走上四楼敲门。开门的正是来过办公室找吴君聊天的帅小伙徐连红，房间里还有三个同学，那两个男同学他也认识，另外一个就是吴君。这是南北各一房，卫生间在中间，厨房在走廊上的房子，这房子是徐连红父亲单位分的。汤如海的到来没有影响到他们的争论、笑声，尤其是吴君的声音又尖又响。他们围绕出国留学的事在争论，说班上有同学去了美国、去了澳大利亚，还有的想去日本，问汤如海出国留学好不好？

汤如海认为，能出国留学当然好，但是出国留学也有一定的难度，首先，要有人担保，最好是在国外的亲戚担保，这样可信度高，到了国外，人生地疏有个落脚点，有安全感，尤其是女同学；其次，想出国留学的本人要做好独立生活的准备，现在上海大多数年轻人的生活都依赖父母，想出国就要学会自己做饭、洗衣服、学会承受被人指责、歧视、不理解等心理压力；还要学会独立成长，想办法打工，自己养活自己。如果想出国留学，没有足够的心理承受力，我认为暂时不要出国，如果做好了准备，可以试一下，走出去看看外面世界不是坏事。

徐连红有亲戚在日本，他想出去见见世面，而父母担心他的独立能力，怕他适应不了国外的生活和学习环境。争论中感觉有些热，徐连红拿出西瓜，边吃边争论，大家玩得很晚才散去。

国庆节期间，科里又发了些水果和农副产品，对一些较重的物品，汤如海还是会帮吴君一下，把东西送到她家的弄堂口。吴君几次提议让他到她家歇一会，汤如海总是以与同学已经约好、有事婉拒。

一天下午，办公室里的核价师梁兄、负责原料的老秦和吴君有事外出，邵永烈和阿桂到楼上经理办公室开会，办公室里只剩下汤如海和楼申藕阿姨。楼阿姨向汤如海招手："小汤，你过来，问你一些事。"

他走到楼阿姨旁说："楼阿姨，什么事？"

楼阿姨看着他说："现在办公室没有其他人，我问你，你跟吴君的关系怎么样了，进展到什么程度？"

他双手一摊说："没有什么关系，也没有什么程度。"

"不要骗我了，"楼阿姨拿一把椅子让他坐下，"跟阿姨好好说说，吴君已将一些情况告诉我了，上个月，你到她的同学家玩，他们对你的印象不错。"

他将椅子调整一下，坐下来说："楼阿姨，那仅仅是年轻人的一次聚会，随便、胡乱说了些什么，我也记不得了。"

楼阿姨问："小汤，你也不笨，那次聚会，除了吴君，没有其他姑娘，说明什么呢？"

"说明什么呢？"他不解地反问。

"说明吴君看上你了，傻瓜，"楼阿姨用手指着他，"吴君是个姑娘，不好意思直接表白，是想让你自己体会，让你主动，你怎么这么木讷？"

他用手抓抓头，想了想说："楼阿姨，吴君的想法和一些举动确实让我有些惊奇，我也明白其中的一些用意，只是，我不敢往前走。"

"为啥？"楼阿姨说，"如果需要阿姨帮忙，我一定为你小汤出力。"

　他站起来走到自己的办公桌，喝一口茶回到楼阿姨身旁说："我总觉得，我和吴君不适合，她对新鲜事物有好奇心，她的生活环境和个性与我有很大的不同，她任性、开朗、追求自由，但是她所追求的自由、幸福是建立在经济条件上的，而我做不到这些。自从我有了工作和工资，我就下了决心不再需要父母在钞票上的支持，不让父母为钱而担心和烦恼。那么多年来，除了工资和一间破屋，没有其他值钱的东西。我想，父母在山里的生活比我在上海的生活艰难得多，虽然父母说会尽力帮我，但是，楼阿姨，我是不会让父母为我操心的。"

　"小汤，婚姻是大事，没有钱是很难办的，尤其是女方，总想嫁个好人家。"楼阿姨说，"你的情况很特殊，从小离开父母，缺少关爱，总想自强，对一些条件好，长得漂亮的姑娘有恐惧感。不过，上次我那亲戚的姑娘还是赞同你的一些想法，认可你的独立思维，但对你不敢追求漂亮姑娘不可理解，她说'漂亮姑娘也有为爱情做出牺牲的'。"

　他难为情地向楼阿姨请教："楼阿姨，你看我该如何应对眼下的局面？"

　"小汤，如果你认为喜欢的，不要错过，勇敢地追。"楼阿姨回答。

　有几次吴君与汤如海谈起兴趣爱好，他知道吴君书法写得好，还上过电视台，对她说，你的字写得真好，我的字很差劲，就像螃蟹横爬似的，多少次发恒心练字，可是坚持不了很久，写的字没有一点提高。吴君问他有什么业余爱好。他说，我喜欢摄影拍照，自己印照片、放照片。

　"拍照，我也喜欢，"吴君兴奋地说，"我拍过好多照片，你给我看看，鉴别一下，哪些照片值得留念。"

"好呀，你把照片带来一起探讨，"他说道。

吴君板着面："带到办公室让别人看？我才不愿意呢。"

"那你将照片放在包里，在下班的车上一起探讨，"他建议道。

"什么呀，我那么多照片在汽车上，一颠一颠的怎么探讨？再说，车上那么多人，不觉得难为情啊？"吴君反问。

他看着吴君有些语无伦次了：那怎么……

"这样吧，"吴君说，"哪一天我家没人，到我家，让你好好欣赏和点评，哪些是好的？"

"到你家？"他吃了一惊，脸上觉得有点热，不敢正面看她，嘴里嘀咕："这个，这个不太……"

"哼，"吴君提高了嗓音，"你是个男人，怕什么？我是一个姑娘，吃掉你啦。"这一声，惊动了科室里的其他人，眼光一下子聚集到汤如海的脸上，弄得他非常尴尬，吴君生气地离开了办公室。

第二天午休，楼阿姨问汤如海，昨天吴君跟你吵什么？汤如海把吴君邀他到她家看照片的事告诉了楼阿姨，还不解地问，我什么地方惹她生气了？

"小汤，你怎么这样憨，"楼阿姨骂他，"不要说姑娘生气了，阿姨也要生气了，人家姑娘一片热情，你不领情，当然要生气，你这个傻瓜、憨徒。"

他向楼阿姨解释："我孤身一人到姑娘家，不太好吧。"

见汤如海思路混乱，楼阿姨开导他："有什么不好的？都三十岁的男人了，脑子开开窍。"

汤如海又与吴君谈到了照片，吴君说她有几张很私密的照片一直藏着，没让人看过，想让他点评一下。他说好的，只是这个星期天已与同学约好，下个星期天要到姑母家，他想用时间来搪塞。没想到吴君很爽快地回答，好的，等你什么时候有空了，到时候再定。

11月的上海，秋高气爽，吴君约好汤如海，星期天下午两点到她家看照片。为了显示庄重，这天，汤如海穿上西装、戴好领带，还带上一个小手提包，从家里出发过中山北路到宜川四村吴君的家。她家住在底楼，汤如海敲门。吴君开门引他进入，先参观她的家，这是一套三室一厅的房子，父母住大间，她弟弟的房间空着，弟弟当兵不在家。厨房、卫生间都铺着地砖，显得干净、明亮。房子中间是客厅，约有十五平方米，有一个三人沙发和一个长方形的茶几，客厅连着外面的花坛，有一些花草盆景。吴君的房间不大约有十平方米，朝西靠墙有一张小床，小床对面放着一张写字台，上面有一个可弯曲的台灯，一些书和放着各种规格的毛笔筒。写字台旁边放着落地书架，朝南有一扇窗。地面和客厅一样铺着木质地板，整个房间显得整齐、干净。

看到吴君的房间收拾得整整齐齐，他赞叹道："很漂亮、很干净，都是你干的？"

吴君笑着说："我哪有这么细心，都是我妈收拾的。"吴君让他坐在沙发上，将两杯泡好的茶放在茶几上，自己走进房间，不一会儿拿出一沓照片。

汤如海坐在沙发上，一边喝茶，一边看吴君递过来的照片，嘴里不停地说，不错、很漂亮、取景也好，有姑娘的天真，也有女孩子淘气相。

吴君紧挨着他，一边递送照片，一边不满地说："汤如海，你敷衍我，怎么没听你说不好的地方？"

"这些照片真的很好，"他赞美道，"这些照片记录了你不同

161

时期的长相和生活，记录了你的成长过程。"

"汤如海，你真会说话，"吴君站起来在他的耳边说："还有两张，我去拿来。"说完走进她的房间，很快吴君捧着一个照片夹子，坐在他身旁，打开夹子，里面有一张姑娘穿着短裤和背心，躲在纱帐后面露出笑容的照片，他看了很久，故意问："谁呀，这么妩媚？"

"憨徒，是我呀，"她用手指自己，然后问："好看吗？"

"好看，不仅漂亮，还显示出一个少女的天真。"他赞美道。

吴君满意地笑了，她从夹子取出另一张照片，一个姑娘穿着低胸睡衣，做出侧身卧睡的姿势。他看着照片，不敢出声，脸有些发烫。见汤如海没有声音，吴君问："这张怎么样？"

"很好。"

"好在什么地方？"

"姑娘不仅妩媚，还有对未来有憧憬。"

"这两张照片就你看过，没有别人看过。"吴君将照片收起、放回自己的房间。他连喝几口茶，让发烫的脸和急跳的心冷静下来。他转变话题，与吴君聊她的弟弟的情况，在什么地方服役，什么时候回到上海。正聊着，他听到门外咯吱一声，好像有人进来了。一个中年妇女走进来，吴君跳起来喊："妈，你这么早就回来了？"

汤如海跟着站起来，太突然了，吴君不是说今天下午父母不在家吗，一点准备也没有，只好机械地说："伯母，你好。"

吴君马上过来解围："妈，这是单位同事小汤，汤如海。"

吴君的母亲显得很大方，向汤如海点点头说："你们坐、你们谈，"说完走进自己的房间。

他对吴君说："你妈进来，我一点准备都没有，如果知道你妈在家，我得买一些水果什么的，这多难为情呀。"他向吴君说要回家。

"什么难为情不难为情，你这个人好奇怪，"吴君生气地说，"噢，我妈一回来，你就要走，好像我们做过什么？"

汤如海想，吴君这话说得对，他跟吴君只是对照片进行了探讨，没做其他什么事，用不着慌张。不一会儿，就听吴君妈在厨房里喊："吴君，进来端碗。"

吴君跑进厨房，端出一碗酒酿水煮荷包蛋。原来就在他和吴君谈话之际，吴君母亲到厨房做好了点心。他知道这种点心在自己的家乡常州意味着什么，在乡下，民间有一种习俗，就是姑娘的母亲，如果同意女儿与小伙子恋爱，小伙子初次上门，如果姑娘的母亲见了小伙子后没有意见，就会做酒酿水煮荷包蛋给小伙子吃，表示女方父母同意这门婚事。如果小伙子吃了这酒酿水煮荷包蛋，也就表明认了这桩婚事。这让他很为难，马上对吴君母亲说："伯母，我不吃这个。"

见汤如海这么说，吴君非常生气："汤如海，你这是什么意思？我妈做的点心不好吃？亏了你？"

"不是，不是，"他想解释，吴君母亲端上一碗给吴君说："你们慢慢吃，说完走进自己的房间。"

他看着吴君母亲进入自己的房间，对正在生气的吴君说："不是说你妈做得不好，真的很感激你妈，一回家还为我们做点心。只是我有个不好的习惯，吃了水煮荷包蛋就会反胃，严重的会呕吐，真的，不骗你，我宁可多喝一碗酒酿汤。"

吴君绷着脸说："汤如海，你这个人一点没劲，让人扫兴，"将他碗里的荷包蛋用调羹弄出来放入另一个碗里，很生气地说："为什么这样？你真的没劲！"

汤如海非常窘迫和尴尬地喝完碗中的酒酿汤，没坐多久就告别了吴君和她的母亲。在回家的路上，吴君母亲的身影时不时在他的脑中出现，由于吴君母亲突然出现，他没有一点思想准备，一时紧张，没敢仔细看她，只觉得个子一般，说话不多，语气和蔼，像个知识女性。

夜晚，汤如海独自一个人站在大洋桥上，望着脚下的河流、远去的列车和周围的破旧房屋。大洋桥东面桥下就是地理港路，朝北就能看到100弄，再向前就是21号，那是他的家。吴君虽不是资产阶级家的大小姐，也得算是知识分子家的大小姐。想想自己的家，父母都是无产阶级，父亲新中国成立前上过中华职业夜校，母亲上过几年私塾，父母文化层次不高。自己虽然上了大学，工作刚刚起步，很难想象凭自己的能力能够改变目前的生活环境。

吴君有一个当兵的弟弟，过一两年就要回上海，他不敢想象，让一个上过电视台介绍书法的姑娘，放弃自己的爱好，到大洋桥地理港路去倒马桶、拎水洗衣服。在去吴君家之前，他曾有过幻想：如果她家条件不好，住房拥挤狭小，父母不是干部，也是无产阶级工人，还算门当户对。现实是三房一厅，父母都是干部、知识分子，谁家父母愿意让上过电视台，有文化有前途的女儿嫁到倒马桶、拎水煮饭、洗衣的棚户区？他不敢想下去，这样不仅会伤了吴君的自尊，还会毁了她对书法追求的前途。

第二天上班，汤如海、吴君都装作若无其事和平常一样工作，午休时，楼阿姨很开心地走到汤如海办公桌旁说："小汤，昨天的酒酿荷包蛋味道如何？"

他吃了一惊："啊，楼阿姨你知道了。"然后低声说，"轻点、轻点。"让楼阿姨坐下，将昨天到吴君家的事，告诉了楼阿姨。"

楼阿姨笑嘻嘻地说："好哇，吴君她妈认可你啦，给你吃酒酿水煮荷包蛋，一是同意你与她女儿的恋爱，二是鼓励你主动点。"

"阿姨，我从未想过与吴君谈恋爱，"他急忙解释，"是吴君主动邀请，本来是有这么点幻想，但昨天去她家后，我一点幻想也没有了，这事不能继续下去了！"

楼阿姨马上板起脸严肃地说："小汤，你这样可不好，人家吴君是认真的，特地没有让你知道她妈回来看你、考察你是否与吴君所说的一致？噢，现在丈母娘同意了，你却变卦了。小汤，你这可不行，不能做这样损人的事。"

"楼阿姨，你听我慢慢跟你解释，我的想法和困惑。"他将自己昨晚在大洋桥上的思想纠结和困惑告诉楼阿姨，他不是不想贪图荣华富贵，如果自己没有能力维护，即使有了荣华富贵，也不会有好结果。楼阿姨，他把楼阿姨当自己的母亲问：楼阿姨，说句良心话，如果你有这么好的女儿，会忍心让她到贫民窟去倒马桶、拎水洗衣服吗？去吃苦受累吗？

楼阿姨想了想回答："如果女儿爱上了小伙子，两人真心相爱，我不会反对。但让女儿放弃自己的事业和已经习惯了的生活环境去倒马桶、提水煮饭、洗衣，作为母亲，我的心会痛。"

"所以嘛，"他接着说，"我没有爱她的动力，更没有伤害她的企图。"

楼阿姨问："那你怎么跟吴君说？吴君怎么跟她妈解释？"

"这就是困扰我的难题，楼阿姨，你要帮帮我的忙，"他恳求道，"帮我开导吴君，把我的真实想法告诉她，我会找一个恰当的场合，让她找回自尊，不能拖，越快越好。到时候，楼阿姨你可要帮帮我，一定要帮助我，不然，我在这个办公室是待不下去了。"

楼阿姨摇摇头、叹息道："小汤，不能说你人品不好，但是你确实存在对漂亮、条件好的姑娘有恐惧症，不敢追求美好的生活，少了一点男人的贪心和自私。"最后楼阿姨还骂了他一句："憨徒，真没劲。"

隔了一天，上班不久，吴君与梁兄不知为什么又争执起来，梁兄说："吴君，你老是摆臭架子，不讲道理。"

"本小姐对你这种人就是要摆臭架子，"吴君回击道。

"你自傲自大，男人见了你都怕，"梁兄挖苦道。

"你整天低三下四讨好女人，也没见有女人喜欢上你。"

"你这种态度，谁敢追你？就说我们的小汤，汤如海，"大家的眼光转向汤如海，梁兄笑着问："嗨，汤如海，你敢追求吴君吗？"

汤如海觉得机会来了，立即接上说："梁兄啊，吴君这么好的姑娘，我当然要追，一直在追，就是没追上，"吴君的眼睛直盯着他，大家等汤如海下面的词，他煞有介事地想了想，继续说，"我分析一下原因，主要是配不上，我住在大洋桥地理港路的贫民窟，家里没有灶间、没有卫生间，每天要到给水站提水、倒马桶。我是有自知之明的，追吴君是追不上了，吴君你说是吗？"

吴君先是很生气，用眼睛瞪着他，然后缓口气说："亏你还有自知之明。"

科里同事都等着汤如海的回音，这时楼申藕师傅说话了："梁兄啊，你跟吴君争吵，拖出人家小汤干嘛，吴君比你好，追的人多了。不像你脸无四两肉，先吃胖再追姑娘吧。"楼阿姨的话，引起一阵笑声。

下午，汤如海向邵永烈请假，离开办公室，他要暂时逃离这个地方，留出空间，让楼阿姨开导吴君并转达他的真心想法。

下班了，汤如海整理好了自己的办公桌，就出公司大门了，当他走到曲阜路时碰上了样宣科、商标组的沈蓉瑛，她笑嘻嘻地对汤如海说："哎，小汤，什么时候吃你们喜糖啊？"

汤如海装作吃惊的样子问："谁要结婚了？谁给你喜糖？"

"别装傻了，吴君都告诉我了，"看着他愣着，沈蓉瑛继续说，"你去她家了，丈母娘也见到了，丈母娘还为你煮了酒酿荷包蛋，还装什么呀。"

"沈蓉瑛，是这样的，"他连忙解释道，"当时吴君让我到她家看照片，说父母外出不在家，才去的。"

"不要解释了，"沈蓉瑛说，"人家姑娘让你看她的私密照片是什么意思？你不明白？难道你是憨徒吗？"说完，扮个鬼脸笑嘻嘻地走了。

过了两个星期，吴君回到了正常状态，也许是楼阿姨的解释和劝说起了作用，主动与汤如海打招呼，互相说些工作上的事情。汤如海不敢与吴君多交流，怕引起她的不快。

1987年春节，汤如海没有进山看望父母，其间邀请同学到家里聚餐，还是老规矩，虞协成、李行根、俞美丽、华瑷瑛拣菜、洗菜，周国藩炒菜，章友根收拾、洗碗。现在同学们很难聚在一起，因为大多数同学都结婚了，有的同学已经抽不出时间来参加聚会了，不过可喜的是俞美丽的老公也参加了宴会。俞美丽的老公小李在普陀区江宁路桥下的上海无线电厂工作，中等个子、皮肤黑、大眼睛、高鼻梁，样子蛮帅的，由于没有结婚住房，单位分配给一间鸳鸯房给他们。所谓鸳鸯房就是类似于集体宿舍，总算有个安身的窝。宴会上大家有说有笑，感叹时间过得真快，一晃都成家立业了，留下汤如海、虞协成、章友根还没有女朋友，同学们劝他们不要再挑挑拣拣浪费时间啦，希望他们加把劲，早点找对象、早点结婚，毕竟年龄过三十了。

汤如海的工作和以前一样，办公室里气氛很活跃，不过，当吴君与梁兄互招时，他不会主动掺和，只有当梁兄拖他下水时，被迫说几句不得罪双方的话。

那天他将打好的单据送到四楼单证科，在候电梯时，从电梯里出来一个较胖的女人，手里拿着一卷文件，见汤如海在等候电梯就大声责问："汤如海，你怎么搞的？这么不争气，调你去业务科做货源管理工作，老是把商品的数量、规格搞错，让你做外销工作，发给外商的电传函电，客户看不懂、不理解，业务科的领导对你意见很大、很不满意，你这个大学是怎么读的？"

汤如海被这突如其来的骂声给蒙住了，原来是组织科副科长徐娥娟在骂他，他连忙上前解释："徐科长，我一直在综合科打托办单，没有离开过，没有去过什么业务科做货源和外销工作，谁在诬陷我？这到底是怎么回事？徐科长。"

徐娥娟可能意识到了什么，口气缓和地摆摆手说："汤如海，反正你工作不努力、不争气。"说完就快步离开了。

徐娥娟的这一无厘头的骂，汤如海真的晕了。自己在综合科工作快两年了，他听从领导的安排到综合科锻炼，打印整个部里的托办单，还做些其他工作，从不抱怨，还以为是领导在考验他，他天真地认为，只要认真工作，不出差错，领导会看在眼里、记在心上。比起其他新来的大学生，他在综合科锻炼两年了，还没有调到业务科做业务工作，其他新来的大学生，少则三个月，多则半年就抽调到业务科。他听从组织安排到综合科锻炼，安心工作、不提要求，没想到两年了，组织科领导竟然听从误传，把从未离开过综合科工作的他给搞错了，他越想越冤，精神被击垮了。

他把单子送到四楼单证科，回到办公室，将邵永烈拉出办公室，把组织科徐娥娟的无端指责告诉他，并问这到底是怎么回事？邵永烈说，好像有这么回事，跟他一起进公司的女大学生，叫刘欣红，在基层锻炼没多久就被调到手编科工作，跟一位女师傅做货源工作，这位女师傅，处处要强，刘欣红显然跟不上她的节奏，工作中难免出点差错。这位女师傅就不断向领导抱怨，正好这时外销岗位缺人，领导就调小刘做外销工作。做外销工作，科领导自然认为外贸英文系毕业的她不会有难度，小刘性格内向，在工作中遇到问题，也没有人认真、耐心指教，出点差错难免。由于有前面做货源工作的不利影响，科领导向组织科反映，要求调换她的工作。最近，小刘被调换到后勤部门工作，很可惜，小姑娘年纪轻轻就去了后勤部门，大学算是白读了。但是，小汤，你一直跟我在综合科工作没有离开过，一定是组织科把你与小刘姑娘搞错了。

听了邵永烈的叙说，他还是不明白，组织科领导怎么可能将他这个男人与小刘这个女人搞错？这种事情怎么会发生在自己身上？如果领导将给小刘姑娘的机会给他的话，他一定会努力工作、虚心请教，是不会让领导失望的，命运怎么这么对他不公？两年来，他所做的一切、耐心等待，不就是为了让领导看见他对工作的态度，工作的质量和效率，他想用这一切来证明自己的工作能力。两年来，组织科领导怎么会不知道他一直在综合科工作，没有离开过？这一错就是两年。他想不通，这种事怎么会发生在他的身上？他感到憋闷、失落、困惑。

第二天一上班，汤如海就到三楼组织科，正好吴进贤科长、徐娥娟副科长都在，他将昨天在电梯口遇到徐娥娟，被徐娥娟责骂的事向组织科领导反映自己被冤枉，被误传导致组织科领导被误导，他要向组织科领导说明，自己一直听从领导的安排在综合科锻炼，他不解地问，两年了，自己没有向组织科领导提过任何要求，接受组织上的考验。自己的工作一直没变，一直努力工作，几乎没有差错，昨天徐科长的责骂使他大为吃惊，他的工作能力，你们领导可以下去问任何一位同事，他说话有些激动。

吴科长安慰他说："小汤，你的工作情况组织上是知道的、了解的，两年了，锻炼的时间是长了点，组织科已经考虑到了你的情况，如业务科需要人手，组织科会立刻安排你去业务科工作。小汤，你要相信组织，继续努力，把自己的工作做好。"

听吴科长这么说，汤如海心情极其复杂、难受、委屈，离开了组织科办公室。

汤如海像平常一样工作，但在办公室的时间少了，干完手头上的活，就离开办公室到外面散步，缓解心中焦虑不安的情绪。有时同事们跟他打招呼，他都没有反应。一天他拿着单据要上楼，听到有人喊他："嗨，小汤，上哪儿去？"

原来是样宣科、商标组的沈蓉瑛在叫他，他停下来问："沈蓉瑛，好长时间没见你来我们办公室，工作这么忙？"

"工作一点也不忙，只是你小汤太忙，"沈蓉瑛话里有话，靠近他说："怎么，跟吴君到底发生了什么？她很不理解你为什么要这样对待她？"

他讲了去吴君家见到的事及自己的想法，吴君心很高，他不愿意看到她吃苦受累。沈蓉瑛又说，姑娘让你看她的私密照，是什么意思你真的不明白？如果她不在乎吃苦受累，你愿意吗？

他摇摇头说；"我不愿意她为了我而改变她的生活方式。"

沈蓉瑛试探地问："如果，她不在意你的生活环境，或有其他办法让你离开你那个生活环境，你愿意跟她在一起吗？"

他苦笑一下："离开那个生活环境？我母亲已经退休了，过两年，我父亲也要退休，他们退休是要回到上海的，十九年前，就是为了当他们老了能够回到上海这个家，才将我留在上海。如果我离开了，他们怎么回到上海？回到上海如何生活？沈蓉瑛，我真想离开那个地方，可是我做不到。"

沈蓉瑛也苦笑地说："汤如海，你真傻，当今社会上的男人，想尽一切方法，好的坏的都是追求漂亮和条件好的姑娘来改变自己的生活环境和品质，而你却将这么好、送上门来的姑娘不敢要，推掉。你脑子一定有问题，你是一个正常的男人吗？"说完，沈蓉瑛用手指了指他的脑袋，转身走了。

五月份，上海的天气转暖，爱美的姑娘开始换夏季服装了，有的都穿裙子上班了。下午，汤如海做完手头工作，拿出《Modern America English》书看，这时，吴君拿着一张纸和笔走过来说："汤如海，你帮我写个字。"

他以为是工作上的事，就接过来，一看，傻眼了，一张白纸，他望着吴君疑惑地问："写什么？"

吴君拿过一把椅子坐下说："我想改名，改什么字好？"

"这个你要自己拿主意，"他回答，并不解地问："为什么要改名字？"

她用手在纸上使劲地画了几下："我要忘掉过去，把过去的爱和恨都忘掉。"

"这个，这个，有点难。"他口齿不清地嘀咕，很不是滋味。

她继续说："有时候，我在想，怎么才能把过去忘掉，那些爱和恨纠结在一起，真让人烦恼，真想一巴掌打过去，把这爱和恨全打掉。"

他附和着说："对，对，把过去不愉快的事，一巴掌全打掉。"

"我想改名，还是单名，你说改成什么字？"她问道。

他将纸往她的方向推："你是练字写书法的，认识的字比我多，什么字最适合，你最清楚。"

"不行，今天你一定要为我出一个字，"她逼迫道，"不许敷衍。"

他不敢正面看她，拿起笔在自己的头上磨，自言自语："这不是为难我吗，考考我的文字功底？既然这样，让我想想。"他在纸上胡乱写了好多字，每写一个，她看一个，后来连续写了几个相同的"漩"字问："这个字怎么样？"

她看了漩字，想了很久问："这'漩'字有什么含义？"

他指着"漩"字解释道："这'漩'字有水的含义，说明在未来的人生路上经得起风浪，这'漩'字又有旋转的含义，如果未来遇上风险、困难可以旋转避开。"

她也在纸上连写几个"漩"字说："有创意又含蓄，音也好听，值得考虑。"

不久，汤如海被调到业务科，在绒绣科，一边继续打单子，一边学习业务。绒绣科在综合科的隔壁，223房间，科里的同事他都认识，只是平时交流少。绒绣科是个业务量不大的小业务科，主要从事绒绣制品的出口，业务主要在中国香港、东南亚、中东、和欧洲。他还是坐在靠门第一个位子，在他前面的是一位身高超过一米八、英俊的男同事，叫张锦仪，比他大两岁，以前当过兵，聪明能干，在绒绣科做货源工作；张锦仪前面的是一位年过五十、中等个子、斯文和蔼的女师傅叫王璇萍，王璇萍师傅做内部统计、管理工作；靠窗的女师傅叫方月琴，个子比王璇萍师傅高，白皮肤，走路像日本女人迈不开步子，工艺美术学校毕业，和张锦仪一样做货源工作；右手对面女师傅叫候贵娥，大学中文系毕业，人胖显得不高，负责香港转口贸易的外销员；候师傅前面是位男师傅叫张维山，中等个子、四十出头，在部队学的英文，转业到公司任秘书科科长，因业务需要到绒绣科来开拓美国和加拿大市场；中间一个位置空着；空位子前面是一位年近六十、高度近视的老先生叫唐永懋，个子又瘦又小，一口湖北话，负责欧洲市场的外销员；最后靠窗的一位女师傅叫黄善娣，个子和方月琴差不多，比方月琴胖，海关学校毕业，负责中东阿拉伯市场。方月琴、候贵娥、黄善娣的年龄差不多，四十出头，她们三个人是冤家对头，既是好姐妹，又互相抬杠，科里的气氛比隔壁综合科还热闹。

中间空着的位子是留给新来的科长，绒绣科科长暂时有两年前到组织科领汤如海的那位白白胖胖的手绣科科长赵海发兼任，大伙当面叫他赵科长，背后都叫他"法海和尚"，有时一不小心说漏嘴叫他"法海"，会显得很尴尬，赵科长也只能苦笑。

一天下午，汤如海到样宣科订商标遇上沈蓉瑛，沈蓉瑛拉住他问："汤如海，吴君怎么样啦？"

他摇摇头说："不知道，自从离开综合科，就很少进去，有很长一段时间没有看见吴君。"

沈蓉瑛看着他反问："你真的不知道吴君情况吗？"他摇摇头，沈蓉瑛叹了一口气，"嘿，汤如海啊，你这是为什么，这么好的姑娘不敢要？吴君跟我说了，她很伤心，遇上个她满意的人，却是个胆小鬼，都什么时代了，还那么传统，不敢追求自己的幸福。汤如海，你真的让她伤心透了，环境不好，她可以帮助你离开那个地方，她很困惑，不明白你为什么不愿意跟她走？她去了日本。她说，她要离开这个让她伤心的地方，忘掉她曾经有过的爱和恨。"

从沈蓉瑛办公室出来，汤如海感觉头有点晕，他不知道吴君为什么去日本？不过，知道她家有亲戚或朋友在日本，他想起那天吴君拿着笔和纸，为她改名写一个字，强迫他写一个字，当他解释"漩"字的含义时，她陷入沉思，先前拿着纸的手在使劲地画，嘴里蹦出那句，"我要忘掉过去，把过去的爱和恨都忘掉。"给他很深的印象。他有点担心，一个知识分子大小姐，从未离开过父母的她，能够适应那个地方吗？他真心希望姑娘在异国他乡过得好，寻到自己的幸福。

绒绣制品就是用各种颜色的毛线，或粗或细在"开发丝"（高强度网格布）上，按图纸要求，一针一线上下穿梭，绣出立体感、层次感很强的图案。绒绣制品，价值远远高于一般绣品，绒绣科一年出口量不多，只有二三百万美元，但利润却比手绣科出口四五千万美元还高。绒绣在上海有两个生产基地，一个在上海浦东川沙县（1992 撤销）靠近海边的高桥乡的叫红卫绒绣厂；另一个在上海浦东靠近市区黄浦江对面的叫红星绒绣厂。每次去绒绣厂，汤如海就会看见宽阔的厂房内，摆着无数棚架，工人用木制棚架将"开发丝"收紧，每个棚架旁边都有一幅图和在哪个部位，用什么颜色、多少粗细、多少长度的绣花线的说明书，看工人制作绒绣产品，犹如一位艺术家在作画。由于绒绣制品在制作过程中要用眼、用力，每个师傅手上都伤痕累累。汤如海去工厂，首先到样品间核对图纸、尺寸、颜色和其他数据，到生产车间询问生产进度，到质检科检查完工的产品数量、质量，最后还要和工厂领导确定产品的交货日期。

由于数量多，光靠工厂工人制作无法按期完成，工厂领导就做了很多棚架发放到工厂周边的农民家，让技术科的工艺师到农民家指导农民制作绒绣制品。农民则利用农闲和晚上在家做绒绣活，获取一些报酬，以补贴家用。

红卫厂的杨厂长是一个身材高大、声音洪亮、年近六十的男人，只要公司人员到红卫厂，杨厂长就会安排到高桥镇上，靠近汽车站旁的一个二层楼的饭店用餐，这个饭店是高桥镇最好的饭店，该饭店有一道特色菜叫红烧鮰鱼，汤如海平常不吃河鱼，但这长江鮰鱼确实好吃，肥而不腻，也会吃几块。红星厂的包厂长，个子不高、头顶头发不多、有点秃顶、四十上下的中年男人，包厂长招待公司人员总是到浦东最热闹的东昌路上的饭店就餐。

那天，汤如海正在工作，红星厂的一位打样女工送样品到公司，方月琴就冲她喊："来娣，怎么这么长时间不来看我？"

那位女工笑着走向方月琴："方师傅，怎么会忘掉你呢，只是制作样品多，任务重，没有时间到公司。"

方月琴拉住女工的手，指着汤如海说："帮你介绍一下，这是新来的大学生，叫汤如海。"

"什么新来的，都两年了，"黄善娣大声纠正，"是刚调入我们绒绣科的大学生。"

汤如海向那女工点点头说："你好。"

接下来就是科里人员轮番责问，你们那个包厂长是怎么安排生产的？信用证快要到期了，货还没有好；老包是怎么回事？上次给他的样品，一个月还没有做好，客户天天在催，怎么答复客户？你们那个管生产的厂长，那个单子能不能做，也不给个回音。

"来娣，不要理睬他们，"大个子张锦仪突然发话，"人家难得来一次，你们三个女人围着争吵什么？来娣又不是生产厂长、车间主任、质检主任、技术科长，她怎么能回答你们这些问题？这些问题，你们应该去问老包，包厂长。"

稍许安静下来，那女工分别与科室人员核对了一些资料后就离开了办公室。红星厂女工走了后，方月琴又开始发话了："小汤，来娣是公司机绣科外销员许新春的老婆，是我介绍的。"

黄善娣顶了一句："哎呿，你不说，我们就不知道了？"

"你知道了，但小汤不知道呀，"方月琴回答。

"方月琴，你是不是要装个喇叭，让所有人知道你是媒人。"候贵娥冲了一句。

方月琴不理睬，继续说："小汤，机绣科的许新春认识吗？"

"不认识，"汤如海摇摇头。

方月琴很自豪地说："许新春外貌一般，来娣漂亮吗？我将红星厂最漂亮的女工介绍给公司业务员，现在小孩都有了。"

"哎，方月琴，你是不是也想帮小汤介绍女朋友？"黄善娣又顶了一句。

方月琴满不在乎地回答："没问题，抽纱公司下面工厂的绣花女工，漂亮的有的是，只要小汤愿意，方师傅愿意帮忙。"

刚才方月琴师傅说的那位女工，长相确实很漂亮，身材修长，约一米六四，瓜子脸、五官匀称，皮肤一般，说话有些哑。绒绣科确实热闹，每天三个阿姨有事没事都要争吵，不管是工作上的、生活上的，还是其他方面的。很奇怪，争吵之后，很快又和好了，像没有发生一样，给办公室既带来了烦恼，又带来了乐趣。张锦仪给三个阿姨一个最恰当的定义，"三个女人四条心，永远不会到一起。"

一天，做内部统计的王璇萍师傅问汤如海一个问题："小汤，我儿子在美国读博士已经毕业了，在上海的女朋友，两年连续两次被美国领事馆拒签。原来的上海学校，复旦大学的领导希望他学成回国，给予系副主任职位，并承诺分配一套三室一厅的住房。小汤，现在是回来好呢，还是留在美国？"

科里所有的同事对王璇萍都很尊重，王师傅为人和蔼可亲，说话声音不高。1949 年前在上海一所教会学校读书，养成了良好的学习和生活习惯，讲话从不大声，在教会学校，如果有女孩在公共场所大声说话，会被嬷嬷阻止，嬷嬷阻止的方法就是用手指放在嘴上发出"嘘"的声音，让女孩静下来。王师傅已经五十出头，即将退休。

"王师傅，你儿子为什么要出国留学？"汤如海问。

"他想学习新的科技，美国科技最发达，所以去了美国。"

"那么，你儿子学成后想干什么？"汤如海继续问。

"正是这个问题困扰着我们，我和老爱人最近一直跟儿子讨论这个事，"王师傅看着汤如海说，"我一直在观察周围的年轻人，小汤你有许多不同于同年龄年轻人的地方，有自己的独立思维，想靠自己的能力创造生活，不依靠父母，不向父母伸手要什么，你从小离开父母，独立生活，有着同龄人没有的吃苦经历，所以想听听你的想法。"

汤如海想了想说："王师傅，说得不好听你别介意，我认为，如果你儿子读书是为了功名，那么他做到了，美国有名的大学博士学位。如果取得功名后想获取一官半职，享受生活，也可以做到，上海最有名的大学的系副主任，三室一厅的处级待遇，这些足够证明你儿子的能力，等系主任年老退下来，自然而然顶上去。如果取得功名后，还想有所作为，实现可能或不可能实现的理想，我认为，美国是可以一试的地方，那里等级观念比较淡薄，创新、竞争比较激烈，相对来讲，容易实现自己想要做的事，但要付出，也许是很多。说得明白点就是想创新、愿付出，留在那里有发展；图享受、图名利，这里更容易实现。"

王师傅微笑地说："我就知道你小汤有独特的观点，我和老爱人为了这事，很难取舍。晚上，我会将你的观点跟老爱人及儿子讨论。"

汤如海正在工作，一个高个子、黑皮肤的男人进来与张锦仪聊天、抽烟。"许新春，今天来娣进公司吗?"方月琴冲着刚进的人问。

那黑大个摇摇头："不晓得。"

原来这个男青年就是机绣科外销员许新春，和张锦仪一样比汤如海大两到三岁，他俩都当过兵，复员回上海，分到公司工作，沾着复员军人的光，被送到干部学校进修，结业后，一个做了外销员，一个做货源工作。张锦仪管的货源工厂正是红星绒绣厂，也是许新春老婆来娣工作的工厂。由于方月琴、张锦仪的关系，工厂领导将来娣从绣花车间调入样品间工作，工厂领导为了讨好公司业务员，就常派来娣到公司联系业务。

时间长了，汤如海和来娣熟悉了，可能是年龄相仿的原因，比较容易沟通、交流，有时候也谈些业余兴趣爱好，她喜欢跳舞，但老公不喜欢她跳舞。汤如海开玩笑说："男人都不喜欢年轻漂亮的老婆跟别人跳舞，有危机感。"

8月，空缺的科长终于来了，这天，赵海发领着一个四十不到、头发已经发白、皮肤黝黑、个子略为比汤如海高一点的男人走进办公室向大家介绍说："这是组织科派到绒绣科的科长，叫王四驷，上海对外贸易职工大学英文系毕业，希望绒绣科的同志们支持王科长的工作。王四驷也做了自我介绍，1966年刚到上海外国语学院报到,"文革"开始了,他离开了上海。"文革"结束后,回到了上海,工作一段时间后又到大学学习,现在大学毕业,组织上让他到绒绣科工作。绒绣业务对他来说是一门新课题,希望得到绒绣科每一位同事的支持和配合,把绒绣业务搞上去。

很快,科里同事们了解到新来的科长王四驷就是原上海市委副书记王一平的小儿子,绒绣科科长的位置是专门为他留着的。王一平是中共老干部,住在上海兴国宾馆七号楼别墅,每年的新春拜年会,电视上就会出现市委市政府的领导向王一平等老干部拜年的报道。汤如海本来想新科长王四驷是自己的校友,可以多聊多沟通,但想到王四驷的家庭地位那么高,就不愿主动接近了。

一天汤如海在看书,红星厂的来娣到公司送样品,与科里其他同事办完事后站在他的桌子旁问:"小汤,还看外文书,不是毕业了吗?"

他合起书本回答:"闲着没事,看看,预习一下,晚上到学校上课容易些。"

来娣不解地问:"你白天上班,晚上还要到学校读书,女朋友受得了吗?"

汤如海向她解释,目前暂时没有女朋友,以前是有过一个女朋友,可是分手了,他简单地说了跟女朋友分手的原因。

"蛮可惜的,"来娣说,"那么这么长时间就没有再找女朋友?"

"想是想啊,只是条件差,从小一个人在上海,很难的。"

"小汤,你的条件还差呀?大学毕业,有文化,在外贸公司业务科工作,还有一间房,这条件真是太好噢!"来娣说,"如果没有女朋友，我帮你介绍怎么样？"

"好是好，"他回答，"只是我要找的女朋友一定是普通的工人家庭出生，经过那么多的政治运动，我想离政治远一点，姑娘本身最好不是党员干部，我想过太平的日子。"

一个星期后，来娣来公司告诉汤如海，她有个小姐妹，身材苗条，身高和她差不多，年龄比汤如海小四岁，在永生金笔厂工作，问他想不想见一面。

"好啊，"他回答，他知道永生金笔厂，那厂就在泰山电影院东面，以前经常逛那个地方，并随便问那姑娘具体做什么工作。

来娣兴奋地说，这姑娘人品好，要求上进，在团委工作，是党员干部。一听到是党员干部，汤如海不高兴了，责怪来娣："上次不是跟你说了，我不想找党员干部，只想找个普通的姑娘。"

来娣很尴尬地说："小汤，我已经跟姑娘说好了，去见一面，也许你会认为这姑娘不错。"

他装着轻松的样子说："来娣，谢谢你的热情帮助，你那里，小姐妹多，换一个普通一点的姑娘，你容易，大家容易。"来娣遗憾地摇摇头。

9月初，来娣送样品到公司，办完事后坐到汤如海桌旁说："汤如海，我有一个姑娘想介绍给你。"这次他问对方是不是党员干部，来娣说，这位姑娘的条件跟上次差不多，是个工人家庭的普通工人。他问姑娘在哪家工厂、干什么工作。

"在英雄金笔厂工作，做车工，"来娣回答。

他不解："来娣，你的小姐妹应该是搞绣花美术什么的，怎么老是金笔厂的？"

来娣解释道："这个姑娘不一样，人聪明能干，家住普陀区曹杨新村，父母都是善良的工人，姑娘本人也喜欢读书，正在上夜大学。有意的话，安排你们见一见。"

"可以，听起来不错，"他说道，"只是明天晚上要跟同学出去，后天我要读书，这样吧，我向老师请假，早点出来，姑娘住在曹杨新村，有六十三路公交车，就在六十三路公交车终点站，国际电影院旁，这样姑娘出行很方便。"

9月8日晚上八点，汤如海准时到达国际电影院，向旁边的六十三路公交车终点站走去并等候。不一会儿，来娣与一位与她差不多高的姑娘从国际电影院走来。来娣向双方介绍，这是小汤，汤如海，上海抽纱公司绒绣科的业务员；这是小虞，虞玲华（汤如海听成虞林华），小虞在上海英雄金笔厂工作。我有事，不妨碍你们啦，你们慢慢谈，说完就先离开了。

汤如海与小虞姑娘沿着六十三路公交车路线往回走，走过海宁路上的国际电影院，他向姑娘介绍了自己目前的工作以及晚上到夜校学习英语口语的情况。姑娘说话不多，眼睛蛮大的、鼻梁不高、肤色一般，由于人比较瘦，显得高。他问姑娘做什么工作，姑娘回答说，在笔尖车间做车工。当他俩走到火车站的天目东路、浙江北路时，他指着浙江北路说，我小时候的家就前面，"文革"后，搬迁到了大洋桥地理港路100弄，他向姑娘说了浙江北路与大洋桥地理港路两边的不同生活环境。他引述了达尔文的进化论说，大洋桥地理港路会改变的，只要自身努力工作、不断进取，生活就会慢慢改变，慢慢好起来。他很赞赏达尔文的进化论，给人类指明了未来的方向。

当他俩走到天目西路共和新路新客站（上海新火车站）时，汤如海看手表已是九点了，便对姑娘说："哦，九点了，明天还要上班，早点回家，从家里到单位远吗？"

"不远，"姑娘回答，"从曹杨三村武宁路乘六十二路公交车到祁连山路上的英雄金笔厂就几站路。"

问姑娘是否需要送她回家，姑娘说，不用，乘六十三路公交车很方便，一下车就到家。汤如海在练习本上撕下一页，并将自己办公室的电话号码写上交给姑娘："如果要碰面，联系我，"送姑娘上车后，自己则穿过大统路地道（原大统路铁质天桥被拆除）回家。

下个星期三，姑娘来电话说，明天晚上七点在普陀区武宁路边的沪西工人文化宫见面。那天晚上，汤如海乘六十九路公交车到中山北路武宁路下车，沿武宁路朝南走到沪西工人文化宫等姑娘。等了约十分钟，姑娘还没有来，在看六十三路公交车一辆一辆过去，没有不正常，他想，再等五分钟，如果不来就打道回府。五分钟过后，仍不见姑娘到来，他很生气，离开了那里，回家了。

第二天下午，来娣到公司送样品图稿，汤如海没有出声，等来娣过来，他硬生生地说："你上次介绍的那位女朋友算了，不想跟她继续了。"

"为啥？"

他生气地将昨晚发生的事告诉了来娣，最后还嘀咕："是她约我的，让我白等十五分钟，什么意思？"

"哎呦，就这么点事就放弃了？"来娣笑着说，"人家姑娘有急事，下班了，又联系不上你，你不问发生了什么情况，就气成这样，没有一点男人风度。"

"来娣，我不需要男人风度，"他还在生气。

"汤如海，你知道她为什么不能赴约？"

"不知道，"他生硬地回答。

"我来告诉你，事情是这样的，"来娣说，"今天早上一上班，虞玲华就打电话给我说她昨天没有按时赴约与你见面是因为当天下午厂里有急事，领导临时安排她外出，过了五点还没有办完，打你办公室电话，没人接，联系不上你。所以一上班就打电话给我，让我向你解释，她不是故意的。本来我今天不来公司，借口送资料到公司，老包才同意我来公司。"

听了来娣的解释，他认为这事开头就不顺，不会有好结果，心里的不悦还没散去。

两天后，姑娘来电话约汤如海晚上七点在沪西工人文化宫碰面。他俩见了面，就要进入沪西工人文化宫，凭工会证就可以免费进入沪西工人文化宫。汤如海没有带工会证，就买三分钱门票进入。沪西工人文化宫不仅有一个沪西电影院放电影，里面是一个很大的公园，还有一个湖，有小船出租供夜晚到这里消遣的年轻人划船游玩。湖边有一些长木凳供游客休息。他俩在一个空的长木凳上坐下。姑娘对上次不能按时赴约表示歉意，并说，她也很忙，白天上班，两个晚上和星期天白天要到静安区业余大学上课。

他问："学什么？"

"学中文、学历史。"

"噢，是文科，"他说，"我是学理科的，虽然我很喜欢看书，但和你的专业比起来还是有差距。"

"不一定，小汤，"姑娘回答，"听来娣说，你学习很好，从小父母不在身边，还能考上大学，很聪明。"

"不、不，来娣夸大了，"他说，"我说虞林华，虽说我比你大四岁，不过属于同时代人，你叫我小汤，很别扭，我们同学之间都直呼名字，就叫我汤如海。你叫虞林华，中间有个林字，我们在谈朋友阶段，就叫你林朋友，这样随便一点，你看如何?"

虞玲华笑着说："随便你怎么叫，小汤。"

"汤如海。"他马上纠正道。

1987年，中国社会发生了很大的变化，首先在农村，落实了农田承包责任制，农民获得了对土地的自由支配权，种什么、怎么种、怎么干，由农民自主决定。这极大地提高了农民的生产积极性，农副产品的产量大幅提高，城市市场上不仅基本农副产品多了，品种也多了起来，居民挑选的余地大了，生活得到了很大的改善。

从城市出去的知青逐步返城，连从城市出去到山里支援内地建设的"三线"工人也开始返回上海。在山里协作机械厂的工人按市政府的安排，进入上海柴油机厂工作。年轻人开始逐步返回上海，汤如海的弟弟、妹妹都结婚了，妹妹还生了个儿子，他们一家暂时借宿在宝山县杨行镇的农民家，弟弟、弟媳也回到了上海，暂时和汤如海住在一起，父母从山里运来一些木料，弟弟和汤如海一起搭建了阁楼，弟弟、弟媳住在楼上。由于从大洋桥地理港路到军工路上的上海柴油机厂路线太远，耗在路上的时间太长，弟弟、弟媳不久也搬离了，在宝山杨行镇上借宿农民家。

由于一下子返城的知青太多，给原本住房不宽裕的家庭增加了额外的负担。没有住房的家庭，为了安置返城的知青，在自家的前庭后院搭建简易住房，安顿返城知青。以前，从大洋桥地梨港路到100弄21号自己的家，五吨重的大卡车可以开到门口，原先三四米宽的小区走廊，现在变得非常狭窄，两个人对面走，必须互让，不到一米宽。到给水站提水就困难了，人拎着水桶只能侧身走，才能通过。

右隔壁的扬州阿姨跟汤如海协商，能否在两家之间，给他家搭建一个放煤炉的小房子？汤如海与扬州阿姨家呈直角形，扬州阿姨平时人很爽气，家里人多，小儿子，身体不好，待在家里。小女儿一家三口也住在这里，确实太拥挤，加上一个煤炉，生活太困难。汤如海对扬州阿姨说，只要我家的门窗能打开就行。这样，扬州阿姨在汤如海家西面临近窗的地方搭建了一个宽六十厘米、深一米五的简易灶。有些邻居对汤如海将自己家门口的地方让给扬州阿姨非常不解，有的邻居为了争十厘米的地方吵得不可开交，多少年的邻里交情也就断了。汤如海想，只要不影响自家门窗开启，能给邻居方便就给吧。

汤如海想，父母马上就要回上海了，年纪也老了，怎么在这里生活呢？于是他拿起照相机，拍摄居民是怎么生活的，尤其是怎么从给水站提水，穿过狭窄的弄堂的照片，并将这些照片分别寄给报社和政府机关，希望政府帮助这里的居民改善用水状况，为每户居民加装一个水龙头。不久，政府派人到地梨港路100弄来了解汤如海所反映这里居民用水情况的真实性。居委会干部找到他，问是否是他向报社和政府反映这里的情况。

"是的，是我拍的照并向政府有关方面反映的，"他对居委会干部说："你们自己看看、想想，这么狭窄的路，老人孩子怎么拎水？"

汤如海的真实照片和信，还是起到了作用，自来水公司、房管局和居委会协调，将原来的进水管放粗到2.5英寸，掘开路面铺设水管，整个100弄居民非常高兴，总算不用再到给水站提水了，可以在自己的家里用上自来水。那天下午，汤如海正好在家休息，没有出门，看到水管铺到家门口却没有留有接口，就问铺设水管的工人："为什么不给每户人家留个接口？"

工人回答："我们按上级指示，每十户人家装一个公用水龙头。"

"什么？每十户人家装一个水龙头？"汤如海不解地大叫道，"这不是瞎搞吗？政府花了大力气来改善居民的吃水状况，不是每户人家装一个水龙头，这不是制造麻烦？居民还要提水？这是谁安排的主意？"工人不听他的陈诉，按上级指示办事。他不让工人施工，工人找来领导和居委会干部，他们根本不听汤如海的请求是否正确、有理，坚持让工人施工。一些居民也帮着说话，他非常不理解，政府一项好的政策，怎么到了下面就走了样？

汤如海见那么多叔叔阿姨都不站出来说话，生气地责问："叔叔、阿姨们，你们都这么大年纪了，为了改善你们自己的生活，水管铺到家门口，留一个接口，这要求不高呀，你们怕什么？"邻居中有左隔壁18号、19号和右隔壁扬州阿姨的丈夫，这些老男人都是老党员，其中扬州阿姨丈夫，沈叔叔说，"他们不留接口，我们有什么办法？他们代表政府做事，我们能阻止吗？你怪我们邻居没有阻止，难道你能阻止？"19号的商叔叔说，"汤如海，嘴老不卖钱，不成，你有胆量把铺在地下的水管扒了？"

他非常不理解平常这些很能干、有胆量的叔叔阿姨们，为什么遇到政府办的事，不管合理不合理都不敢出声、反对，他激动地对叔叔阿姨们说："叔叔，你们都是几十年的老党员了，不说为人民群众做点好事，也得为自己的老婆和孩子做点好事呀！"

邻居们没有理睬他的话，都散去回家干自己的活了。面对水管铺好后，汤如海越想越不对劲，等施工员走后，从家里拿出一根铁棒和铲刀将埋在地下的水管翘出来，拎起水管把它放在路面上说："我就是要阻止水管铺设，你们不要留接口，那是你们的事，但是，水管铺经我家门口必须给我留个接口。"

汤如海的举动把邻居们吓坏了、惊呆了，大多数邻居认为他的胆子太大，这样做会给自己带来麻烦，会吃亏的；党员邻居说，汤如海这小子太冲动，怎么能跟政府作对？二十年来，一直认为 21 号的汤如海是个懂道理、爱学习的好小伙，还是我们这里第一位大学生，不应该这么做。只有左隔壁的 20 号的纪叔叔支持汤如海，我家也要一个接口。邻居们都在谈论汤如海不理智的举动，这时有前面的邻居喊："小傅来了，小傅来了。"

原来汤如海把铺设的水管从地底下翻出来的大胆举动惊动了居委会和派出所。民警小傅是管大洋桥地梨港路这一片地区治安的。对民警小傅，汤如海以前也只是听说过，没有见过。民警小傅有能力、有魄力、身体强壮，据说还会几下武术，这一带的调皮捣蛋鬼都有些怕民警小傅。比如，有两帮人打群架，只要听到小傅来了，都先各自散去，以后再较量。

邻居们给民警小傅让出一条路，小傅一米八不到，身穿制服，很英俊，走到水管被挖出来的地方说："是谁把水管挖出来的？"邻居们的眼光一下子聚向汤如海。汤如海并不害怕，很坦然地说："是我。"

小傅板着脸责问道："你为什么破坏国家财产、阻挠政府规划？擅自挖出已铺设好的水管？"邻居们听着民警小傅的话，看着汤如海的脸，一点声音也没有。

"你看，民警同志，"汤如海用手指着狭小的弄堂，"我们这儿弄堂变得那么狭窄，两个人都不能同时通过，居民提两个水桶从这儿通过是多么困难、多么累，政府铺设新的、粗的水管，解决老百姓吃水困难是好事。既然水管铺经每户居民家，为什么不留一个接口给居民呢？这既不费时又不费工，为什么不一下子解决老百姓的吃水困难？反而制造新的困难呢？"

对汤如海的反问，民警小傅不消解释的说："政府做事有政府的安排，不用你操心。你先把挖出来的水管放回去。"

对民警小傅的命令口气，汤如海也强势回答："我是不会放

187

回去的，除非给我家留个接口。"

见汤如海不听劝，民警小傅上前一把抓住他胸前的毛衣，凶狠地说："跟我到派出所，"并用力把他往外拖，刚才还假装文明的民警小傅，突然变得凶狠起来。

汤如海拨开民警的手说："你放手，我家在这儿，不会跑，也跑不了。"

邻居们开始议论了：汤如海这下倒霉了，还与警察斗，不是自讨苦吃吗；赶快认个错，把水管放下去；右隔壁的沈叔叔还挖苦道，叫你不要逞能，汤如海你就是不听，现在吃苦头了吧，跟你说，嘴老不值钱，你不相信。左隔壁的纪叔叔说：民警同志，你把手放下，汤如海会跟你走，我支持小家伙的话，我家也要留个接口。

汤如海跟着民警小傅往外走，到100弄大门口时，好多邻居看到民警小傅拉着汤如海非常惊讶，不知道发生了什么，他们不明白100弄21号的小伙子，平常从不惹事，今天怎么扛上了警察。他跟在民警小傅后面离开100弄，后面的邻居议论纷纷。一路上，民警小傅开导汤如海，"这次100弄的水管改造工程，你拍的照片和写的信起到了一定的作用，政府对铺设水管有自己的规划，怎么做是政府的事。你不能自以为是，破坏政府计划。你还年轻，做事不能这么冲动。"

听民警这么说，汤如海情绪也平静了许多。他在思考，到了派出所怎么跟警方打交道，这是他搬迁到大洋桥后第一次与警察打交道。中兴路派出所在大洋桥的东面，在他上小学的中兴路二小前面的弄堂里，在弄堂口有一块派出所的牌子，进入弄堂三十米就是中兴路派出所，派出所旁边就是中兴浴室。汤如海随民警小傅进入派出所，小傅拿一把椅子让他坐下，继续开导他："小汤，不要闹了，你读过书，是个大学生，应该懂道理，政府有困难，暂时不能为每户人家装水龙头，你要体谅政府的难处。"

汤如海看着小傅说："我感谢政府为解决 100 弄居民吃水困难，铺设新的、粗的水管。我也知道政府有难处，有资金上的困难，不能为每户居民家安装水龙头。但是，现在铺设刚开始，为什么不为每户居民留个接口？这不用多花政府一分钱，留下一个接口，余下的让居民自己解决。居民自己买水表或政府提供水表，居民出钱购买。怎么装、怎么用？那是居民自己的事，自来水公司按水表上的用水量收费，公平合理，这不难，就在眼前，可以办到的事，利国利民，为什么不办呢？我真心希望你将我的建议告诉政府有关部门，不然的话，如果我的外国客户问起我家的事，怎么跟外国客人讲？如果外国客人到我家访问，知道了政府铺设的水管经过家门口而不留接口，家里没有自来水可用，外国客人会笑掉大牙的。"

民警小傅问："你在什么地方工作？"

"我在上海抽纱品进出口公司工作，经常与外国客人打交道。"汤如海回答并将自己的名片给小傅。

民警小傅站起来说："小汤，你的建议，我会向有关方面反映。你先回去，把水管放回去，把路面弄平整，不要影响居民行走，以免行人绊倒受伤。"

汤如海谢过民警小傅，回到 100 弄，就有邻居围上来打听、询问在派出所的情况。他向居民解释了自己的建议，并问，"你们为什么不希望在自己家门口留个接口？"

婆婆、阿姨们说，谁不想啊，想了那么多年了，只是没有办法，只好忍着。现在有那么好的机会，留下一个接口，自己安装水龙头，改善生活，尤其是婆婆、阿姨们最支持汤如海的建议。

汤如海的建议最终被政府采纳了，整个 100 弄就像个大工地，每家每户都在用钳子、锯子、管子、用卷尺测量水管到家安装的距离，黄沙、水泥、水表、水龙头、水斗，全家男女老幼全上阵，快的一两天，慢的一个星期，基本上都装好了水龙头。当打开水龙头，看着白花花的水流出，所有的人都露出快乐的笑容。几十年了，终于不用到给水站提水，家里的大水缸也退休了。有一个邻居阿姨拉着汤如海的手说："汤如海，你为我们100弄居民办了一件好事，我年纪大了，没力气到给水站提水，正好家里安装了自来水，省力多了。你为我们居民拍照并将照片和信寄到报社，反映100弄居民用水困难，还为此被拉到派出所，吃苦受罪。现在不用提水了，想什么时候用水就开水龙头，想用多少就用多少。谢谢你，汤如海。"

汤如海连忙说："不用谢我，不仅仅是为了100弄的居民，也为了我自己，没有大家的支持，这事是办不成的。现在大家再不用到给水站用水桶往家里水缸灌水，不用提水，省时省力，你高兴，我也高兴。"

1988年3月，汤如海的父母离开生活了二十年的山里回到上海定居，汤余庆没有回到杨树浦共青路上的上海中华造船厂而被安排到杨浦区军工路上的上海柴油机厂工作。汤余庆还有两年就退休了。汤余庆一家，除了大儿子到常州跟儿媳、孙女在一起外，其他都回到了上海。汤余庆还从山里为上海的二儿子汤如海带回一套结婚用的毛坯家具。如果汤如海要结婚的话，涂上油漆就可以用。老祖母也跟随儿子媳妇回到了上海自己的家，由于儿媳妇的精心照料，老太太的身体还好，一家人阔别了二十年在上海团聚了。

汤如海住在阁楼上，祖母和父母住在楼下里屋，每天母亲早上到菜场买菜，做好饭菜等丈夫和儿子回家。汤如海不必为每天吃什么，在什么地方吃，是自己做饭还是到外面饭馆吃饭而烦恼，母亲在家里，什么事都安排得井井有条，家里一下子充满了活力和快乐。

汤如海将父母从山里回到上海的事告诉了虞玲华，母亲说他太瘦，一个人在上海不会照顾自己，母亲尽做好吃的，让他吃胖。虞玲华问："你有没有将我俩的事告诉你父母？"

"没有多说，只是说谈了个女朋友，正在交往中，"他回答。

虞玲华又问："那你父母怎么看我俩的事？"

"这事跟他们没有太大关系，"他解释道，"这是我俩之间的事，只要你我认可就可以了。"

"汤如海，你不要瞎搞，"虞玲华认真地说，"你父母不在上海，你怎么瞎搞都行，但现在你父母回到上海并与你住在一起，我俩的事，听听他们的意见，对我们有好处。"

他不耐烦地说："这事你不用担心，我会处理的。"

早上汤如海母亲从菜场回来，坐在门口拣菜，右隔壁的扬州阿姨、左隔壁的毛头母亲和对门的王奶奶都拿出菜篮子，一边拣菜，一边聊天。说着、说着说到汤如海身上，扬州阿姨说："现在这个社会很奇怪，规规矩矩的老实人找不到女人，就说汤如海，从小跟老太太在一起，每天挑水、生炉、煮饭、自己洗衣服，这么好的孩子，大学生，进出口公司工作，怎么就没有见过女朋友上门？后面窑炉间的曹正，比汤如海小好多岁，不读书，没有文化，还没有正当的工作，人长得又黑又难看，嘿，两个女人争着要和他上床睡觉，这两个不要脸的女人，昨天还在曹正家争风吃醋打架，也不怕难为情。"

"是啊，"王奶奶说，"前面垃圾箱旁边的那个小家伙，读书也不好，流里流气，小姑娘自己跑进来，换了一个又一个，到小家伙家的小姑娘都不难看，真弄不懂，那些小姑娘图那坏小子什么？"

"那些小混混、小流氓怎么能跟汤如海比，"毛头母亲安慰汤如海妈说，"如海妈，你儿子是个好孩子，一定会找到一个好姑娘，如海一直跟我说，他要找的姑娘一定要讲道理、懂礼貌，不能像东面15号、18号、19号家的媳妇，没有什么大事，不是跟婆婆吵架就是妯娌之间吵架，搞的家里鸡犬不宁。"

汤如海母亲听了笑笑说："阿拉（我家）如海是个懂道理的小囝（小孩），不好的小姑娘伊（他）是不会搭咯。但是三十出头，是应该结婚了。"

晚上，母亲问汤如海："侬（你）跟女朋友谈得哪能（怎么样）？两个人谈得拢就早点定下来，姆妈就放心了。"

"姆妈，侬（你）不要担心，我会处理好咯，"他回答，"姆妈我正想跟侬（你）讲一桩事体（一件事），侬（你）跟阿爸进山二十年，受了不少委屈、不少苦，好在现在回到上海，趁我还没有结婚，跑得开，跟阿爸一道到外面去白相（游玩）一圈。'文革'时期，侬（你）跟厂里同事要到北京见毛主席，在火车站被追来的造反队头头拦下，差一点就登上去北京的火车。我想，侬（你）现在身体蛮好，还跑得动，在山里闷了二十年，到外面去散散心。"

"姆妈现在啥地方都不去，"母亲回答，"姆妈希望侬（你）跟小虞的事早点定下来，让姆妈跟小虞谈谈，看看箇个（这个）小姑娘好不好？"

他看了看母亲轻飘飘地说："箇个（这个）就不用担心啦，小虞人品蛮好，长相比侬（你）儿子好，跟侬（你）儿子一样是个读书人，目前正在读夜大学，今年就要毕业了，到晨光（时候）让伊（她）来拜见未来的阿婆（婆婆）。"

母亲也笑着说："早点带伊（她）来，让姆妈看看，姆妈看得上的就不会错。"

第二天晚上，在沪西工人文化宫，汤如海将母亲想见她的事告诉虞玲华，她想了想说："你父母回到上海，我应该去看他们，但怎么到你家，用什么方式去见你父母？"

他看着虞玲华："这事，我是这样想的，父母在山里闷了二十年，我想让他们外出旅游散散心。这次父母从山里带回一套捷克式家具，是毛坯，还没有上漆。等他们旅游回来，你就到我家看家具，先不要挑明关系，以买家具的身份与他们交流，怎么互动就看你的了。"

虞玲华低着头说："让你父母外出旅游当然好，等他们回来就按你的方法，先不挑明关系，认识一下，这样说话随便些。如果你父母同意我俩的事，我想，我的学习也要结束了，我想利用学习结束的空间，我们也出去旅行一次。"

"那好哇，到什么地方、什么时间由你定，我买票。"他兴奋地说。

汤如海到春秋旅行社用近四百元为父母买了两张去北京的旅行票，怕母亲长时间坐火车身体吃不消，给母亲带了一个软和的音乐靠垫，把靠垫放在背后，人往后仰，靠垫就会发出美妙的音乐以解除旅途疲劳。

在北京，汤如海父母跟随旅行团游玩了很多地方，如，故宫、颐和园、长城等。一个星期后，疲劳但很愉快地回到上海。母亲回到家，兴奋地讲述她在北京所看到的地方和景色。从母亲脸上露出的笑容，汤如海感觉母亲年轻了许多。

7月初，汤如海哥哥的女儿汤莉从常州到上海度暑假，小姑娘马上就要上小学了。汤莉是个小精灵，大大的眼睛圆圆的脸，说着一口常州话，汤如海的父母也用常州话与孙女交流，家里充满童趣。

星期天，吃完午饭，汤如海对父母说要出去一下，母亲问他是否回来吃晚饭，他说在外时间不长，过一会儿就回家。

他在中山北路曹杨路六十三路公交车站见到了女朋友说，今天我父都在家，你到我家去看那套家具。虞玲华有些犹豫说："第一次上你家，应该买些什么给老太太或你父母，不然说不过去。"

他摇摇手说："不用，你就是去看那套家具，是买家具的人，不然会很尴尬。我父母留你吃饭，你走不了，为你会重新买菜做饭，会手忙脚乱的，你就是一个看家具、买家具的人。"

虞玲华也想不出好的办法，无奈地跟着他坐上六十九路公交车，大洋桥下车，沿地梨港路进 100 弄到了家。门没关，推开门，见父亲正在外屋做针线活就喊："阿爸，"然后指着后面的虞玲华，"阿爸，她是来看家具的。"虞玲华对汤余庆笑笑，点点头。

他领着虞玲华指着东面靠墙的大橱、写字台说："就是这些家具，毛坯的，全是木料，按市面流行的捷克式家具式样做的，哪样你喜欢，出多少钱？"

汤如海带一个女人来看家具，惊动了里屋陪孙女午睡的母亲，汤莉跟着祖母出来，他马上向虞玲华介绍说，这是我妈和我哥哥的女儿，侄女汤莉。虞玲华向汤如海母亲微笑说："你好。"

"姆妈，伊（她）是来看家什（家具）咯，阿拉屋里家什（我家的家具）太多，卖掉一点，走路方便点。"他向母亲解释道。

母亲向虞玲华笑笑说："小姑娘，这套家什（家具）是伊拉阿爸（他爸）在山里按上海流行的式样，挑选好的木料做的，是为了老二（手指汤如海）今后结婚用的。阿拉老二（汤如海）是个败家精，以前留下来的家什（家具），爷娘不在上海侪拨伊卖脱了（都被他卖光了）。"

虞玲华听着、看着不出声，汤如海对她说："里面还有五斗橱等家具，进去看看。"这时，老太太也起床了，见汤如海领着一个姑娘进来就问："如海啊，这姑娘是谁？你的媳妇？"

虞玲华的脸一下子红了，不知怎么回答。汤如海上前拉着老太太的手说："奶奶，她是来看家具的。"

虞玲华跟着说："奶奶，我是来看家具的。"说完马上退出。侄女汤莉紧跟着汤如海，生怕叔叔把家里的东西给这个女人。

到了外屋，汤如海说："刚才里面的五斗橱很好，很实用，你看多少钱？"虞玲华笑而不语。

"勿卖，哆东西都勿卖这个女老（什么东西都不能卖给这个女人）"。突然，侄女汤莉走到祖母跟前说，"亲娘（祖母），吾家的东西勿卖拨这个女老（我家的东西不卖给这个女人）。"

汤如海没有理睬侄女，指着楼上说："上面还有几件家具要看看吗？"汤莉立马蹦到楼梯口，用双手拦住说："楼上呒没哆东西（楼上没什么东西）。"

汤如海见状只好说："对，对，楼上没有什么好的家具，还是楼下的家具好。"

母亲准备洗菜做饭，汤如海对虞玲华说："家具大致就这样，哪一件你喜欢、愿意出什么价格，考虑一下。"

虞玲华接口道："好的，让我回去考虑、考虑。"

母亲上来说："小姑娘，再仔细看看，吃了晚饭再商量。"

"不，谢谢，"虞玲华回答，然后走进里屋对老太太说："奶奶，再见，"转身走到外屋对他父母说："汤如海爸爸，汤如海

195

妈妈，再见。"说完用手摸了一下汤莉的头。

"不要碰吾（我），"汤莉很生气，走到祖母跟前哭诉："亲娘（祖母）啊，大爷叔不好，要把吾（我）家屋里的东西拨这个女老（要把我家的东西给这个女人）。"

汤如海母亲摸着孙女的头安慰道："你家大爷叔是不好，亲娘（祖母）要打伊（他）。"

虞玲华离开汤如海家，路上，汤如海说，她的表演不及格，就骗了侄女汤莉一个人。虞玲华问：今天我的打扮如何？

"还可以，这套工装连衣裙，看家具是蛮适合的，"他回答，"你老是不说话，看家具的，至少要敷衍几句，用手摸摸啊，什么家具式样了，木质了，总得装装样子。"

"我才不关心什么木料啊、式样啊，"她用手梳理一下长发微笑说，"我关心的是，今天我穿的这套服装好不好？我的举动给你父母带来什么印象？是好还是坏。我注意听你父母讲什么，尤其是你母亲讲什么，根本就没有将看家具的事放在脑子里。好的是你侄女汤莉，这小姑娘一身灵气，瞪着大眼睛，说话又尖又响，虽然听不懂小姑娘在说什么，但从小姑娘的眼神和脸上的表情上能看出她的快乐、生气和愤怒。小姑娘的闹场，缓和了不少尴尬场面。"

他也笑着说："是的，侄女汤莉对我想把家里的东西卖给你非常生气，叫我母亲什么都不给你这个女老。常州人说女人叫女老。"

"女老，"虞玲华学着说，"怪不得，我听到小姑娘好几声女老，原来是这个意思。"

到了曹杨路，他问："我们到沪西工人文化宫喝杯咖啡？"

她摇摇头："今天就不了，你赶快回去，听听你父母对我的看法，对我俩今后的看法。"

汤如海严肃地回答："他们对你的看法不重要，对我俩今后的看法也不重要，你我的看法才重要。"

虞玲华生气地说："我不跟你争，明天把情况告诉我。"

晚上吃饭时，母亲打一小碗饭，在另一个小碗里放上一些软和的菜，让孙女汤莉端给里屋的老太太。母亲问汤如海，这就是你说的女朋友小虞？"是的，"他回答。

"个子蛮高，像侬（你）阿嫂，人瘦了点，看上去蛮文静的，像有文化的姑娘，侬（你）将伊（她）屋里（家里）情况详细告诉姆妈。"

汤如海就将女朋友家的情况告诉父母，虞玲华家住在曹杨三村，父亲是上海第八钢铁厂的退休工人，母亲是十四织布织厂的退休工人，最大的姐姐到黑龙江插队，现嫁到牡丹江，哥哥复员后在上海铁路局南翔机务段当车辆调度员，上海的大姐在上海印钞厂工作，二姐在国棉二厂工作，小姐姐在上海手表厂工作。上海的三个姐姐都结婚了，现在女朋友与父母住朝南的房间，哥嫂和侄女住在后面朝北的房间。虞玲华在上海英雄金笔厂工作，夜大学读书结束了，马上就要毕业了……

听完汤如海的介绍，母亲问："小虞啦（的）爷娘哪能看侬（你）跟小虞的事？"

"不晓得，"他回答，"吭没跟伊拉爷娘（她的父母）碰过头。"

母亲有点惊讶："哦，还吭没跟伊拉爷娘（她的父母）碰过头？迭么侬（那么你）跟小虞的事体啥晨光（啥时候）定下来？早点定下来，姆妈就放心了。"

见母亲焦虑的样子，他很有信心地安慰母亲："姆妈，侬（你）就放心吧，捺个事体（这个事情）我会安排好的。"

虞玲华在夜大学的学习结束了，按照之前的约定，她到旅行社买了两张去厦门的旅行票。汤如海要把旅行票的钱给女朋友，但她拒绝了，并说不要把钱看得太重。汤如海无奈，只能欠下这个人情。

下午，汤如海和虞玲华按时到达新客站（火车站）集合，这个旅行团共有二十个人，导游是位年轻的小姐，向每个人介绍了旅行、住宿要注意的情况。就餐标准，早上是粥和馒头加咸蛋和酱菜，午餐和晚餐是每桌十个菜和一个汤，如果有人需要加菜的，另外按实价收费，问有没有需要加菜的人。汤如海和另外三对上了年纪的人申请加菜，这样，就餐被分为两组。

列车经过二十多个小时，到达福建省的厦门。一下火车，大伙把在火车上的疲劳全忘了，恢复了精神。有一辆中巴车在火车站等候上海来的旅行团。大伙上了车，先到旅馆，把行李放下。按导游发放的房间钥匙，汤如海与一位男青年住一间房，虞玲华与上海一位女青年住一间房。导游给半个小时让大伙洗刷和休息，半个小时后大伙到旅馆大厅集合，凳上中巴去厦门的南普陀寺。厦门的南普陀寺坐落在小山坡上，景色不错。

离开了南普陀寺到胡里山炮台，参观了世界上保存最完好的德国造的克虏伯大炮。晚上被导游领到一家酒店就餐。汤如海、虞玲华与另外六个加菜的人在一桌，菜看很丰富，味道也很美。

第二天上午到集美，参观爱国华侨陈嘉庚先生捐助的集美学校。下午到海滨沙滩游泳。厦门的海滨沙滩是适合游泳的好地方，黄沙、海水很干净。沙滩上的细沙，吸引了许多小朋友，有的在做堆房子游戏，有的在挖沙子找贝壳，有的在沙滩上奔跑。汤如海租借一个救生圈与虞玲华在蓝色的海水中游泳。虞玲华穿着泳装，苗条的身材、长长的头发、在海水中漂荡，显得很美。

第三天上午参观厦门大学，然后乘渡轮到鼓浪屿。鼓浪屿是个很小的小岛，但岛上的风景却很独特、秀美。1949 年前，岛上人口不多，除了一些渔民外，就是各国的领事人员，所以岛上建有不同风格的领事馆，后来一些达官贵人在岛上建立供度假休闲的别墅。整个小岛都是林荫道，没有马路，没有公共交通。现在鼓浪屿岛作为厦门最主要的旅游景点，建有大量的饭店，提供各种美味佳肴，且价格不贵。站在岛上小山制高点有几台望远镜，通过望远镜可以看到前方由台湾军人把守的金门岛，岛上的围墙上刷有"三民主义统一中国"的字样。

最后一天，早餐后，大伙把行李放在旅行车上，因为旅行结束后，直接开到火车站回上海。一行人员登上旅行车到福建锦江县的石狮镇游玩，由于途中路面不平、坑坑洼洼，中巴车像骑马似的蹦蹦跳跳在路上行驶。车上有些旅客受不了这种颠簸，开始呕吐。到了石狮镇，到处都在兴建楼房。锦江出石材、出石匠，路边、村庄旁到处都能看见石匠们在打石头，在建的楼房前面都竖立着打好的石柱。在石狮镇有许多商铺，最让上海人开眼的是公开设摊叫卖走私货，有各种手表、香烟、电视机、电冰箱和女式印花纤维布、女士穿的透明丝袜等，还有大量不同式样、尺寸的牛仔裤、牛仔裙，价格非常便宜，只有上海的三分之一或四分之一。下午返回厦门直奔火车站，导游清点人数，登上回上海的火车。上了火车，大伙感觉非常累，主要是到石狮镇的那段路不平，还没有修好，颠簸得厉害。很多人没有吃晚饭就趴在车上的桌子上或椅子上睡觉了。第二天晚上列车到达上海火车站，汤如海先送虞玲华回家，然后自己回家。

9月初，这天上午，汤如海在办公室打单子，科长王四驷从四楼外宾接待室打来电话，说有一位美国客户要做新产品，让他上来一起讨论。他乘电梯到样品谈判室，看见科长王四驷、张锦仪正陪着一个中等身材、略为发胖的中年妇女和一个高个子、高鼻梁、蓝眼睛的年轻人在谈论着什么，见汤如海进来，王四驷介绍道："这是美国 Arch 公司的金小姐，这是 Arch 公司的设计师；这是我们科里的小汤，汤如海先生。"

汤如海与客人一一握手，表示欢迎，听他们谈话。金茜琳小姐是台湾人，中文讲得很好，是化学系的研究生，她让设计师拿出图稿指着桌面上各种小花布说，这是第一个图案叫 Ring，就像奥运会的五环旗，一个圆连着一个圆，每个圆由不同的小花布剪拼而成。金小姐拿出一块小样继续说，上面是小花布剪拼而成的 Ring，中间是中空棉也叫腈纶面，底面是棉黄布。我们现在要做的就是用手工把这三层缝纫连接起来，做成一条被子。美国家庭几乎都有空调，四季恒温，不用厚的棉被，就是用这种薄型的、轻轻的被子，睡觉将这种被子盖上就行。以前这种被子美国家庭主妇都是自己做，现在很少有人做这种耗时、费工的活，现在的问题是怎样在中国、在上海做这种产品。现在中国自己印制的花布的色牢度达不到美国海关的要求，而且中国印染厂的起订量是三千米，做这种产品需要大量不同款式的花布，目前中国很难做到这种小批量、多品种的花布。所以跟王科长商量，先从进口所需要的花布着手，中国政府有政策，鼓励出口，特别支持来料加工再出口，按"三来一补"政策（指来料加工、来样加工、来件装配和补偿贸易）进口面料享受免税待遇，我们就要做这个生意。

王四驷介绍说，小汤是大学生，懂英语，所有英文文件都由小汤做，进出口所需要的各种文件、手续都让小汤去做，报关、提料由小汤负责联络工厂接货、送货，有关与 Arch 公司的业务往来也由小汤负责，小张（张锦仪）负责工厂生产。我们先把样品做出来，让 Arch 公司确认，确认后再落实生产。

中午，公司安排金小姐和设计师到南京西路上的梅龙镇饭店就餐，汤如海也一起陪同，席间，金小姐谈了她为什么要做这个产品，之前金小姐是第一位做中美交流的旅游公司业务的美国人，安排美国领导人到中国与中国领导人会谈，多次见到了邓小平、赵紫阳等中国高层领导。随着中国对外开放加快，做中美旅游的公司多起来，竞争激力，她卖掉了旅游公司，高薪聘请设计师，做起了缝纫制品的床上用品。手工缝纫在美国价值高，她看准了这个机会，利用中国众多的、廉价的、熟练的农村妇女做缝纫制品，一定会成功。

汤如海非常兴奋，大学所学的外贸知识，加上两年的单证实践，终于能与外商直接洽谈业务了，虽然还只是开始，也让他兴奋了好几天。他将各种花布按客人要求编上号，核对工厂送上来的样品与客户的设计图。到海关办理三来一补的免税专用单据和核销手册。按对外合同计算国内工厂的用料，填写进口花布的用料量交海关核销。Arch 公司的付款是三个月九十天的远期支票，每次将客户的支票交给公司财务科前，他会在自己的工作手册上记上合同编号、支票编号、收到日期、到期时间。

张锦仪利用公司手工绣花基地，让浙江省浦江县的浦江花边厂试做样品，该厂的陈其天厂长为了配合公司做缝纫制品的这个新产品，派供销科的潘科长常住上海，隔三岔五到公司与张锦仪和汤如海洽谈样品和生产过程。

Arch 公司的金小姐几乎每个月都要从美国飞到上海，检查合同履行情况、检查产品质量，缝纫的行距、线头是否露在外面，最重要的是被子、枕套里是否有断针。金小姐说，在美国，如果用户发现有一根断针，就可索赔五万美元，相等于五十万人民币；如果断针弄伤了人，那么赔偿就无法估计了，所以要求在产品包装前必须通过检验针机器检验是否有断针在里面。这次与金小姐同来的设计师又带来了一个新的图案叫 Eight Star（八角星），下午，金小姐请汤如海和张锦仪到她下榻的华亭希尔顿大酒店商谈新样品的制作和接下来的生产安排。金小姐很客气，邀请他和张锦仪一起吃晚饭，并叫来她在上海的助理，这位小姐专门为 Arch 公司打理在上海的业务。这位助理小姐，年轻漂亮，金小姐对她说，晚上你与设计师一起工作，直到新样品定下来再回去。这位年轻漂亮的助理英语非常好，但为难地说，金小姐，如果谈得太晚了，与一个外国男人在一起不太妥吧？金小姐哈哈哈笑道："你放心，他是同性恋，对女人不感兴趣。"

外国设计师见中国人用惊奇的眼神看着他，听不懂中国人在说什么，也不知道中国人为什么笑，很茫然。这是汤如海第一次听到同性恋这个词，并看了眼前的这位设计师，年轻、英俊、大眼睛、高鼻梁，个子高且不胖，不要说外国女人喜欢，就是到了中国，也一定会有中国姑娘喜欢的。他纳闷，这么年轻、英俊、有才华的小伙子怎么会对女人不感兴趣？

秋天到了，汤如海拿着照相机和虞玲华到上海植物园欣赏枫叶，植物园比市区的公园大许多，植物园从国外引进了许多植物品种，增加了观赏价值。上海的秋天，风和日丽，阳光照射在枫叶上，风一刮，呈现红色的波浪，他为虞玲华拍了好些照片。离开植物园，虞玲华问，照片什么时候印出来？他回答，需要三四天。

虞玲华想说什么又止住，汤如海问："林朋友，有什么事，能告诉我吗？"

虞玲华摆弄手中的相机说："汤如海，我们交往已有一年多，我父母想见见你，我一直在想找个什么机会让你们碰面。这样吧，等照片印出来，你送照片到我家，也不要挑明关系。你我一边讨论、欣赏照片，一边与我父母聊聊天。"

"什么意思？一报还一报？"他问道。

"这样随便，不尴尬。"虞玲华回答。

三天后，晚上七点，汤如海拿着一沓照片到曹杨三村，虞玲华已在门口等候，这是一幢五层楼（原先只有三层，后来又加高了二层）的老式工房，每层有八户人家，她家住在底层的东面，左手拐弯进大门，大门的左边第一个房间是公共厨房，有三户人家用这个厨房，厨房旁边是公共卫生间，卫生间旁是一个小房间，一对姓张的小夫妻住在里面，再往里就是她哥嫂的房间，对面朝南的就是她和父母的房间。她推开朝南的房门，有两位老人坐在西面靠墙的三人沙发上，虞玲华进门对两位老人说："阿爸、姆妈，这是送照片来的小汤。"

"伯父、伯母你们好，"汤如海客气地问候。从口袋里拿出一个信封，抽出一沓照片交给虞玲华，"这是你的照片，有几张拍得蛮好的。"虞玲华的父亲中等个子，人很瘦，母亲又高又胖。这个房间约有十六平方米，进门靠北墙有一个双人床，虞玲华就睡在底铺，东面靠墙有一个大橱、五斗橱和一个大床，南面有一个窗，西面靠墙沙发旁边放着一个小四方台。汤如海坐在四方台旁，喝着虞玲华泡的茶，一边喝茶一边与虞玲华讨论照片上的景色和人物。其间不断有人从虞玲华哥嫂房里到她父母房间出出进进，其中有一个中年男子，中等个子，长相跟虞玲华一致，汤如海知道，那一定是虞玲华的哥哥。汤如海也找机会与她的父母交流：伯父、伯母退休了，多注意保重身体，不要太劳累等。虞玲华看完照片后，汤如海向虞玲华父母告别，离开了她家。

1989 年新年即将到来，汤如海对虞玲华说："林朋友，元旦到我家，我父母请你吃饭。"

"我不去。"

"为什么呀？"汤如海不解地问。

她用手梳理一下长发，微笑地说："元旦上我家，我父母、我们全家请你吃饭。"

"行，去你家，正式拜访未来的丈人和丈母娘。"他很爽快地答应了。

"那你妈会怪我吗?"

"不会的,以后在一起的时间有的是。"他回答。

元旦这一天,虞家可热闹了,有四个小孩,哥嫂的女儿最大,叫芬芬,上小学二年级;上海大姐的儿子叫隽隽,上小学一年级;二姐的儿子叫琥杰,上幼儿园;小姐姐的儿子叫青青,还不会走路。大哥汉强在上海铁路局南翔机务段汽车组当调度,嫂子瑛瑛中等个子;上海大姐彩芹个子不高,在上海印钞厂工作,丈夫樊庆学,个子也不高,当兵复员后在上海开林造漆厂保卫科工作;二姐彩华高个,从崇明前哨农场顶替回到上海,在国棉二厂工作,丈夫四毛高个,也是崇明前哨农场知青,后来回到上海,在锦江出租车公司当司机;小姐姐蔼华,个子最高超过一米七,在上海手表厂工作,丈夫徐时良又高又瘦,以前在南汇东海农场,后来回到上海,在一家房地产公司工作。三家合用的厨房,几乎给虞家姐妹都占了。

虞家做了许多好菜,鸡鸭、鱼肉、虾及各种蔬菜,一张一米五的大圆台面都放不下,只有三个人喝酒,大姐的丈夫樊庆学,小姐姐的丈夫徐时良,加上汤如海,另外两个男人是驾驶员,还要出车,不能喝酒。虞玲华的母亲夹了一块鸡肉给汤如海,汤如海马上回答:"不,谢谢,我不吃鸡肉,"虞玲华的母亲又夹了一块青鱼给汤如海,汤如海客气地回答:"不,谢谢伯母,我不吃鱼,我喜欢吃蔬菜,我自己来。"这下虞玲华的大姐彩芹和嫂子瑛瑛不高兴了,彩芹说:"小汤,今天是我母亲特地为你准备的,"嫂子瑛瑛接着说:"小汤,是丈母娘为招待你这个未来的新女婿,让我们忙东忙西,你这个不吃,那个不吃,嫌我们做得不好?"

汤如海连忙解释:"伯父、伯母、大姐、大嫂不是我嫌这嫌那,我从小跟祖母在一起生活,不吃荤的,吃鱼也就是吃点海里的鱼，我喜欢吃蔬菜和豆制品。不信，你们问问小妹，虞玲华。林朋友，你帮我解释一下。"

虞玲华很生气地说："你们不要理睬他，他是个怪人，许多好吃的东西都不能吃，喜欢吃蔬菜和豆制品倒是真的。"

虞玲华母亲指着汤如海说："小汤，怪不得你这么瘦，荤的也要吃一点，不然会没有力气的。"

过了一会，虞玲华的母亲又问："小汤，你跟玲华的事，你父母怎么说？"

"我父母没有什么问题，由我们自己决定。"他回答。

"那你考虑新房在什么地方？"大姐彩芹问。

"这事由林朋友决定，在楼上还是楼下，不过，我跟林朋友商量过，我父母年纪大了，爬上爬下，上楼不方便，新房考虑放在楼上，一来楼上地方大；二来相对独立，自由些。"

"那家具准备好了吗？"大姐问。

"家具是我父母在山里做好带回上海的，前一阶段，我跟妹夫已经把家具油漆、上好蜡了，林朋友看了行就可以。"汤如海回答。

虞玲华母亲继续问道："小汤，你跟父母商量过没有，什么时候结婚？"

汤如海指着虞玲华说："伯母，这事不用跟我父母商量，林朋友认为准备好了，什么时候合适就什么时候结婚。"

"瞎说八道，"大嫂显然耐不住火了，"结婚当然要你父母同意才行，哪能随自己乱来？"

大姐夫樊庆学也说："小汤，结婚这么大的事，你必须跟父母协商，大嫂说得对，不能使兴乱来。"

虞玲华的母亲焦虑地说："小汤，是不是你跟父母有矛盾，与父母分开二十年产生了隔阂，有什么困难告诉我，相信我，姆妈会帮你的。"

汤如海举起酒杯对大姐夫樊庆学、小姐夫徐时良说，我们先喝酒，然后郑重其事地说："你们误会了，多虑了，没有什么困难，什么事都没有，我们家确实有点特殊，二十年的四分五裂，我们对传统习惯、节日庆典都很淡漠了。比如，我们兄弟姐妹之间的来往，从来不送礼，即使送礼也是象征性的，一点可以吃的水果。每年过年，邻居家都放鞭炮，我们家从来不放鞭炮。"

大姐很惊讶地问："那结婚呢？"

"不会放鞭炮，因为报纸、电台、电视台每年都报道，过年放鞭炮造成很多伤害，尤其是人的眼睛和脸部或其他部位。"他耐心地解释道。

小姐夫徐时良火了："小汤，你不要瞎搞，玲华结婚，我一定要放鞭炮迎送。"

"那是你的事，反正我家是不会放鞭炮的，"他还是坚持自己的观点。

这时，虞玲华生气地大声说："你们不要讲了，不要理睬他，他是一个怪人，他家也是一个怪家。"

虞家很开心的迎元旦晚宴让汤如海一大堆奇谈怪论给搅和了，虞家对汤如海说不出是好还是坏，汤如海太自以为是、缺乏亲情、不可理喻、结婚这么大的事居然自己做主、自己决定。

离开虞家，汤如海推着自行车跟身边的虞玲华说："你不要生气，我们都是成年人，读过书，俗话说，三十而立，很多事情我们有能力决定，要去掉烦琐的、限制我们手脚的、不必要的传统观念和礼节。"

虞玲华还在生气："话虽这么说，你不能在饭桌上当面顶撞我父母和哥哥、姐姐，毕竟，他们是为了我们好，帮助我们。你的顶撞，弄得大家吃饭的情趣都没了，让他们下不了台。"见汤如海不语，她缓和一下口气："以后说话要注意方法，你不愿意的事，不用与他们当面争执，不用理会，随他们说什么，又不妨碍我们什么，我们该做什么还是做什么。"

他想了想回答："行，明白了，以后我会注意的。"

1989年2月4日，中国人的小年夜，按虞家习俗，所有子女都回到曹杨三村给父母拜年，汤如海一出现，很自然话题就转到他身上。哥嫂、姐姐、姐夫轮流向他灌输结婚要准备些什么，买些什么，怎么安排，等等。这次他只是听着、点头或摇头，或简单地回答，是，可以，这个可以考虑，那个可以再想一想。这下又把他们给弄烦了。大姐彩芹急着说："小汤，我们说了那么多都是为了你好，你到底听进了没有？"

"我听进了。"

"让你怎么做？"

"我是这样想的。"他解释道，"你们说的，只要能做到的，我一定去做；那些暂时做不到的，我会想办法去做，比如，彩电、冰箱，我们真的很需要，就是不结婚，家里也是需要的。只是目前买这些东西得凭票供应，前几年，我为常州的哥哥买过一个日本产的十四英寸的彩电，我科室里的候阿姨给过我一张十八英寸的上海无线电四厂生产的飞跃牌彩电，当时我想一个人看这么大的彩电没意思，就送给了弟弟、弟媳一家了。"

"小汤，你怎么这么傻，你弟弟已经结婚了，有没有彩电没关系，你没有结婚，要为自己留着。"二姐彩华责怪他。

"我是这么想的，随着社会的发展，彩电、冰箱每家每户都会有的，没想到，到现在还是这么紧张。不过，我会尽量想办法，争取弄到手。"他解释道，"至于结婚用的床上用品，那就不用担心了，不需要林朋友准备什么，我们抽纱公司有最好的出口产品，正与林朋友商量，选什么面料、什么款式、什么尺寸，只要林朋友定下来，半个月之内，基本可以办妥。"

见他避重就轻，不回答具体问题，虞玲华母亲走过来问：

"小汤，你跟玲华的婚事跟你父母商量了没有，你父母有什么看法？"

"我父母没有什么看法，挺喜欢林朋友的，赞扬林朋友有文化、懂道理，支持我们的婚事。我父亲是裁缝，会帮我们做一套结婚用的衣服，让林朋友自己选料、定款式。"

虞玲华母亲知道他不太喜欢吃荤的，特地买些海鱼和豆制品等，这天家宴的气氛还可以。

第二天下午，汤如海将虞玲华领进家，屋里已有好多人，弟弟、弟媳及八个月大的大胖侄子；妹妹、妹夫及两岁的外甥。汤如海进门就对父母喊："阿爸、姆妈，我将买家具的人带来吃年夜饭，"他指着虞玲华向弟妹介绍，这是未来的二嫂，叫虞玲华。然后分别介绍了弟弟汤如钢、弟媳王玉珠、妹妹汤如霞、妹夫单荣生。他又拉着虞玲华到里屋向老太太拜年："这是我的老婆，你的孙媳妇，"并将几张崭新的十元钱给老太太。老太太拿着钱，看着眼前的姑娘，很开心，笑得合不拢嘴。

他向虞玲华介绍了自己的得意之作，在楼梯后方，阁楼下方建了一个卫生间，虽然很小，四方形，长宽各一米，装了一扇移门。

晚餐很丰富，为了过年，母亲准备了好几天。席间，汤如海对虞玲华说，为了我们的事，不但父母关心，连弟弟、妹妹都来帮忙。为了这个阁楼的安全，弟弟用钢管在横梁的连接处加以固定，以提高阁楼的稳定性；楼上的家具是我和妹夫单荣生自己上蜡、打磨，主要是单荣生做的。父母已经说了让你尽快选衣料、确定什么样的款式，为你做新衣服。

妹妹汤如霞问："二哥，都准备差不多了，什么时候结婚？"

"关于什么时候结婚，我会与林朋友协商，定下来即通知你们。"

"那酒席怎么安排呢？"

"我已与父母讨论过，我们家在上海的人不多，一个舅舅、一个姑母，接下来就是我的一些同学，全部加起来也不会超过两桌人，就在家里自己办。人都熟悉，交流起来比较放松，也热闹些，不受时间限制。到时候，你们可要来帮忙哦。"对汤如海的阐述，虞玲华脸上露出一丝惊讶。

在送虞玲华回家的路上，虞玲华生气地问："结婚的事，你就这么安排了？为什么事先不和我商量一下？"

汤如海安慰她："我父母问起我们的婚事，我对父母说，不用他们操心，什么时候结婚，让林朋友定，只要你认为什么时候合适就行！我们家在上海的人不多，我们家的地方足够放得下。除了几个长辈，都是一些熟悉的、理性的年轻人，在家不受时间限制，热闹但一定控制在文明范围。"

"那你父母同意我们结婚了？"

"哪有父母不同意儿子娶老婆的？"他笑着说，"不过，母亲倒是问过，你家是怎么安排的？我对母亲说，林朋友家里的事，由你安排决定。"

虞玲华无奈地说："既然这样，我家人多、地方小，加上我的小姐妹也多，在自己家办婚事是不行的，只有到饭店办才容得下那么多人。"

"行，就按你说的办，"他很爽快地回答。

"我还有很多东西要准备，差不多了，就去饭店预订酒席，什么时候呢？"她停下脚步，仰望天空："春天，我想最好是春天，我就可以穿上婚纱裙。"

"行，行，"他连声说好，然后自言自语，"春天，春天是万物复苏，新生活的开始。"

虞玲华憧憬未来：穿上婚纱，拍照，哦，对了，汤如海，我们还没有拍结婚照呢，什么时候到照相馆去拍结婚照？

"到照相馆去拍结婚照?"他摇摇头说，"千篇一律的姿势，有什么意思? 你想，我有照相机，我们自己拍照，到公园，户外有自然风景衬托，想拍什么姿势就什么姿势，多有意义。"

她想了想说："那也行，等哪一天天气好，我们就去公园，一边游玩、一边拍照。"

抽纱公司与美国 Arch 公司的缝纫制品业务发展很快，负责公司业务的副总经理朱伯清与 Arch 公司的金小姐商量，决定成立缝纫制品科，集中力量发展这个新产品。缝纫科的领头人由新上任的外贸局孙局长的儿媳张瑞芝担任。张瑞芝三十出头，像北方大姐个子高、五官端正、说话爽气、干事利索。朱伯清经理说，新的缝纫科人员组成由科长张瑞芝挑选、定夺。朱伯清经理个子不高、五十出头、脸色丰润，熟悉业务，有开拓精神，公司很多新业务、新市场都是在他的支持、指导下完成的。

张瑞芝首先将原来与 Arch 公司做业务的汤如海、张锦仪和机绣科做机工缝纫的张龙欣师傅叫来谈话，说她非常希望原来做 Arch 缝纫业务的业务员能跟随她到新成立的缝纫科，继续手中的缝纫业务。张锦仪、张龙欣师傅都表示愿意。汤如海说，他是愿意把缝纫业务继续做下去，他担心原来的科领导是否同意放人? 如果领导不同意放人，如何是好? 他已经听说手工制品部的领导，表面上支持朱伯清经理的决定，但对外贸局长的儿媳和张锦仪大张旗鼓地高调做事，心存不满，加上绒绣科做中东业务的黄善娣经不住蛊惑，主动提出要去缝纫科，伤了手工制品部领导的面子。

为了打消汤如海的顾虑，张瑞芝说，小汤，只要你同意到缝纫科就继续做 Arch 公司的美国业务，做美国市场是公司每个业务员所向往的。朱伯清经理已经向她保证，只要她所需要的人，各科室领导必须配合、放人。虽然朱伯清经理明确表态，汤如海还是担心，绒绣科一下子走了三个业务员，领导会同意吗？张锦仪、黄善娣，领导已经明确表态同意让他们走，但没有听说让他走啊。张瑞芝为了汤如海能到缝纫科特地拜访手工制品部领导，说好话，希望手工制品部领导能让汤如海去缝纫科继续做 Arch 公司的业务，以支持新成立的缝纫科。手工制品部的领导被逼得没有方法，只好说，如果汤如海自己提出就放人。

张锦仪天天催汤如海，缝纫科的组建已经接近尾声，如果再不做出决定，美国外销员的岗位就会让别人顶上。汤如海还是担心就说，万一领导不同意放人，缝纫科去不成，原来的工作怎么办？领导是否会给我穿小鞋？

"怕什么，"张锦仪说，"手工制品部领导已向张瑞芝保证，只要你愿意就放人。如果你害怕，我现在就陪你去见部领导把话讲清楚。"

经不住张锦仪的蛊惑，汤如海随张锦仪到部长办公室。张宗海部长是江苏无锡调来上海的，高个子、大块头。到了张宗海部长的办公室，张锦仪向部长解释了目前美国 Arch 公司的业务，及成立缝纫科的目的就是将这个新产品做上去。Arch 公司在国内的缝纫业务，小汤是第一个经手的，半年多来，已经熟悉了做缝纫的业务流程，现在 Arch 公司新的样品、新的订单已经下来了，希望小汤赶快过去处理。张宗海部长问汤如海是否愿意去缝纫科？汤如海回答说："张部长，美国 Arch 公司的新订单已经下来了，为了业务能够连续，我愿意继续做 Arch 公司的业务。"

最后张部长说，这个事情，部里要开个会，然后通知你小汤。离开部长办公室，汤如海如释重负，回到绒绣科，阿姨们说，"小汤啊，以后美国生意做大了，别忘了我们"。

汤如海开始整理有关 Arch 公司的资料，就在缝纫科成立的前一天，科长王四骊把汤如海叫到四楼接待室告诉他，部里开会没有同意他去缝纫科工作，副部长严家帆不同意，说绒绣科做中东业务的黄善娣走了，绒绣科就剩下汤如海一个年轻人，又是大学生，部里培养了汤如海三年，现在正好派上用场，接替黄善娣的中东业务。科长王四驷劝道："小汤，绒绣科的业务员都是年龄比较大，只有你年轻，又懂英文，先把黄善娣的中东业务接过来，做美国业务和中东业务都一样，以后绒绣科也会发展美国市场，到时候你还是可以做美国市场，绒绣科你待的时间也这么长了，同事之间也都熟悉，工作做起来相对容易些。小汤，你要放下包袱，安心在绒绣科工作。"

汤如海怎么能放下包袱？他本来没有包袱，是领导制造了这个包袱硬加给他的，部门领导表面上服从公司朱伯清经理的指示和安排，只要张瑞芝需要的人员，同意放人，却又加上如果业务员自己愿意才放人，等到业务员表态愿意去缝纫科，却又说科里业务忙，不能离开，否则会影响到科里的对外业务工作。这不是要人吗，本来汤如海就担心、犹豫，在领导再三保证、承诺的情况下，他才答应去缝纫科的，想不到还是被领导要了。他很痛苦、困惑，为什么要这样对待他，不希望他去缝纫科，告诉他一下就行，他也一定会听懂领导的意思，随便找个理由拒绝去缝纫科，这不是又简单又好吗？为什么要搞成这么复杂来耍弄他？第二天，公布新成立的缝纫科人员名单，汤如海果然不在其中。

汤如海听从科长王四驷的安排，接管了黄善娣的中东业务，发电传与客户洽谈业务，陪客户到工厂参观、看样品、检查产品质量。工作逐步恢复到正常状态，他想，在哪儿都是工作，只要自己把业务做好，领导会观察秋毫，会了解、肯定他的业务能力。

汤如海通过机织科同事时爱山的帮忙，买到了一台上海产的金星牌十八英寸彩色电视机；通过机绣科同事向尚明的帮忙，买到了一台苏州产的香雪海牌单门冰箱。向尚明还送了一整套绣花台布；时爱山送了一条金黄色带裙边的丝绸床罩。他和虞玲华商量，把彩电放在楼下客厅，大家都可以看。

1989年4月15日，星期六晚上，汤如海与虞玲华在普陀区曹阳五村的梅岭南路395号，近李村路旁的白云酒店举办了婚礼。虞玲华穿了一件白色带粉红花边的婚纱裙，加上苗条的身材显得鲜艳美丽，伴娘是虞玲华工厂里的小姐妹、技校同学王蓉，伴娘个子和新娘差不多，略微比新娘胖一点。汤如海西装革履陪伴在虞玲华身旁，伴郎是汤如海夜校同学李永生，身高一米七五、高鼻梁、大眼睛、皮肤较黑，本来想叫章友根的，但章友根一来性格内向，二来不会喝酒。整个底层大厅坐满了人，汤如海家就一桌人，哥哥汤如山从常州赶来。

汤如海、虞玲华向双方的父母表达感激之情，感谢父母的养育之恩；向每一桌的来宾表示感谢，感谢宾客参加他们的婚礼。在婚礼的后半节，虞玲华的小姐夫徐时良走到汤如海跟前要他喝酒，为了大家的高兴，他喝了一杯黄酒，徐时良不罢休，说今天结婚是喜事，好事要成双，又为他倒了一杯黄酒，这时他听到后面母亲的声音：不要喝得太多、不要喝得太快、慢慢喝、多吃菜。他想，就两杯黄酒应该不会有问题，不能让宾客扫兴，又一口气喝了。可能是劳累，也可能是兴奋，起先还能控制，说话的思维还可以，后来感觉头有点晕，好在宴会也将结束。

当汤如海坐上虞玲华二姐夫四毛的小汽车，不仅觉得头晕，还觉得胃难受，汽车一到地梨港路100弄，汤如海下车就开始呕吐，呕吐过后，感觉好受点。回到家，母亲赶快打水让他洗脸，他就觉得好像有许多人围着他，也不知道自己是怎么与人说话的。后来头晕得厉害，虞玲华搀扶他到楼上躺下，接下来的事，他就不知道了，直到第二天早上醒来。

汤如海下楼吃早饭，母亲责怪他昨天不应该喝那么多酒，他边摇头边说，怎么搞的，两杯酒就倒下了。母亲劝他，你现在是有老婆的大人了，不能逞英雄，更不能一口气喝一杯酒，这样不仅会伤了自己，还会连累老婆。他觉得母亲说得有理，但还是不明白，平常与同学聚会，喝得比这多了都没事，怎么昨天两杯就不行了。

17日上午，虞玲华说："汤如海，我们只忙了结婚，可还没有到民政局去办理结婚证呢。"

"是啊，忙这忙那，把这事给漏掉了，"他回应道，"林朋友，那我们上午就去办理。"

汤如海和虞玲华到普陀区民政局去办理结婚证，办证的是一位上了年纪、个子不高的妇女，她拿着照片对照前来办理结婚证的人，她读着人名，汤如海，抬头看了一下，当她读到虞玲华时，眼神一下子聚集在照片上，她拿下眼镜，抬头盯着虞玲华看，嘴里不停地说："虞玲华、虞玲华，"然后站起来说，"虞玲华，真是你，长得这么高了，这么漂亮。"

汤如海、虞玲华疑惑地看着办证的这位妇女，虞玲华突然惊叫："老师，张老师，是你啊，你怎么到民政局来了？"原来这位妇女是虞玲华在曹杨三小的小学老师，退休后来民政局帮忙。张老师很开心地将结婚证给汤如海和虞玲华："虞玲华，看到你结婚了，老师真的很开心，又一个学生成家了。"

汤如海、虞玲华拿着结婚证告别了张老师，汤如海看着结婚证上的名字是虞玲华，之前他一直认为是虞林华，把玲字错写为林字，不好意思说"对不起，林朋友，把你的名字搞错了，但都习惯了，我想还是叫林朋友，不用改了。"

"都一样，没什么要紧的，随你怎么叫。"虞玲华轻松地回答。然后说，为他们办证的老师名字叫张静华，是数学老师，上课挺认真的。二十年不见，一下子认不出来了，张老师变了很多，个子变矮了、头发变白了，就是眼神还没变，还是那么有力。

下午，上海的姑妈和姑父、丝织五厂的二舅舅以及丽园路上的大表舅一家都来祝贺汤如海结婚。汤如海记得，小时候，每当过年都会跟着母亲到卢湾区靠近斜土路的丽园路上的大表舅家，向舅舅、舅母拜年。舅母又瘦又高，讲一口浙江话，待小孩特别客气，每年都买好气球等外甥、外甥女。吃饭时，舅母总忘不了对家里的儿子、女儿说，你们小时候是这位姑妈带你们，照顾你们，你们才有今天。逼得两个女儿拉着母亲的手说，知道了，我们是姑妈领大的，我们不会忘记姑妈的。母亲总是笑着回答，不是姑妈好，是你们的父母好。原来1948年，汤如海的母亲到上海没有地方落脚，是表舅、表舅母收留了母亲，让母亲帮他们家带孩子，母亲才在上海留下来。

同学李行根、章友根、虞协成、周国藩送给汤如海一本英汉双解字典和一个拍照用的三脚架。从走上工作岗位，有了工资后，汤如海就与同学约法三章：同学之间的往来不得送礼；谁遇到困难，协商解决；结婚礼品的价值不得超过十元，仅表祝贺之意。他责怪同学的礼品超过了十元，他知道，拍照用的三脚架是很贵的。

晚宴分两桌，汤家兄弟和妹妹及汤如海的同学一桌，汤如海、虞玲华与父母和亲戚在一桌。晚宴开始，汤如海首先感谢大舅舅、大舅妈从那么远的路赶来参加他的婚礼，说小时候都盼着过年，过年可以到大舅舅、大舅妈家，不仅有好吃的，最重要的是舅妈会给每个小朋友一个大大的洋泡泡。

舅妈开心地笑着说："如海，听到你结婚，你大舅舅高兴得像小孩似的，说'上海小姑妈的儿子，如海结婚，我一定要去的'，你舅舅七十多岁了，人老了，牙子也掉了，头顶上的头发也少了，说话也不利索了，身体还可以。你大舅舅人好，有好

215

报，'文革'时期，卢湾区饮食公司的造反队批斗你大舅舅，说他是资本家，剥削工人。事实上你大舅舅从农村到上海来做工，是个厨师，由于人品好，又勤劳，饭店老板很喜欢你大舅舅。饭店老板没有孩子，人老了，就将饭店交给你大舅舅打理。那年头，在饭店里做工的，哪个工人没有向你大舅舅借过钱？哪一位工人家里有急事需要钱，你大舅舅没给钱？你大舅舅从来没有回绝过，或多或少给点以解燃眉之急。所以当造反队来批斗你大舅舅时，以前在你大舅舅店里干过活的工人就会在暗地里对我说，'师母娘，我们知道李老板是好人，以前都帮过我们，现在搞运动，上面有政策，要批斗资本家、批斗李老板，我们也没有办法，希望李老板配合，只管低头认罪不要反驳，就不会伤害李老板'。所以你大舅舅认罪态度好，没有被打，被拉出去游街。只在自己家门口，站在凳子上批斗，接受群众批判，接受思想改造。如海啊，你现在结婚了，是大人了，要懂道理，你父母把你养大不容易。要向你大舅舅一样，好人会有好报。"

汤如海走到鲁班路上丝织五厂二舅舅旁，感谢二舅舅在父母离开上海后对他的照顾，每个月去鲁班路看望二舅舅，二舅舅就会让他带回十个肉馒头。现在吃到的馒头总比不上那时二舅舅的馒头香。

汤如海走到姑妈身旁，感谢姑妈不但在生活上照顾他，更有思想上的鼓励，向朋友一样与他交流，不断给他信心，每长一岁，困难就少一点，不断告诫他，只要做人好、努力学习、踏实工作，好日子就会来到。

汤如海和虞玲华到后屋向老太太敬酒，希望老太太保重身体。

最后，汤如海来到同学身旁，感谢同学们近二十年来的陪伴、一同快乐、一起成长，同学之间的友谊、友情要像青山一样无私，像长江流水一样长存。周国藩拿着酒杯站起来说："汤如海，今天不是你跟林朋友的结婚日，好像两天前就结婚了，对吗？"

汤如海拉住周国藩的手说："结婚日肯定是今天。"

同学们都不信，邻居都说你是前天结的婚，还有很多人闹新房。汤如海走上阁楼，拿出上午到民政局办理的结婚证，走下楼梯，将结婚证给周国藩，指着上面的日期说："1989 年 4 月 17 日，这没错吧？"

虞协成说："那你们是提前两天非法同居，"引得大家一片笑声。

晚上客人散去，汤如海与老婆虞玲华在楼上新房里商量，这婚是结了，今后的日子怎么过？老婆跟公婆的关系怎么相处？汤如海说："林朋友，我是这样想的，目前我的工资是七十三元，可能还有其他一些补贴，我不抽烟、不喝酒、不会打麻将，也不会跳舞，为了家里宽松一点，把我的工资拿出来用，每月给母亲六十元。"

"六十元？"林朋友惊讶地打断他的话，"隔壁扬州阿姨家的小女儿，一家三口吃住在扬州阿姨家这里，他们只给扬州阿姨四十元。"

他看着她继续说："我是这样想的，我的六十元，加上母亲退休工资四十元，我们平时只在家吃晚饭，家里生活开销够了，应该说是比较宽裕的，好做事。这样你的工资就可以省下来，为将来有事准备着。家里的账单，不管是水电还是房租费，只要我看见，我一定会抢先付掉。"

虞玲华很大方，不在经济上计较，就说："那好吧，你的工资给你妈作日常开销，我的工资省下来，为我们将来有孩子时用。如果家里来客人，只要我在家，一定主动到菜场买菜，为你妈分担一些压力，让你妈看看，我虞玲华不小气。"

听了老婆的话，他很开心，娶到这位有文化、懂道理、善解人意、肯为丈夫分担困难的老婆，这样的老婆没娶错。

汤如海和虞玲华本来将蜜月旅行放在东北黑龙江、牡丹江市的大姐虞彩萍那儿，大姐虞彩萍在"文革"运动中，瞒着父母，从家中偷出户口簿报名到北大荒插队落户，与一起劳动的牡丹江的知青曹文秀恋爱，结婚后随丈夫曹文秀回到牡丹江。曹文秀在市政府机关工作，工资待遇比较好，单位分配了在市中心的一套小三室一厅的房子。女儿曹燕即将进入高中读书。遗憾的是去哈尔滨的卧车票没有买到，牡丹江去不成，汤如海就到旅行社买了两张去浙江宁波普陀山的旅行票，作为蜜月旅行。

旅行人员上午七点在人民广场集合，乘大巴到南汇的芦潮港，九点凳上去普陀山沈家门的高速客轮。汤如海走到船舱后面看海景，听到有上海人在说话且声音很熟，随着声音寻去，一个中年人与一男一女两个年轻人在说着什么。这不是公司服饰部日本科的杨汉良科长吗？旁边两位年轻人正是日本科的业务员。他走回舱内对老婆说，公司日本科的杨汉良科长也在这条船上，是否去打个招呼？虞玲华说，不要去惊动杨科长，他们去宁波出差，我们是度蜜月。他想老婆说的也有道理，杨汉良科长好客在公司是有名的，如果知道他新婚，一定会讨喜酒喝，而且也一定会回请，这会打乱杨科长的出差计划，这样互不打扰，一下船自然分开岂不更好？于是听从老婆的建议，没去跟杨汉良科长打招呼。

汤如海告诉老婆虞玲华，杨汉良科长很有趣，喜欢跳舞、唱歌，不过他只唱一首歌，跳一支舞，那就是《酒醉的探戈》。每次公司举办联谊会，这《酒醉的探戈》一定有人点，而唱这首歌的一定是杨汉良科长，杨科长边跳边唱，非常投入。令人奇怪的是，杨汉良科长除了这一曲，其他都不会。

在普陀山，汤如海和虞玲华赤脚在"千步沙滩"的海滩上散步，眺望远处青黄色的海水，看着一浪一浪涌来的潮水，伴随着阵阵微风，让人心旷神怡、浮想联翩：新的生活、新的征途、新的困难、新的探索、新的追求。

第二天，旅行团一行到宁波市区游览，晚上住宿在一家宾馆，旅行团中有一对年轻人正为住宿犯愁，他俩想住在一起，但没有结婚证，政府条例规定，旅馆不能为没有结婚证的男女在同一个房间内过夜。这位男青年是家住上海西郊公园旁的陈家桥，当过兵，参加过中国对越南的战争，负了伤，三级伤，他卷起右边裤脚管，小腿上有一条被炮弹弹片炸伤留下的一条很长的伤疤。不仔细观察，与平常人没有什么两样，但仔细观察，右脚走路有些不协调。女青年是上海手帕进出口公司的员工。手帕进出口公司，汤如海马上想到同学李行根的老丈人就是上海手帕进出口公司的总经理，于是问女青年："朱慧农，你认识吗？""朱慧农，朱慧农，"女青年说"好像我们公司的总经理也叫朱慧农，你认识？"

"认识，"汤如海回答，"几年前，他搬家到玉佛寺旁的昌平路，那天我也去帮忙的。"

女青年听了很紧张，没有结婚的女人跟男朋友到外面过夜，这种事情如果传到单位，让领导知道了会影响自己的工作和升迁。汤如海马上安慰女青年："只是一般认识，已有好几年没有碰面。"

这对热恋中的年轻男女希望汤如海帮他们一个忙，让他们晚上能住在一起，见他俩的诚恳请求，汤如海与老婆商量，决定帮助他们，为他俩订了一间房。

晚上，汤如海躺在床上说："林朋友，我不明白，那位在手帕进出口公司工作的姑娘，人长得洁白漂亮，怎么跟一个文化不高、长相粗犷、经济条件又不好的人在一起？"

"这叫爱情，你懂吗?"虞玲华嘲笑他。

他摇摇头回答："不懂。"

第三天早上，旅行团一行到蒋介石的老家奉化溪口参观，下午去参观蒋介石母亲"毛氏"墓地，蒋介石母亲埋葬在山上，墓碑有孙中山先生撰写的碑文，赞扬蒋母教育有方，为社会培育了蒋介石。蒋母墓整修得很好，周围的环境得到保护，没有政府的指示，不得砍伐山上的各种树木。

当汤如海和虞玲华凳上回上海的轮船，他站在船上栏杆旁，眺望远处大海中的小船，随海浪而起伏。他想，人生就像大海中的小船，面对大海显得那么渺小，那么脆弱，但小船仍然迎着风浪向前，向它的目标驶去。彼岸，那里有小船停泊的港湾，不是所有的小船都能经得起风浪，安全到达可停泊的港湾。他和虞玲华就像大海中的小船，要经历多少风浪的击打和磨难，才能安全到达幸福的彼岸。如果他和虞玲华这艘小船经不住风浪的击打和磨难，就有可能途中翻船，被大海所埋葬。他祈祷，他和虞玲华这艘小船不管风吹浪打都能够安全抵达健康、宽容、快乐的彼岸。